神薙(かんなぎ)虚無(うろむ)最後の事件

名探偵倶楽部の初陣

紺野天龍

講談社
タイガ

「あなたたち書物の虫は、なぜこのような科学的に正確な論理を無視できるのか。ミス・サムのいまの言葉は、まったく正しい。ウィリアム・ジャガードが著作権侵害を敢えてした書物の裏表紙には、ごく最近まで、何か薄くて軽い品が匿してあった。薄いことは、このくぼみの浅いことで、また、軽いことは、この数世紀のあいだ、専門家たちの鋭敏な感触をもってするも気づかれなかったので判る。要するにそれは、ただ一枚の紙片にすぎなかった！」

『ドルリイ・レーン最後の事件』エラリイ・クイーン　宇野利泰訳

この作品に関わったすべての方と

——麗しの鋼鉄番長にこれを捧ぐ。

目次

オルゴール館見取り図

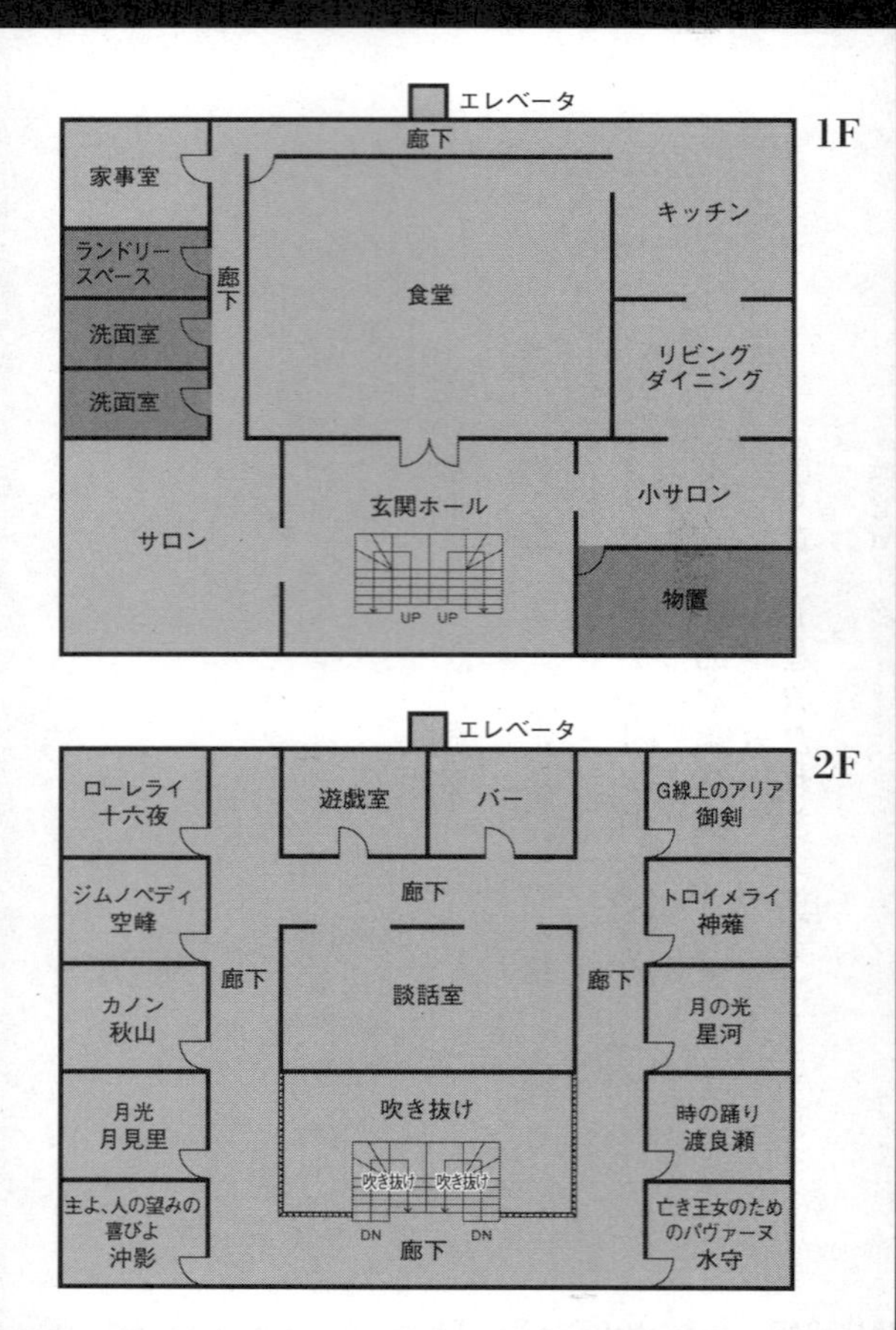

エレベータ
1F
廊下
家事室
ランドリースペース
洗面室
洗面室
廊下
食堂
キッチン
リビングダイニング
サロン
玄関ホール
UP UP
小サロン
物置
エレベータ
2F
ローレライ
十六夜
遊戯室
バー
G線上のアリア
御剣
ジムノペディ
空峰
廊下
トロイメライ
神薙
廊下
談話室
廊下
カノン
秋山
月の光
星河
月光
月見里
吹き抜け
吹き抜け 吹き抜け
時の踊り
渡良瀬
主よ、人の望みの喜びよ
沖影
DN DN
廊下
亡き王女のためのパヴァーヌ
水守

3F

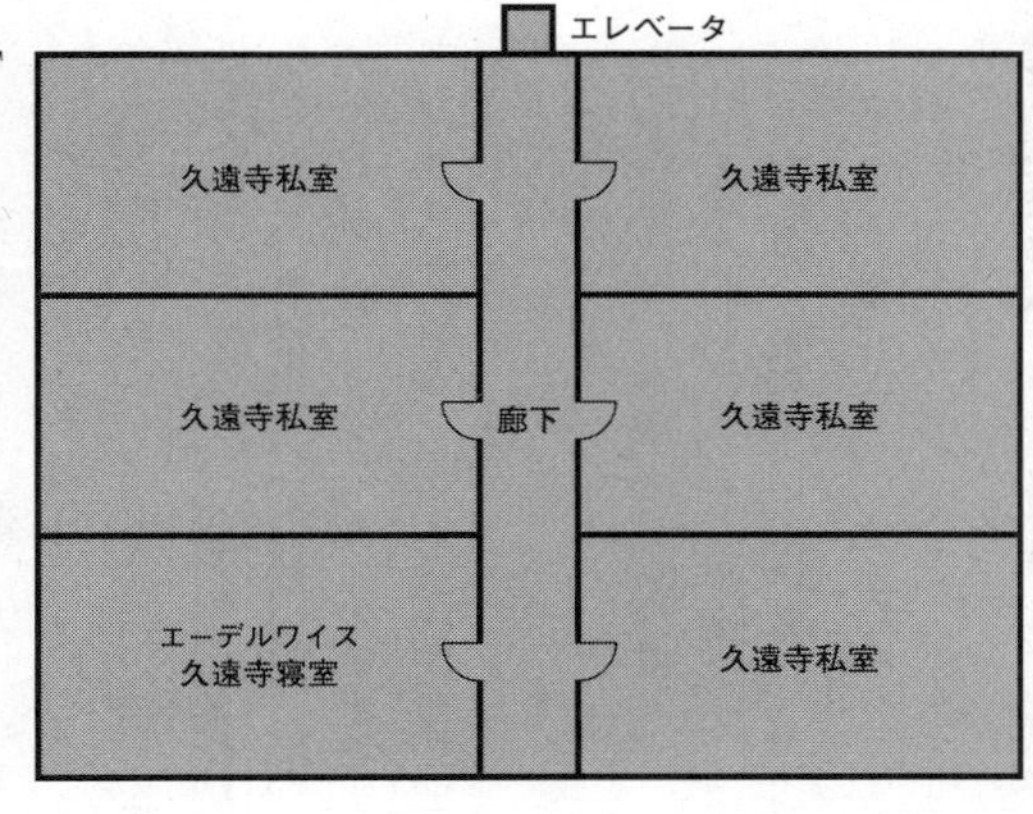

登場人物紹介

《名探偵倶楽部(クラブ)》関係者

金剛寺(こんごうじ)　煌(きら)――東雲(しののめ)大学理学部四年
来栖(くるす)　志希(しき)――東雲大学薬学部一年
雲雀(ひばり)　耕助(こうすけ)――東雲大学工学部二年
御剣(みつるぎ)　唯(ゆい)――東雲大学文学部一年
瀬々良木(せせらぎ)白兎(はくと)――東雲大学薬学部二年、語り手

《名探偵たち》

神薙(かんなぎ)　虚無(うろむ)――欠陥探偵
星河(ほしかわ)　かぐや――探偵姫
渡良瀬(わたらせ)　鈴子(すずね)――調停者
水守(みなもり)　稜湖(いずこ)――守護者

《怪盗王》

久遠寺(くおんじ)　写楽(しゃらく)――天蓋症候群(デモンズゲイト・シンドローム)

《使徒》
十六夜(いざよい) 紅海(くれみ)——メイド長、第一使徒
空峰(そらみね) 美満(みちる)——メイド、第二使徒
秋山(あきやま) 大地(たいち)——メイド、第三使徒
月見里(やまなし) 読子(よみこ)——メイド、第四使徒
沖影(おきかげ) 綸理(りんり)——メイド、第零使徒

《観測者》
御剣(みつるぎ) 大(まさる)——語り手

神薙虚無最後の事件

第1章

伝説は蘇（よみがえ）る

1

「──誰かを不幸にするだけの名探偵なんて必要ないと思うんですよ」

大学からの帰り道──傍らを歩く小柄な少女、来栖志希さんは唐突にそんなことを言った。

あまりにも脈絡のない一言に困惑するが、僕は視線だけで先を促す。

「たとえばですけど、瀬々良木先輩が今日実はおねしょしていたとしますよね。当然、二十歳にもなっておねしょは恥ずかしいので黙っています。吹聴することでもありませんし。でも、そんな先輩を一目見た名探偵は公衆の面前でこう言うんですよ。『瀬々良木くん、きみは今日おねしょをしたね?』と」

「とんだ赤っ恥だな……」

「でしょう?」来栖さんは得意げに胸を張る。「みんなの前で恥を掻かされた先輩は、哀れ不登校になりそのまま自主退学。実家に引きこもってただただ歳だけを重ね、やがてご両親の年金を食い散らかす穀潰しになってしまいました」

「悪夢のような未来だ……」

げんなりする。おねしょ云々はさておき、可能性としてはゼロじゃないあたり。

「ね？　斯様に、真実を明らかにすることで誰かを不幸にする謎というものが、世の中には確実にあるわけです。しかし、名探偵というのはただそこにいるだけで謎を解き明かしてしまう宿命を背負った存在。たとえその結果誰かが不幸になってしまうとしても、謎を解かざるを得ないんです。ならば――」

　いったん言葉を切り、ててて、と僕の前に回り込んだ来栖さんは、小首を傾げて微笑んだ。

「そんな傍迷惑な名探偵なんて、必要ないと思いませんか？」

　どこか意味深に彼女は問うてくる。僕は少し考えて答える。

「でも、ケースバイケースなんじゃないかな。確かにおねしょのケースは名探偵というよりただの露悪趣味者だと思うけど……。元々名探偵っていうのは、凡人には絶対解けない謎や事件をその卓越した頭脳で快刀乱麻を断つように解決するヒーローのことでしょ？　なら、多少のデメリットには目を瞑って存在を歓迎すべきじゃない？」

「いえ、先輩は肝心のところを誤解しています。いいですか？　謎を解くだけなら、一般人でいいんですよ。人が考えて人が実行した事象が、人に理解できない道理はありません。昨今はちょっと頭がいい人が何かを解決しただけですぐに名探偵などともてはやされますが、本来の名探偵とはもっと高位の存在。事件を呼び寄せ、それを解かざるを得ない超常的な因果を持って生まれた概念なんです」

「うーん……よくわからないけど。でも確かに、そういうオカルト的な存在がいたら迷惑かもね。誰にだって秘密にしたいことの一つや二つあるし」

ですよね、と来栖さんは嬉しそうに笑う。

「つまり名探偵というのは、ただ謎を解くだけの機械みたいなものなのです。人々が望むと望まざるとにかかわらず、すべての謎を明るみに出してしまう、そういう機能を神様から与えられたプログラム。しかし、現実問題として世の中には、解くことで誰かを不幸にする謎というものが確実に存在しています。そんな謎は解決すべきではありません。そういう判断のできない、言ってしまえば空気の読めない名探偵を、私は否定しているんですよ」

言っていることは何となく理解できるが、どこか抽象的で僕は彼女の真意が掴めないでいた。来栖さんは、僕の表情から何かを悟ったのか、またいつものように優しく微笑む。

「――わからなくてもいいんですよ、どうせ他愛のない雑談です」

ある麗かな春の日の午後。僕と来栖さんは、共に住むオンボロアパート『エクセレント東雲Ⅱ』への帰路についていた。

共に住む、とはいうものの、別に僕らは同棲しているわけでもなければ、そもそも付き合っているわけでもない。

単純に、偶然部屋が隣同士、というだけの話だ。

ただそれでも――そんな奇跡のような偶然で、来栖さんとこうして並んで歩けるという幸運には、神様に全力で感謝したい所存。学部の一年後輩に当たる来栖さんとは、隣同士という奇跡がなければ本来接点などなかったのだから。

僕は、上機嫌に歩みを進める来栖さんを横目で見やる。

端的に言って——来栖さんは可愛い。

その小柄な体軀と愛くるしい顔立ちは、さながら春の妖精といった様相で、決して今時の派手さはないが、見る人の心を蕩かすような、そんな優しい魅力に溢れている。

何より、瞳がとても綺麗だ。

いつもきらきらと眩しく輝いていて、きっと彼女にはこの世界がとてつもなく美しいものに見えているに違いない。

そんな勝手なことを考えていたら、ふと顔を上げた来栖さんと目が合う。

「なんです？　ごはんを待っているわんちゃんみたいな顔して。おなか空いてるんです？　今日の食事当番、代わりましょうか？」

「……いや、大丈夫。今日は残り物で簡単に作るから」

「可能であればいつかの簡単オムライスを所望します。あれ超美味しい」

「本当？　嬉しいな。あれならすぐ作れるし」

「やりました。あれ実は大好物なんですよ。チキンライスじゃなくて味覇ご飯を玉子で包むとか悪魔の発想です」

「……人類の発想だよ」

益体もない会話を繰り広げる。至福の時だ。

ちなみに、隣同士の貧乏学生同士ということで、僕と来栖さんは『食事当番契約』を交わし、一日置きに交代で食事を用意することで互いの食費軽減に努めている。

……念のため改めて言うが、これでも付き合っていないのである。

いや、可能であれば是非ともお付き合いさせていただきたいところではあるのだが、可愛くて人柄も良く、みんなの人気者である来栖さんに対して、僕は何の取り柄もない至って平凡な男子大学生であり、今のところそういった仲に進展する気配も要素も皆無なのである。

とても、世知辛い。

雑念を払うように、僕は話題を変える。

「ちなみに今の名探偵云々っていうのは、誰かさんへの当てつけかな？」

「え、煌さんですか？」意外なことを言われたというふうに来栖さんは首を傾げる。「まさか。私はあの人を尊敬してますよ。まあ、多少変わり者であることは認めますが」

煌さん、というのは僕らの共通の知人だ。ものすごく頭のいい人で、しかも世間的には名探偵、などと呼称される——奇人。

「それに私の知る限りですけど、今のところあの人は正しい名探偵として機能しています。謎を解くことによってちゃんと誰かを幸せにしていますからね。まあ、今後もそうであるかは、私にはわかりませんけど」

独り言のようにそう言ってから、来栖さんはにこりと笑う。

「あ、今の内緒ですよ。陰口みたいで嫌なので」

「でも、意外だな。来栖さん、煌さんのこと苦手だと思ってたよ」

「得意か苦手かで言ったら苦手ですよ」来栖さんは苦笑する。「頭がいいのもそうですが、あの容姿でしょう？　あんな彫刻みたいに綺麗な人が近くにいたら落ち着きません。それに比べて先輩は、庶民的な親しみやすさがあって良いと思います」

「……褒められてる？」

「もちろん」

澄まし顔で言われてしまっては僕も引き下がるしかない。

――ふとそのとき、二十メートルほど前方に奇妙な人影を見つけた。

道の真ん中に、ぼうっと立ち尽くす背の高い女性。

左右に揺れ、どこか危ういバランスで地面を踏みしめている。

その後ろ姿は、まるで幽霊のように儚く見えて、無性に胸がざわつく。

時刻は午後四時過ぎ。泥酔するにはまだ早いし、幽霊ならばなお仕事熱心がすぎる。

怖いから近づかないようにしようか、と傍らの来栖さんに告げようとした次の瞬間、突然その女性はくたりとその場に頽れた。慌てて僕らは駆け寄る。

「あの、大丈夫ですか？　お加減が優れないようでしたら、救急車呼びますけど」

来栖さんが優しく声を掛ける。

しかし、当の女性は返事もせず、焦点の定まらない瞳を虚空に彷徨わせ、力なく地面に座り込むばかりだった。呼吸は荒い。本来は美しかったであろう長いストレートの黒髪は無残にもほつれてしまっているし、目元には深い隈も刻まれている。明らかに尋常の状態ではない。

これは一刻も早く救急車を呼んだほうがいいのでは、と思ったところで、大きく見開かれた女性の瞳から一筋の涙が零れ落ちた。

「……そういう、ことだったの」

ぼそりと、放心したように女性は何かを呟く。来栖さんは心配そうに眉を寄せた。

「あの、何があったんですか？　事件だったら警察を呼びますけど――」

警察、という言葉で女性は初めて反応を見せる。虚ろな目で来栖さんを見上げると、必死の形相で彼女に縋りつく。

「お願い、騒ぎにしないで……！　私は大丈夫だから……放って……おいて……」

それだけ言うと、急にかくんと力が抜けた。どうやら気を失ってしまったらしい。僕は慌てて女性を抱き留める。腕の中の女性は、苦悶の表情を浮かべていた。

何だか大変なことになってしまった。騒ぎにするなと言われても……僕は来栖さんと顔を見合わせる。

「うーん……呼吸はやや乱れていますが正常範囲内ですし、脈拍も安定していますから、救急車を呼ぶほどではないと思います。状態変化次第ではありますが、いったんは様子を見ましょうか。あまり大事にしてほしくはなさそうでしたし。とりあえずアパートまで運びましょう。先輩、この人を私の部屋まで運んでもらっていいですか？」

申し訳なさそうに眉尻を下げるその姿が、捨てられた仔犬のようで少し落ち着かない。

「……見ず知らずの他人をそう無警戒に部屋へ上げるのはいかがなものかと思うけど」

「何かあったら大声で助けを求めますから。これでも先輩を頼りにしてるんですよ？」

そんなふうに言われてしまうと、僕も強く出られない。

仕方なくため息をこぼして肯定を示し、脱力する女性を抱き上げる。

すると――何かが彼女の手元から地面に落ちた。

来栖さんが拾い上げる。それは一冊の本だった。

どこか古めかしいモスグリーンのハードカバー。

表紙には極太明朝の箔押しで『神薙虚無最後の事件』と記されている。

思わず懐かしい気持ちになる。今どきこんなものを読んでいる人がいるのか。

「倒れる直前まで抱えていた、ということは大切なものなのでしょうか」

「――かもね。随分と読み込んでるみたいだし」

装幀は傷んで見えるが、決して汚れているわけではなさそうなので中古ということはないだろう。物好きもいるものだ、と少し呆れる。

来栖さんは、不思議そうな顔で本の表紙を眺めるが、やがて女性が持っていたトートバッグにそっとそれをしまう。

「とにかく早くアパートへ向かいましょう。先輩、大変ですけどよろしくお願いします」

2

見知らぬ女性を背負ったまま、僕らの住む築四十年のオンボロアパート『エクセレント東雲Ⅱ』に到着した。

今にも抜け落ちそうな外階段を慎重に上り、一番奥の来栖さんの部屋まで女性を運ぶ。手早く敷いてくれた布団に女性を横たわらせ、僕は一仕事終えた安堵でその場に座り込んでしまった。

汗を流しながら荒い息を吐く僕に、来栖さんはお疲れさまでした、とタオルとよく冷えた麦茶を出してくれた。

ありがたくそれらを受け取り、人心地がついたところで改めて尋ねる。

「これからどうするつもり？」

「うーん……どうしたものでしょうか」

女性に掛け布団を掛けながら、来栖さんは曖昧に呟く。

「とりあえず、何か身元の確認ができるものを持ってないか調べてみましょう」

心苦しいですけど、と言って来栖さんは彼女が持っていたバッグを漁り始める。

「えーと、例の本とスマホと化粧ポーチと……あ、パスケースがありますね」

来栖さんは、若い女性が使うにしては無骨な黒のパスケースを取り出す。

「東雲大学の学生証が入ってますね。なになに……お名前は、御剣唯さん、哲学科の一年生ですか。あ、ちょっと先輩。今私のほう見て、同学年には見えない、って思ったでしょう?」

「思ってない思ってない」

本当はばっちり思っていた。

問題の女性——御剣さんが大人っぽく見えるというのもあるが、来栖さんはちっちゃくて可愛いので、正直高校生と言っても余裕で通用する。

もちろん、そんなことは口が裂けても言えないが。

それにしても御剣とは珍しい苗字だ。記憶の片隅に何かが引っ掛かる。

御剣、御剣、御剣……。必死に記憶をさらって、ああそうか、とようやく結論に思い至る。

スマホを取り出して、ちょっとした調べ物をし、結果が表示された画面を来栖さんに見せる。身を乗り出して、彼女はそれを覗き込む。

「ええと、御剣大——日本の小説家……? 御剣さんのご家族でしょうか?」

「たぶんね」頷いてフリー百科事典の別のページを表示する。「ほら、さっきの本も御剣大さんが書いたものだよ。『神薙虚無最後の事件』って聞いたことない?」

「いえ、皆目。有名な作品なんですか?」

「有名……まあ、有名かな。僕も実際に読んではないんだけど……」

少しだけ答えに窮する。来栖さんは純粋だからあまりこの手の醜聞を教えたくはないのだけれども、それはそれで御剣さんが目を覚ましたとき下手なことを聞いてトラブルに発展しそうな予感もする。僕は仕方なく事情を説明する。

「僕もあまり詳しくはないけど、ネット時代黎明期の炎上事件として有名でね。二十年くらいまえ、神薙虚無っていう変な名前の名探偵がいたらしいんだ」

「え、実際にいたんですか？」来栖さんは驚いたように目を丸くする。

「うん。それで実際に起こった事件をこの御剣大さんって人が本にしてまとめて出版したんだ。それがこの『神薙虚無』シリーズだね。当時はノンフィクションのミステリということでものすごい人気になって、本も飛ぶように売れたらしい」

「そんな人気の本が、どうして炎上なんてしたんですか？」

「捏造がバレたんだ」

「……捏造？」

「うん。ノンフィクションって触れ込みで売ってたのに、実際にはそのほとんどが作り話だったことがわかって大騒ぎになってね。神薙虚無なんて実在しないし、事件もすべて作り話。今ならそういう嘘は簡単にバレるけど、当時はまだそれほどネットも普及してなかったから信じてた人も多かったみたいだね。で、当然本は絶版になり、御剣大も表舞台から姿を消した」

「……最近よくある、恋愛リアリティショーに台本や演出があるなしで騒がれているのと似たようなものですか」

「それのもっと酷い感じかな。今じゃ『御剣』は、嘘つきや詐欺師のネットミームとしても使われてるくらいだよ」

十年ほどまえ、ネットを始めたてのときに騒動のことを知ったのだが、その頃にはすでに御剣氏の著作は、一般の書店には並んでおらず、人気絶頂時に大量に刷ったものが中古書店で安価に買い求められるようになっていた。意外なことに中古市場では御剣氏の著作はそれなりに人気らしく、未だに途切れることなく流通しているようだ。おそらくネットの炎上騒動を知った人が、面白半分に買い求めているのだろう。

だからこそ、そんなふうに今ではほとんど色モノとしか見られなくなった本を、後生大事に抱えていたこの女性のことが少し気になった。

ただ、大人になった今になって思うところはある。

当時はさぞや酷い誹謗中傷に遭ったことだろう。どういう意図があってフィクションを事実と偽ったのかはわからないが、それにしても過剰な社会制裁は気の毒だ。もしかしたら、この女性も謂われのない悪意に曝されてきたのかもしれない。

つらそうに話を聞いていた来栖さんは、気持ちを切り替えるように息を吐く。

「――とりあえず、いざというときの連絡先もわかりましたし、様子見で良さそうですね。私はやることがないので勉強でもしますが、先輩はどうします？」

来栖さんの何気ない問いかけ。ここは慎重に答えないといけない。

「そうだなあ……。このまま知らん顔して部屋に帰るのも悪いし、もし来栖さんさえ良ければ、彼女が目を覚ますまで一緒に見てるよ」

「本当ですか。助かります。是非ゆっくりしていってください」

来栖さんは嬉しそうに表情を輝かせる。少し不安だったのかもしれない。

僕としても、来栖さんと一緒の空間にいられるということであれば僥倖(ぎょうこう)というほかない。

「せっかくなので物理化学教えてください。不確定性原理とかマジ意味不明です」

「ああ、僕ら理学部じゃないからそのあたりは何となくでいいよ。あれは要するに観測によって実際の物理量が変化することを表していてね——」

小さなちゃぶ台を挟んで、来栖さんに勉強を教える。幸福を濃縮したような時間だった。

ちなみに僕も来栖さんも東雲大学の薬学部に所属している。僕が二年生、彼女が一年生なので出会ってから一ヵ月、たまにこうして勉強を見てあげている。

そして再三にわたる確認だが、これでも別に付き合っていないのである。とてもつらい。

たまに雑談を挟みながら、二時間ほど勉強をして、そろそろ夕食時という時刻になる。

御剣さんはまだ目を覚まさない。

僕は一度自分の部屋へ戻り、手早くオムライスを三人分作り、来栖さんの部屋へと戻る。

「ありがとうございます！　さあ、冷めないうちに頂きましょう！」

来栖さんは歓喜する。そこまで喜んでくれたら僕も作った甲斐があるというものだ。

御剣さんの分はラップをして置いておき、僕らは早速オムライスを頂くことにする。

「んー！　相変わらず絶品ですね。塩抜きしたベーコンを甘辛く炒めて作ったチャーシューもどきが素晴らしいアクセントです。完全に悪魔の所行です」

「それ、本当に褒めてる？」

「もちろん」

しばらく黙々とオムライスの掘削作業に専念する。半分ほど平らげたところで、不意に御剣さんが唸り声を上げた。彼女は、顔をしかめるような表情を浮かべてから、ゆっくりと瞼を上げる。惚けたように視線を彷徨わせているところから察するに、状況がわかっていないのだろう。来栖さんは、御剣さんに近づき優しく声を掛ける。

「あの、ご気分はいかがですか？　私は東雲大学の一年生で、来栖志希といいます。こちらは、二年生の瀬々良木白兎先輩です。あなたが倒れたので、とりあえず私のアパートで保護させていただきました」

聞いているのかいないのか、しばし額に手の甲を当てて虚空を見つめる御剣さん。やがて状況の整理がついたのか、一度深いため息を吐いて応える。

「――ああ、そう。そう、だったのね……。ご迷惑をお掛けして申し訳なかったわ」

ゆっくりと身体を起こし、その途中で痛っ、と顔をしかめた。

「ごめんなさい……頭痛が酷くて……」

「麦茶飲みますか？」

「……ええ、頂けるのであれば是非」

来栖さんはよく冷えた麦茶を御剣さんに渡す。それを一気に飲み干して、御剣さんは多少落ち着いた様子で息を吐いた。

「ありがとう、生き返った気分」

「それは何よりです」

空のコップを受け取り、来栖さんは小首を傾げて言う。

「ところで、差し出がましいようですが……もしかしたら、頭痛の原因は低血糖かもしれません。御剣さんのお食事もご用意したので、よろしければ召し上がって行かれませんか？」

食事、という言葉に反応したのか、彼女はわずかに目を大きくする。

「い……いいの……？」

「もちろん。ちなみにほぼ出来たてです。と言っても作ったのは私ではなく、こちらの瀬々良木先輩ですが。味のほうは私が保証しますよ」

しばし迷ったように目を泳がせる御剣さんだったが、すぐ観念したように小さく頷く。

「……では、お言葉に甘えて」

ささやかな恥じらいを残しつつ、オムライスを食べ始める。

「――ん、美味しい」

御剣さんは驚いたように目を丸くする。口に合ったようで何よりだ。僕らも食事を再開する。

食後に来栖さんが淹れてくれたほうじ茶をのんびりと味わっていたところで、おもむろに御剣さんは口を開く。

「あなたたちは、文字どおり命の恩人ね。本当にありがとう」

御剣さんは丁寧な所作で床に指を突いて深々と頭を下げた。来栖さんは笑みを返す。

「お気になさらず。私が勝手にやったことです。それより御剣さん、ご気分はいかがです？」

「ええ、もう大丈夫。少し頭痛は残っているけど、父さんのためにもここで諦めるわけには――あら？　そういえば私の名前……？」

「実は気を失っている間、失礼とは思いましたがバッグを確認させていただきまして……。パスケースから御剣さんのお名前を知りました。申し訳ありません」

「ああ、そういうこと」得心いったというふうに御剣さんは頷く。「いえ、気にしないで。倒れた私が悪いのだし……。ご迷惑お掛けしてこちらこそごめんなさい」

それから、何かに気づいたように御剣さんは真剣な表情を浮かべ直して尋ねる。

「その……。あなたたちを疑うわけではないのだけど……私、倒れるまえに一冊の本を持っていなかった……？」

「ええ、大丈夫です。バッグの中にちゃんと入れてあります」

御剣さんは慌てたようにバッグの中を覗き込み例の本を取り出すと、まるで大切な人と再会したかのように優しく胸に抱き締めて、良かったと安堵の言葉を零した。

「――とても大切な本なんですね」

来栖さんは尋ねる。ええ、と慈愛に満ちた優しい声で御剣さんは返す。

「これは……私と父さんの大切な絆だから……無くしたらもう生きていけないほどの……」

先ほどから気になる物言いだ。それも、決して聞き流せないほどの。父さん、というのはやはり御剣大氏のことだろうか。気にはなるが……あまり深入りしないほうが良いかもしれない。来栖さんが何らかのトラブルに巻き込まれてしまう可能性もあるわけで。

しかし、来栖さんは自ら首を突っ込んでいく。

「もし何か事情があるのでしたら、話してみていただけませんか？　お一人で抱え込むよりも気持ちが楽になるかもしれませんし、もしかしたら何か協力できることがあるかも――」

「ありがとう、でも大丈夫」

柔和に微笑みながらも、遠慮ではなく拒絶の意思を込めて彼女は言う。

「これは私の問題だから、気にしないで」

「そう、ですか」

来栖さんは眉尻を下げた。その様子は、飼い主に散歩を拒絶された仔犬のようで、何とも物悲しい。御剣さんも心が痛んだのか、苦笑を浮かべて続ける。

「――ならせっかくだし、一つだけ聞かせてほしいことがあるのだけど、いい？」

「もちろんです！」途端、来栖さんは表情を輝かせる。

「お言葉に甘えて」上品に小首を傾げて、彼女は告げた。「あなたたちのどちらかで……難事件の解決に心得のある人を知らない？　そう、まるで本の中に出てくる名探偵みたいな――」

その意外な言葉に。

示し合わせたかのように、僕と来栖さんは目を真ん丸くして見つめ合った。

3

――金剛寺煌（こんごうじきら）を正確に表現する言葉を残念ながら持ち合わせていないので、大変申し訳ないけれども以下は極めて雑多な情報の羅列となる。

金剛寺煌、東雲大学理学部四年生。

世界に名だたる超巨大コングロマリット、金剛寺グループ総帥の孫娘として生を受けた、生まれながらの王である。

その圧倒的なバックボーンに加えて、十歳にしてアメリカの大学を卒業するほどの天才的な頭脳を持ち、世界レベルのモデルさえ裸足(はだし)で逃げ出すほどの美貌(びぼう)を持ち、フェンシング世界チャンピオンという超人的な運動能力まで持っているという漫画みたいなお方だ。今は道楽で日本の大学生をやっている。

ただし生来の王性と天才性ゆえに、その性格は極めて尊大。世界の中心が自分であることを決して疑わず、周囲の人間を平気で振り回して喜ぶ上に、気に入った人間を自らの所有物だと思っているフシがあり、人権意識にも問題を抱えている。

その半面、《高貴さは義務を強制する(ノブレス・オブリージュ)》を信念としており、困っている人には手を差し伸べなければいられないほどの清廉さも持ち合わせているので、どうにも憎めないお人でもある。また、興味のあることにはとことん突っ込み、それ以外のことには目もくれない気まぐれな一面もあり、その複雑な多様性からも常に周囲を困惑させている。

だが――その頭脳は紛(まぎ)れもなく本物だ。

不思議なもの、自分の理解が及ばないものに異常な興味を示し、他人の問題に頻繁に首を突っ込んでいっては、その圧倒的な知性であっさりと諸問題を解決してしまう。

そうしてついたあだ名が――東雲の名探偵。

現在彼女は、東雲大学クラブ棟最上階最奥南側の小部屋を《名探偵倶楽部(クラブ)》などという名目で借り受けてそこを根城としている。

さて、一夜明けた翌日。

僕は来栖さんと、例の御剣さんを連れてクラブ棟の廊下を歩いていた。

御剣さんに、名探偵を知っているのであれば是非紹介してほしいと懇願され、それを放っておけない来栖さんが一も二もなくその願いを快諾してしまったのだから仕方がない。

目的地へ到着する。僕は『名探偵倶楽部』とプレートの下げられたドアを開ける。

八畳ほどの室内に向かって、お邪魔します、と声を掛けると――。

「ああ、いらっしゃい、瀬々良木くん、志希ちゃん」

部屋の奥のソファに腰を下ろして本を読んでいた眼鏡の青年は、顔を上げて僕らを認めると柔和に微笑んだ。

傍らの来栖さんが上品に小首を傾げて応じる。

「こんにちは、雲雀先輩。今日はお客様をお連れしているんですが、構いませんか？」

「もちろん。狭苦しいところで申し訳ないけど、遠慮せずどうぞ」

雲雀は嫌な顔一つせず立ち上がり、僕らをソファへ促す。

失礼します、と入室し、御剣さんは丁寧にお辞儀をする。

「一年生の御剣唯といいます。突然お邪魔してすみません」

「いいよ、気にしないで。僕は雲雀耕助。工学部の二年です。よろしくね、御剣さん」

御剣さんの緊張をほぐすように、雲雀は穏やかにそう告げた。

くせっ毛の黒髪に黒縁眼鏡という如何にも文学青年然としたこの男は、見た目どおりの文学青年で僕の数少ない友人だ。元々は大学の季刊誌『暁雲』を発行する広報サークルの一員だったのだが、編集部員不足により解散の危機を迎えていたところ煌さんに目を付けられ、そのまま部室まるごとを《名探偵倶楽部》として占拠されてしまった幸薄い青年でもある。

もっとも煌さんの圧力と権力のおかげで編集部を存続させられたわけだが。

ちなみに父親は著名なジャーナリストで、子どもの頃から一緒に世界中を飛び回っていたらしく、その影響かコミュニケーション能力は異様に高い。

如才なく僕らをソファに座らせた雲雀は、改めて尋ねてくる。

「それで今日はどういったご用件で？」

僕と来栖さんは顔を見合わせる。しかし、僕らを制するように御剣さんは自ら答える。

「金剛寺さんにご相談があって参りました」

「ああ、なるほど」

相談事に慣れているのか、雲雀は得心いったというふうに相づちを打つ。

「実は、おなか空いたからラーメン食べてくるって、三十分くらいまえに出ていっちゃったんだ」雲雀は肩を竦める。「急用なら携帯に掛けてみようか？」

「――いえ」御剣さんは上品に首を振る。「お気遣いありがとうございます。でも、それほど急ぎというわけではありませんので。よろしければ、待たせてもらいます」

「ああ、それはもちろん」どこかほっとしたように雲雀は微笑む。「それじゃあ、お茶でも淹れようか。ダージリンでいいかな?」

はい、と御剣さんは頷いた。雲雀は手慣れた様子で手早く人数分の紅茶を淹れてくれる。

お茶請けに雲雀お手製クッキーを頂きながらしばらく待っていると、突然、バタン、と乱暴にドアが開かれた。

「いやあ、満足満足。ラーメンなど庶民の食べ物と侮っていたが、たまには良いものだな。非常に美味であったぞ。しかし、まだ五月なのに今日は暑いな。うんじゃく、つめちゃー」

高級そうなブラウスの胸元をパタパタさせながら——金剛寺煌さんはずかずかと部屋へ入ってくる。なお『つめちゃ』とは冷たい麦茶の略だ。

「こんにちは、煌さん。お邪魔してます」

「おお、来栖くんと助手」煌さんは気安げにぴらぴらと手を振る。「いらっしゃい、ゆっくりしていくといい」

涼やかな目元を細めて、煌さんは言う。左目元の泣きぼくろが今日もセクシー。

どうやらよほどラーメンが美味しかったらしく煌さんは上機嫌の様子。頼み事をするには良いタイミングだ。

ちなみに、助手、というのは僕のこと。煌さんの中で、僕は彼女の助手ということになっているらしい。うんじゃく、というのは雲雀のこと。彼女は自分の所有物だと認識している人間に対して変なあだ名を付ける癖がある。独特の言語センスをお持ちなのだ。

そして何の助手かというと、名探偵の助手、ということらしい。半年ほどまえ、学内で盗難事件が発生し、不幸にも無関係の僕が容疑者として挙げられてしまったことがあったのだが、そのとき煌さんが力を貸してくれたのが、彼女との出会いだった。それ以来僕は、彼女に恩を返すためにこの《名探偵倶楽部》（正確には広報サークル）の一員として名前を貸している。

余談だが、来栖さんは暇だからというだけの理由で名前を貸してくれている聖人である。

煌さんは、長い髪を払い整えてから、御剣さんに視線を向けた。

「いらっしゃい。えっと、そちらの美女はお客様かな？」

機会を窺っていたのか御剣さんも立ち上がって会釈をする。

「──初めまして。私は一年の御剣唯といいます。よろしくお願いします」

「うん、よろしく」一番グレードの高いソファにどかりと腰を下ろす。「どういったご用件だろうか。興味の湧く話なら大歓迎なんだが」

試すような視線を御剣さんに向けながら、煌さんは当たり前のように給仕された麦茶を呷る。完全に王者の所作であり、それがまた悔しいほど似合っていた。

逡巡を見せてから、御剣さんは意を決したように胸元に手を添えて告げる。

「──実は、名探偵と呼ばれる金剛寺さんに、ある未解決難事件を解決し、その事件の決定的証拠品を手に入れていただきたいのです」

「未解決難事件」ぴくりと、煌さんの形の良い眉が震える。「興味深いな。続けたまえ」

「持って回った言い方は得意ではないので単刀直入に言います。未解決難事件の名前は、『神薙虚無最後の事件』。そして証拠品の名前は――《久遠寺(くおんじ)オルゴール》」

「――待て」

急に煌さんは声を低くし、射貫(いぬ)くような鋭い目で御剣さんを見据える。

「冷やかしならば帰ってもらいたいのだが……それは私を謀(たばか)っているのか？」

僕ならば震え上がりそうな煌さんの視線を、御剣さんは真っ向(まっこう)から受け止めて答える。

「……そう、言われるのも無理ありません。しかし、私は真剣です」

「つまりきみは、本気でこの私に、あの捏造妄想小説を解き明かせと言っているのか」

返答を間違えば怒り出しそうな剣呑(けんのん)な問い。だが、煌さんの気持ちもわかる。『神薙虚無最後の事件』と言えば、今やお笑いぐさと語り継がれる過去の炎上案件だ。名前を聞いただけで多少ネットに詳しい人ならば、ああ、と顔をしかめるくらい消費し尽くされたコンテンツ。

それを解き明かせと、名探偵と名高い金剛寺煌に依頼することの意味を、目の前の女性は本当に理解しているのだろうか。

見ていて不安になる僕をよそに、御剣さんは煌さんを見据えて言う。

「――少しだけ、語弊があります。神薙虚無は――実在します」

その言葉に。

煌さんは珍しく驚いたように双眸(そうぼう)を見開いた。

「何を言って……いや、待て。きみ、名前は確か……」

「御剣です。御剣、唯と申します」

「御剣……まさかきみは、あの《観測者》御剣大のご息女なのか……！」

「――はい」

御剣さんは深く、そして何らかの想(おも)いを込めるように頷いた。

次の瞬間、煌さんはソファから飛び上がり喜色に顔を染める。

「では、まさか『神薙虚無最後の事件』は、本当に起きたことだというのか！」

「そのように、聞いています」

「伝説は、生きていた……っ！」

煌さんは、いよいよ感極まったように両拳(りょうこぶし)を天に掲げて叫ぶ。

突然の奇行に唖然(あぜん)とする僕らを完全に放置して、煌さんはこの世の春とばかりのハイテンションで話を進める。

「なるほどなるほど！　ということは、ひょっとしてご母堂はあの星河(ほしかわ)かぐやか！」

「あんな人！　私と父さんを捨てた人でなし、母親だなんて思ってません！」

御剣さんはこれまでの冷静な様子とは打って変わって激情を示す。

「ふむ！　何か事情があるらしいな！」

煌さんはとても楽しそうに手を叩く。さすがに黙っていられなくなって僕は口を挟む。

「待ってください。つまり、ネットでは捏造だと言われている『神薙虚無』シリーズは、実は捏造ではなかったということですか……？」

「……はい」悲しげに、御剣さんは頷く。「捏造そのものが捏造なのだと、父からは聞いています。それ以上のことは、頑なに口を閉ざして教えてもらえませんでしたが、父たちが活動を引退し、表舞台から姿を消したタイミングで、捏造の噂を流されたのは間違いありません」

「——以前から、陰謀説はあったのだ」煌さんが神妙な顔で引き継ぐ。「当時の《名探偵》や《怪盗王》の人気は凄まじいものがあり、同時に国の捜査機関への不信感なども高まっていた。だから内調や公安が彼らを危険視して陥れたという説は一定層に支持されていたのだが……何よりも《名探偵》たちが一切の反論を行わなかったのが大きかった。結局、反論をしないのは疚しいことがあるからだという論調で、世論は決してしまった」

僕は騒動の具体的なことを知らないので何も言えないが、もしもすべて事実であるところを、誰かの都合ですべて嘘にされたのだとしたら、御剣大氏の無念は想像にあまりある。

「反論を行わなかったのも、何か事情があるわけだな」

「……はい。故あってこちらの現在の状況をすべてお伝えすることはできませんが、それでもよろしければお引き受けいただけると嬉しいです」

「いいよ、構わない。『最後の事件』が捏造ではなく事実なのだとしたら、確かにあれは伝説の未解決事件ということになる。《王の宝物庫》に封じられた世紀の不可能犯罪と、失われた証拠品にはすこぶる興味が湧く」

煌さんは、興奮した様子でそう言うが、ハタと気づいたように尋ねる。

「しかし、きみの望みが今ひとつよくわからない。きみは私に何を求めているんだ？」

「『神薙虚無最後の事件』を解決すること、ただそれだけです」真っ直ぐに煌さんを見つめて御剣さんは力強く言い切る。「そして、真相を私に教えてくだされればすべてが上手く片づきます。誰も傷つけることなく——私の手元に《久遠寺オルゴール》が届く。そういう手はずになっているのです」

「ふむ。どういう事情かさっぱりだが、とにかく事件の真相を欲している、ということだな。しかし……おそらくきみは、作中に書かれていないいくつかの重要な情報を握っているはずだ。それらを開示することなく、事件を解決しろというのは、少々無茶なんじゃないのか？」

意味のまったくわからない会話だったが、それでも痛いところを突かれたというふうに御剣さんは綺麗な顔をわずかに歪めた。

「……父が、言っていたんです。『作中には解決に必要なすべてのことが記されている』と」

「なるほど……つまり実際のところ御剣大氏は《王の宝物庫》を開いていたわけだな」煌

さんは興味深そうに顎（あご）をさする。「だが、二十年まえの事件で、証拠の一切は最終的に焼失しているはずだ。どう足掻（あが）いたところで、かつての、あるいは今のミステリマニアたちと同様に、机上の空論をただ積み重ねていくことしかできないと思うのだが」

　小説を読んでいない僕には話の内容がさっぱり理解できない。たぶん来栖さんや雲雀も同様だろう。御剣さんは、シニカルな笑みを浮かべて肩を竦めた。

「今さら事件の真相なんて藪（やぶ）の中でしょう？　私が納得できる推理であれば、それを私は真相だと認識します」

「ふうん」煌さんは意味深な笑みを浮かべて鼻を鳴らす。今絶対この人はろくでもないことを考えているに違いない。僕はパブロフの犬のような条件反射で寒気を覚える。

　煌さんは、不意にその底意地の悪い笑みを貼（は）りつけた顔でちらりと僕らを見やってから、御剣さんに向き直って告げる。

「――ならばこうしよう。『毒チョコ』よろしく、ここにいる面々でそれぞれ事件を推理して、それぞれの真相をきみに進呈（しんてい）しよう。その中から特に気に入ったものを一つ、きみは真相として持ち帰ればいい。これがきみに授ける《高貴さは義務を強制する（ノブレス・オブリージュ）》だ」

「……どういうことです？」御剣さんは形の良い眉を顰（ひそ）める。「私はただ、金剛寺さんの推理さえあればそれでいいんですけど」

「私の提示する真相を、きみが受け入れられるとは限らないだろう？」煌さんは上品に微笑む。「そのための保険と考えればいい。それにここにいるみんなは優秀な私の部下みたいなものでね。きっと伝説の難事件にも相応の解決を示してくれるはずだ」

何故(なぜ)か自信満々に煌さんは言い切る。良からぬ方向に話が進んでいる気がして、僕は恐る恐る挙手をする。

「……あの、楽しくお話ししているところ申し訳ないんですけど、それはつまり僕らも『神薙虚無最後の事件』を読んで真相を推理する、ということですか」

「そのとおり。そして、その推理を発表し合う場を設けるのだ。なかなか面白い催しだろう？」

思わず顔をしかめてしまう。

「面白いって……さすがに不謹慎でしょう。それに御剣さんだって、部外者の僕らに色々言われるのは迷惑なのでは？」

「――いえ、大丈夫です」御剣さんは気丈に答える。「こちらから解決をお願いしているのです。金剛寺さんの都合の良いように進めていただいて構いません。複数の推理を聞くことができる、というのは私にとってメリットしかありませんし。ただ、一つだけお願いがあります。その推理発表は、二十日に行うことが可能でしょうか？　私の都合で申し訳ないのですが、その日までに事件を解決しなければならなくて」

「何も問題はない」

いとも簡単に煌さんは言われた締め切りを受け入れるが、巻き込まれるほうとしてはたまったものではない。五月二十日といったら来週の月曜日だから、今日を除いてあと四日しかない。そんな短期間で本を一冊読んだ上に、その中で描かれる難事件にそれなりの推理をしろなんて僕のような凡夫には過酷すぎる。

だが、そんな僕の内なる声は表に出す暇さえ与えられず、煌さんは早速まとめに入った。

「では、推理発表会は、月曜の午後四時からこの場で行うものとする。みんな遅れないように。御剣くんもそれでいいね」

「はい、よろしくお願いします」

深々と頭を下げて、御剣さんは部屋を出ていった。

4

御剣さんが部屋を去ってまもなく。煌さんは、僕らに向き直って満面の笑みで言う。

「さあ、楽しくなってきたな！」

「……それはあんただけですよ」

妙に張り詰めていた空気に当てられてすっかり疲れてしまった僕は、脱力して肩を落とす。

しかし、煌さんが他人を労(ねぎら)うなどという高度な対人能力を持っているはずもなく、くひゃひゃ、と悪趣味な笑い声を上げて僕の肩をバンバンと叩いた。

「辛気くさい顔をするな、助手！　人生は楽しんでナンボだぞ！　ほら、アメをやろう！」

「……ども」

どこからともなく取り出した飴玉を手の中に押し込んでくる。尋常じゃないお金持ちだけど、こういうところはわりと庶民的である。

ちなみに煌さん。目元の涼やかな印象が恰好良いとして、特に女学生から絶大な人気を誇っているわけだが、笑い方が汚いという非常に残念な欠点を持っている。

「ちなみに、うんじゃくと助手は推理発表会参加強制として、来栖くんはどうする？」

「うーん、私はあまりこういうことは得意じゃないのでパスで」来栖さんは悩ましげに小首を傾げた。「その代わり、瀬々良木先輩を全力でフォローしますね」

「――そうか。うん、そうするといい」煌さんは少し残念そうだ。「誰かが尻を叩かないと、助手は真面目に取り組まなそうだからな」

その物言いはいかがなものかと思ったが、結果的に来栖さんとの接点が増えそうだったので僕としては嬉しい限りだ。

「まあ、微力でも人助けになるのであれば協力します。ただ、期待はしないでください」

「いやあ、楽しみだなあ！　眠らない『眠りの小五郎』ばりの迷推理！」

「ちっとも期待されてない！」

扱いの酷さにふて腐れる僕を、まあまあ、と来栖さんは宥めてくる。

「しかし煌さん。協力するにせよ、あまりにも情報が足りていないと思います。もう少し、諸々詳しく説明していただけませんか？」

「ふむ」煌さんは腕組みをして一瞬黙り込む。「ちなみに、助手とうんじゃくは多少知っているようだが、来栖くんは、神薙虚無の一連の騒動のことを何か知っているかい？」

「いえ、昨日瀬々良木先輩に、ネット黎明期の炎上事件だと伺った程度しか」

「なるほど、では最初から──当時の時代背景も含めて説明しようか」

見計らったかのようなタイミングで、雲雀が僕らの前に淹れたての紅茶を給仕してくれる。

熱々の紅茶を舐めてロ元を湿らせてから、煌さんは重々しい口調で語り始めた。

「──今から二十年ほどまえ、人々は鬱屈していた。未曾有の大不況、増加する猟奇犯罪、前代未聞の大規模テロ。そして──世紀末の大予言と、新世紀への言いしれぬ不安。そんな薄曇りのような暗澹たる日々を晴らしてくれる刺激を、彼らは求めていた。その最中、彗星の如く颯爽と現れたスーパースターがいた。その名は《怪盗王》久遠寺写楽。人々は彼の巻き起こす摩訶不思議な奇跡的大犯罪の数々に魅了され心酔し、かの者を崇め奉った。そして時同じくして、かの者を捕らえようと、全国各地から素人探偵たちも一斉に決起した。これが世に言う、《怪盗王》と探偵たちが互いに鎬を削り合った、《大探偵時代》の幕開きだな」

「……待って待って」

僕は思わず止めに入る。

「何だよ助手。これからが良いところなのに」

「嘘を吐くなら、もっとそれっぽい嘘にしてください。そんなあからさまな作り話を信じるほど僕らも馬鹿ではありません」

「嘘とはなんだ嘘とは」煌さんは不服そうだ。「すべて紛れもない事実だぞ」

「さすがに信じられません。第一、たった二十年まえなら、僕らも話くらいは聞いたことがないとおかしいです」

「捏造騒動ですべてが闇に葬られてしまったのだ。ネットには虚実入り交じった情報が錯綜し、やがて時が経ち、すべてが『無かった』ことにされてしまった……。内調と公安の情報操作というのは、あるいは事実だったのかもしれないな。徹底的に社会から当時の《怪盗王》にまつわる文化が欠落している。私も御剣くんに言われるまでそれが異常なことだと認識できなかったのだから、大したものだよ」

「……いやいや」

あり得ないだろ。誇大妄想の陰謀論者でさえもう少しマシなことを言うと思う。

「じゃあ逆に聞くが、きみは自分の歴史観をどれほど信用しているのだ。わずか三十年まえ、バブル期の日本は、超売り手市場で就職内定は取り放題。給料袋は直立し、夜はディスコで馬鹿騒ぎ、大学生はホテルのスイートルームでドンペリを飲みながらクリスマスパーティを行い、工事現場の昼食は高級幕の内弁当だったそうだ。現代の日本からすればとても信じがたいファンタジックな世界観だが、確かにそれは歴史の一部として存在したのだ。それに比べたら、実は過去に《大探偵時代》と呼ばれる期間があって一部の人々が熱狂していたことくらい、どうってことないと思わないか？」

「……そうかなあ」

何だか釈然としない。でも確かに、バブル景気も《大探偵時代》とやらも似たようなものので、今の僕からしたらどちらも同じくらい荒唐無稽な作り話に思えてしまう。そういう意味では、過去のデタラメさに一々目くじらを立てるのも虚しさを覚える。

「……わかりました。百歩譲って、煌さんの与太話が事実であるとして続きを聞きます」

仮に事実であったとすると、それはそれとして世界観がイカれているのは気掛かりだ。怪盗だ探偵だと、何を時代錯誤なことを言っているのか。

ちらりと隣の来栖さんを窺うと、口をへの字に曲げた何とも微妙な表情を浮かべていた。おそらく彼女も僕と同じような感想をもったのだろう。

煌さんは多少不満そうではあったが、僕が突っ込みをやめたことに気を良くしたのか、再び饒舌に語り出す。

「久遠寺の引き起こす不可能犯罪というのは、実に魅力的なものばかりでね。殺人などの血腥く現実的なものは存在せず、すべて魔法のようにある種幻想的なものであったことから、多くの人々の心を魅了した。無論、法的にはただの犯罪ではあるのだが、義賊的な犯行も多く、それがまた広く愛される理由にもなったのだろうな」

義賊的、ねえ。

「たとえばどんな事件があったんです？」

雲雀が尋ねると、煌さんは目を輝かせて身を乗り出す。

「たとえば、そうだな。豪華客船の中に展示されていたクラシックカーを太平洋の真ん中から盗み出したり、あるいは難攻不落の秘密研究所に幽閉されていた少女を一人消失させたり、果ては衆人環視の中で突然煙のように消え失せたかと思ったら、直後に何キロも離れた別の地点に現れたり——信じられるか？　そんな魔法みたいなことを平気でする人間が創作の中じゃなくて、この現実に存在したんだぞ」

「……はあ」

熱く語る煌さんに対し、雲雀は生返事をする。話を聞く限り胡散臭いというよりもはや眉唾だ。というかそんなわけのわからない噂のせいで、捏造だとか言われたんじゃないか？

「まあ、そんな凄まじい《怪盗王》の前に全国各地の素人探偵たちは立ち塞がったわけだが、誰も彼もが相手にならなかった。探偵たちの能力がことさら劣っていたわけではない。ただ単純に、《怪盗王》の能力が桁違いに高かっただけなんだ。圧倒的な《怪盗王》を前に、探偵たちは次々と敗れていった。何が《大探偵時代》か。これではただの《大怪盗時代》ではないか。自らの力不足を嘆き、探偵たちは会稽の恥と悔しさに涙を呑んだ」

会稽の恥を嘆くくらいなら、そもそも素人が探偵を名乗ること自体がかなり恥ずかしいことだと思うのだが……。昔の人は存外タフなんだなあ、と他人事のように感心する。

「このままでは治安の悪化が進行し、市井の人々の安全さえ危ぶまれるようになってしまう。力無く敗れていった探偵たちの誰もがそう感じ、将来に対して暗澹たる想いを抱いていたある日——突如として一人の高校生探偵が現れた。その名は神薙虚無。自らを《欠陥探偵》と呼ぶ彼こそ、人々が待ち望んだ《大探偵時代》における真なる《名探偵》の称号を得るに相応しい天才だった！」

　拳を握り、煌さんは熱弁を振るう。

「彼の登場から《怪盗王》と《名探偵》のライバル関係という構図が生まれ、人々はますます彼らの活躍に魅了されていった。天才的大怪盗と天才的名探偵がお互い知力の限りを尽くして戦い、時には協力し合い更なる巨悪に立ち向かう——そんな姿が、古き良き時代の探偵vs.怪盗の理想像を彷彿とさせたのだろうな。当時の少年少女たちは、彼らの戦いに胸を躍らせた。かくいう私も若い時分には、熱き知略戦に興奮したものさ」

　過ぎ去りし日々を懐かしむように、煌さんは遠くへ視線を彷徨わせる。

　おかしいな……僕、煌さんと歳が二つしか違わないはずなのに、まったく共感できる要素がないぞ。

「待ってください。当時って、煌さん一、二歳なのでは？」

「そうだね。でも私は天才だったので、当時すでに三ヵ国語をマスターしていた」

　化け物か。

「そのおかげで、御剣大の小説をリアルタイムで楽しめたのだから天才冥利に尽きるな」

「そしてそのおかげで、炎上もリアルタイムで体験してしまったと」

「人の古傷を抉るのはやめろ！」

煌さんはむきになって怒る。きっと当時はものすごくショックだったのだろう。

ところでそもそも、探偵と怪盗云々という理想像は極めて偏った幻想な気もするが、そんなつまらない指摘で他人様の美化された過去を汚すほど無粋でもないので黙っておく。

「――《名探偵》神薙虚無には、ともに事件に挑む仲間がいた」気を取り直して、煌さんは紅茶で唇を湿らせてから続ける。「それが星河かぐやと御剣大だ。最初は幼なじみの三人で行動していたのだが、途中から水守稜湖、渡良瀬鈴子の二名が加わり、いつしか御剣大を除いた四名は《名探偵たち》と呼ばれるようになっていた。彼らからそう名乗ったことはないがね」

ようやく聞いた名前が出てくる。御剣大が御剣さんのお父様で、星河かぐやというのがお母様なのだったか。

「御剣さんのお父様とその名探偵さんたちは幼なじみなんですか？」来栖さんは尋ねる。

「ああ。特に星河かぐやは、類い希な観察力と記憶力で、最初期から神薙虚無をサポートしていた。水守、渡良瀬の二名は、幼なじみではなく事件の際に知り合った才気溢れる少女たちで、どちらも神薙の名探偵としての資質に心酔し、行動をともにするようになった」

情報を整理するように、ふむ、と呟いて来栖さんは質問を続ける。

「なるほど……それで、その《名探偵たち》の活躍を、御剣氏は本にまとめたわけですね？」

「そのとおり」煌さんは嬉しそうに指を鳴らす。「御剣大は《名探偵たち》の活躍を一番近くで観察し、彼らの偉業を余すところなく物語として書き記して出版した——いわば、『神薙虚無』シリーズの生みの親というわけだな」

「ホームズとワトソンのような関係だった、ということですか」

王道ですね、と来栖さんは控えめに微笑む。

今一つ現実的ではないが、気にしても仕方がないようなので大人しく受け入れる。

「とにかく御剣大の文才のおかげで、彼ら《名探偵たち》の活躍は全国に知れ渡り、人々を魅了することができたわけだな。インターネット黎明期であったことも多少は影響しているだろうが……やはり大半は本による拡散だろう。私も本で彼らの活躍を知ったクチだ。ただ、さすがに例の騒動で手放してしまったので今は持っていない。帰りまでに人数分を用意させよう」

そう言って煌さんはスマホを操作する。きっと使用人に連絡を取っているのだろう。すぐにスマホをしまって、話に戻る。

「さて、御剣大は《名探偵たち》と《怪盗王》の手に汗握る戦いを十二冊の本にまとめた。そして、問題の十二冊目が『神薙虚無最後の事件』となる」

いよいよ話が核心に近づいてきた。

「タイトルのとおり、これが彼らの最後の物語だ。結末は省くが、とにかくこの本にだけ作中起こった事件の解決が記されていない。それがまた全国の推理マニアたちの心を擽(くすぐ)り、作中の事件を解決しようとする試みが一時社会現象にもなった。警察の公式発表はあったが、当時警察は《怪盗王》から良いように弄(もてあそ)ばれていたこともあり、誰もそれを真に受けず、皆好き勝手に真相を推理していた。発売当初から様々な仮説、推理が展開されていったのだが――結果はあまり芳しくなかった。どの推理も一様にある程度の解決は導いているのだが、細部を詰めれば甘いし、何よりどれも面白くない。いったい何が真相なのかと、人々の盛り上がりが最高潮を迎えようとしていたまさにそのとき――突如、捏造疑惑が浮上した」

煌さんは表情を暗くする。機嫌を窺うように雲雀が尋ねた。

「具体的にはどういう疑惑があったんですか？」

「まず《名探偵たち》と《怪盗王》が裏で繫(つな)がっていた、という疑惑だ」煌さんは神妙に告げる。「実際、神薙虚無の推理力は凄まじすぎて神通力(じんずうりき)か、もしくはやらせであるとする言説は当初からあったのだ。きみたちも推理小説を読んでいて感じたことがあるんじゃないかな。創作物に登場する名探偵が、実は超越者なのではないかと」

それは……ないと言えば嘘になる。推論を重ねて、何故ぴたりと真実を当てられるのか。仮に九割方正しそうな推論も、それが十個重なれば正しい確率は三割五分程度になる。にもかかわらず、名探偵は確率を超越して真相を言い当てる。まるで——すべてを知る超越者、ラプラスの悪魔のように。

「だが、当然世の中に超越者なんてものは存在しない。だからこそ超越的に真相を言い当てる名探偵・神薙虚無は、その能力を疑われた。それが推理などではなく、ただ単純に初めから《怪盗王》と示し合わせていただけなのではないかと」

「何か証拠があったのですか？」と来栖さん。

「いや、状況証拠だけだな。だから、よくある言い掛かりの類いとして当初は見向きもされなかった。しかし、その疑惑はずっと燻り続け、あるタイミングで爆発した。それが、神薙虚無の非実在疑惑だ」

「捏造騒動の件ですね。昨日、瀬々良木先輩から聞きました」

「そう、そもそもすべて御剣大の創作であるという疑惑だな。実は『最後の事件』の発売から一ヵ月ほど経過したところで、とある大衆向け週刊誌に神薙虚無の関係者を名乗る人物の独占記事が載ったのだ。その記事には、神薙虚無なんて人物は存在しておらず、本に書かれていることはすべてでっち上げだった——と記されていた」

なるほど。そもそも何が切っ掛けで炎上したのかとずっと疑問だったが、週刊誌にすっぱ抜かれたわけか。二十年まえといえば、まだペーパーメディアが大衆の最先端情報源だったはず。それを火種としてネットで炎上が起きたということか。

「そして記事に付随した一つの客観的事実として、後の調査で、『神薙虚無』という人物は存在しないことが確認された。戸籍もなく、存在を確認できるものといえば、御剣大の小説と一部関係者の証言のみだ。そもそも神薙虚無は重度の人間嫌いだったため、有事の際は、彼に代わり幼なじみの御剣や星河が対応するという形が取られていた。だから、警察関係者でも神薙虚無と実際に会った者は一人として存在しなかった」

少し意味がわからなかったので僕は挙手をする。

「待ってください。先ほど、神薙虚無の登場により人々は熱狂したと言っていましたよね。では、みんなはテレビや新聞などではなく、ただ御剣氏の書いた本に登場するというだけでその存在を信じて騒いでいたんですか？」

「うん。正確には、《名探偵たち》が初めて《怪盗王》の起こした事件を解決したとき、名前だけはマスコミによって大々的に発表された。神薙虚無という名探偵によって真実が明かされたと。その時点でも一切表に出てこない神薙はかなり謎の多い人物で、それがまた人々の興味を掻き立てていった。そうして満を持して御剣大が『神薙虚無』シリーズの第一作『縹色の研究』を世に発表したことによって、神薙人気に火が点いたというわけだ」

「——なるほど。つまり重度の人間嫌いというのが、事実なのか、あるいは実在しない人物を捏造するための方便なのか、という点で議論が起こり……。そしてその後、戸籍が存在しないことが明らかになって、すべてが金儲けのための捏造だったと炎上したわけですね」

ようやく事情を理解する。

《名探偵》と《怪盗王》による現実の知略戦という構図が美しかったからこそ、実は《名探偵》など初めから存在せず、御剣大と《怪盗王》が裏で繋がって自作自演を行い、それを虚実とり混ぜて本として世に発表し多額の印税を得ていた、という真相に皆、失望したのか。

「もちろん、この非実在疑惑を信じない人も大勢いた。最初の週刊誌の記事もあまりに信憑性が薄かったし、その後の神薙虚無の非実在も、人間嫌いの彼が偽名を使って活動していたとすれば十分に反論できるものだったからな。当時から侃々諤々の議論が繰り広げられ——未だにその具体的な答えは出ていない。ただ、社会的な評価としては、やはり非実在派に軍配が上がった。人は低きに流れる。英雄だと思われていた名探偵が、実は架空の存在だった、というオチのインパクトが強すぎた。結局、数多くのファンが夢から覚めたわけだ」

炎上によりファンが離れ次第に忘れ去られていくというのは、昨今の有名人の炎上騒動にも通じるものがある。

「その後は、人々の忘れたいと願う意思以上の不自然な力によって《大探偵時代》の情報そのものが社会から消されていった。それによってまた警察や政府の評価が元へ戻り治安は安定したのだから、情報操作も悪いことばかりではないようだ。今となっては、一部の好事家やマニアが中古で神薙シリーズの本を買って、創作物として楽しむくらいだな」

とても寂しそうにそう呟いて、煌さんは紅茶を一口啜った。雲雀が続きを引き継ぐ。

「そして、いつしか騒動の本質すらほとんど失われ、ただ嘲笑の対象となりネットの海に延々と漂うばかりの概念となったわけですか」

「……何だか、気の毒な話ですね」

来栖さんも悲しそうに目を伏せた。この子は優しすぎて、悪い大人に騙されないか少し心配になる。僕は心を鬼にして尋ねた。

「炎上騒動の詳細はわかりました。しかし、だからといって御剣さんの言葉を鵜呑みにするわけにはいきません。現状の『神薙虚無は捏造ではなかった』という一般的な理解とは異なる我々の共通認識は、あくまで彼女の証言にのみ由来したものです。彼女が必ずしも真実を告げているとは限らない上に、そもそも御剣大氏が娘に嘘を吐いている可能性すら否定はできません。何をもって煌さんは、彼女の言うことを信じて依頼を受けたんですか？」

「何って……そんなものわかりきってるだろ」

当たり前のことを聞くなとばかりに、煌さんは僕を小馬鹿にするように鼻を鳴らす。

「彼女の言うことを信じたほうが、面白そうだからに決まっているだろうが！」

「…………」

そうだった。この人は生来の快楽主義者であって、物事の判断基準が一般人を超越しているのだった。

「第一、二十年もまえの出来事だ。今さら真実も何もないだろう。本質的には、推理小説を読んでそれに合った都合の良い推理を組み立てるのと同じだ。彼女の言葉が真実であれ虚偽であれ、何も変わらない。私はただ世紀の謎とまで言われた例の事件を真面目に推理して、みんなで発表会をしてみたくなっただけだ」

とてつもなく身勝手なことを言っているが、それでも少なくとも依頼主である御剣さんの望みは叶えようとしているのだから、外野の僕は何も言えない。

今度は来栖さんがおもむろに挙手をした。

「えっと、でもどうして御剣さんはそんな昔のことを気にしてるんでしょうか。おまけに来週の月曜までに、なんて無茶な条件までつけて……」

「それは何とも言えないな。ただ彼女が今になって、急に事件のことを気にし始めたのは、おそらく《久遠寺オルゴール》が原因だろう」

そういえばそんなことも言っていたか。

「さっき何度か話題になってましたけど、《久遠寺オルゴール》って何なんですか？」と僕。

「《久遠寺オルゴール》というのは、作中に登場する重要なアイテムだよ。久遠寺写楽自らが《名探偵たち》に手渡した、とされている代物だ。寄木細工の秘密箱らしいんだが、炎上騒動まえから、結末の展開的に現存は絶望的だと言われていてな。まさかそれが実在していたとは――驚くばかりだ」煌さんは恍惚のため息を吐いた。

秘密箱というのは、確か特定の順序で操作しないと絶対に開かないという工芸品の立体パズルだったか。なるほど、その伝説級のアイテムが、どういう事情かはさておき、四日後に事件を解決すると自動的に御剣さんの元に届く手はずになっているわけか。何だかいつの間にか泥沼に片足をしっかりと突っ込んでしまっている。

「まあ、詳しい話は本を読めばわかるさ」

意地悪く口元を歪めた笑みを浮かべて、煌さんは僕らを見やる。

ちょうどそこで部室のドアがノックされたので、雲雀が応対する。どうやら煌さんの使用人が例の本を届けてくれたようだ。指示を出してからそれほど時間が経っていないにもかかわらず大した仕事の速さである。僕は改めて金剛寺家の恐ろしさを垣間見た。

煌さんは嬉々として今受け取ったばかりの本を僕らに一冊ずつ配る。

くすんだモスグリーンの表紙に箔押しの極太明朝体で『神薙虚無最後の事件』と記されている。御剣さんが持っていたのと同じものだ。中古の上に、あまり丁寧な扱いは受けていなかったのか、保存状態は良くなかったが、この際贅沢は言えない。

「この本はきみたちに進呈しよう。私のわがままに付き合わせるわけだからな。来栖くんも読んで何か気になることがあったら、助手にアドバイスしてやるといい」

「わかりました、ありがとうございます」

来栖さんは、本をもらって意外にも嬉しそうだ。彼女はしばらく本の表紙を眺めながら、慈しむようにその白魚のような細い指で優しく撫でる。

本の表紙になりたいと心から願ったのは生まれて初めてだった。

来栖さんは本から顔を上げて僕を見やると、キラキラ輝く笑みを向けた。

「先輩、一緒に頑張りましょうね」

「――まあね、任せてよ！　大船に乗ったつもりでいてよ！」

来栖さんの愛らしい笑みを見た瞬間、半ば無意識に僕はそう言っていた。

直後、大後悔。ああもう、どんどん泥沼に嵌まっていく……。

来栖さんに少しでもいいところを見せたいという虚栄心に心底呆れ果てたところで、煌さんはソファから立ち上がり手を叩いた。

「ようし！　それじゃあ、今日は解散！　各自、早速推理発表会の準備をするように！」

その一言で、散会となった。

僕と来栖さんはいつものように、アパートへの帰路につく。

クラブ棟へ向かったときはあれだけ高かったお日様がもう随分と傾いてしまっていた。

「ねえ、先輩。今日の晩ご飯は何にしましょうか？」

そんな胸弾むことを来栖さんは尋ねてくる。まるで新婚のような問いかけだが、付き合ってすらいない僕にとってはただただ残念な問いでしかなく、それはともかく付き合ってもいないのに、ほぼ一日置きに来栖さんの手料理が食べられるという幸運に酔いしれるくらいは許されそうなほどに今日は疲れたので、少し考えて正直に答える。

「なんか元気の出るものがいいな。これから色々と大変そうだし」

「そうですね……では、特製スタ丼にしましょう。ニンニクマシマシで」

「いいね、最高」

来栖さん特製スタ丼とは、多めのもやしと少なめの豚こまを甘辛いタレで炒めてどんぶりご飯の上に載せた一見お手軽な一品だが、これがまた驚くほど美味しい。

少しだけ元気を取り戻した。我ながら現金なものだ。

明日からはきっとこんな穏やかな気持ちではいられなくなるだろうから、今のうちにこのささやかながらも掛け替えのない時間を満喫しよう。

暮れなずむ夕日を眺めながら、そんなせせこましいことを考えたのだった。

第2章 《王の宝物庫》への誘い

1

不可抗力的に厄介事に巻き込まれる羽目になったその翌日。

今日も薬学部特有の朝から必修講義びっちりプラス午後から実習というフルコースである。

実習の予習でやや寝不足気味だが、体調は悪くない。

僕は一限の講義室の最後列に陣取り、バッグから『神薙虚無最後の事件』を取り出す。

さて——と、心を静めるために、一度大きく深呼吸。

いよいよ、介入する。

二十年もの間、捏造のレッテルを貼られ、結果誰にも解かれることのないまま世界から忘れ去られた、しかして一度は人々の心を魅了したという、伝説の難事件に——。

2

神薙虚無最後の事件・第一章

――《怪盗王》久遠寺写楽。

世界的大怪盗にして、世界的英雄である。

かの者は常に神出鬼没。あらゆる場所に突如として現れ、そして再び煙のように消えていく。

それはさながら、悪魔の所行。それもラプラスの悪魔やマクスウェルの悪魔といった量子論的非現実性、ならびに超越性を彷彿とさせる、異端の悪魔。その本質は、超越者として常に独り、高みを目指した孤高の天才。

そんな彼を讃え、いつしか人はかの者をこう呼ぶようになった。

――天蓋症候群《デモンズゲイト・シンドローム》、と。


初めに断っておくが、今回のこの奇妙な事件は、決して解かれることのない王の宝物庫に封印されたものである。おそらくそれは、後世の人々に対して、パンドラの箱的な好奇心を抱かせることだろう。あるいは、人を堕落させる禁断の果実か。

いずれにせよ間違いなく、この神薙虚無最後にして最大の事件は、この記録譚を読む人々にとって魅力的に映るものだろう。そして、数多くの人がこの事件に触れ、自らの力を信じて果敢に挑んでいくに違いない。

決して破れない、王の宝物庫へ封じられたこの難事件に。

おそらくは今後、数十年、あるいは数百年にわたり、この事件は解決されないだろう。

そして解かれぬ限り、永遠に人類の頭脳に挑戦し続けることだろう。

それはまさに、王の覇道そのものである。

《模倣子》としての僕は意志を持たず、ただ情報として文字を列挙するのみであるが……。僕個人、つまりわずかなりとも久遠寺写楽に触れ、それも《名探偵たち》を含め、唯一実際に会話らしい会話を交わした、御剣大としての意見だが——これは未来永劫不滅の謎として語り継がれるに相応しい事件であると思う。また、そうであってほしいと心から望む。


さて。

今回の事件は、何事もない平穏な日々を謳歌していた僕のもとに、一通の手紙が舞い込んだことから始まる。

『来る、十月二十四日。我が城にて、ささやかなるパーティが執り行われる。然るに、我が永遠の好敵手にして最高の友である諸君を招かないのも心苦しい。就いては、《名探偵》諸君、ならびに観測者たる貴公は、以下に記す場所、時間に集合されたし——』

半ば神薙たちのメッセンジャー、あるいはスポークスマンとして、かの高名な《怪盗王》に認識されてしまっている僕のもとにこのような招待状が届くのはある意味必然といえる。放課後、いつもの喫茶店に神薙たちを呼び出し、この手紙を見せることにした。

「まったく何を考えているのだ《怪盗王》は」

手紙を一読して開口一番、水守稜湖は訝しげに呟いた。一見すると愛らしい小柄な少女なのだが、その実武闘派でもあるため、普段よりも低い声を聞くと緊張してしまう。

「せめてもう少し詳細な手紙であれば、みんなも判断に困らなかったと思うんだけど……」

「御剣が謝ることではない」水守は僕を睨みつけた。

「……ごめん」結局謝るしかない。

「水守様、それでは御剣が萎縮してしまいます」やんわりと、渡良瀬鈴子は水守を窘める。「御剣もよくやっています。打算なくわたくしたちの活動にここまで献身的に働いてくれる人材なんて彼をおいてほかにいません。もっと労ってあげないと駄目ですわ」

「……そんなことはわかっている」水守は不服そうに口を曲げる。「御剣がただの《模倣子》であることもな。だがそれ以前に、私もまた虚無さんを守る《剣》なのだ。虚無さんの身に危険が及ばないか否かを、冷静に判断する責任がある」

渡良瀬は肩を竦めて、長い髪を耳に掛けた。

「相変わらず真面目ですのね。ですが、確かにあなたの言うことも一理あります。この《怪盗王》からの呼び出しは些か急ですし、あまりにも目的が不明です。神薙様の身の安全を思うのであれば、無視するのが妥当でしょう」

「私もそう思うわ」星河かぐやが同調した。「いくら何でも怪しすぎる。大体、どこの世界に怪盗からの怪しげな呼び出しに応じて、ほいほい出向く探偵がいるのよ」

鋭い視線で僕を射貫く。彼女に眼光を向けられると、いつもしどろもどろになってしまう。

「そ、それはそうかもしれないけど……まあ、無視するなら無視するで良いと思うよ」

「あなたはどう思うのよ、御剣」

「僕はどうも思わないよ。ただの《観測者》だからね」

「……相変わらず、自分の意見がない男ね」

「それが僕のスタンスだから」

星河は不満そうに睨みつけてきたが、すぐに何の意味もないことだと気づいたのか、一度ため息を吐いてから改めて尋ねる。

「それで……虚無はどう思うの？」

星河の問い掛け。皆、固唾を呑んで神薙の言葉を待つ。

「——燕雀安んぞ鴻鵠の志を知らんや、というところかな」

低く、それでいてよく通るいつもの声で神薙は言った。神薙は、みんなに言い聞かせる

ように ゆっくりと続ける。

「《怪盗王》が詳細を語らないのであれば、それはきっと語らない理由があるのだと思う。少なくともこれまで意味のないことはしていなかったからね。たとえ矮小な僕らには理解できなかったとしても、何か遠大な目的があるんだろう。確かに不明瞭な部分はあるが、世の中に確実なものなんてない。世界とは、不確かで、曖昧で、そして実体のないものさ。だから僕は《怪盗王》の誘いに乗ることに賛成だ」

それだけ言って、神薙はまた口を噤んでしまった。いくら待ってもそれ以上の言葉は引き出せそうにない。渡良瀬は、諦めたように息を吐いた。

「神薙様がそうおっしゃるのであれば、わたくしはその決定に従いますわ」

「私も、虚無さんに従います。有事の際は、私がお守りすれば良いだけのこと」水守も続く。

しかし、星河だけは未だに不満そうだ。ただ、いくら彼女が不満であったとしても神薙の決定は絶対だ。結局星河も渋々ながら首肯することでこの話はまとまった。神薙の決定はいつだって正しかったのだから、今さらそれに異を唱えたところで意味もない。

無論、僕は異論を唱える気など端からない。あくまでも、神薙たちの活躍を観測し、それを記録するだけの媒体にすぎないのだから。

簡単な集合場所と時間の確認をして、その日は解散となった。

帰る身支度を調えていたところで不意に声を掛けられた。

「ねえ、御剣」

いつもの傲岸不遜で自信に満ちた表情をわずかに曇らせ、星河はすぐ側に立っていた。端正な顔立ちをしているだけにそういう顔をされると、幼なじみで見慣れている僕でも少し怖い。

「なに？　どうしたの？」

やむなく浮かした腰を再び椅子に下ろす。どうして他のみんなは先に帰ってしまったのか、と少し恨む。星河はどこか苛立たしげに眉を顰めながら、テーブルの向かいに座った。

「……何だか、とても嫌な予感がするの」

「まあ確かに、《名探偵》が《怪盗王》に呼び出される、なんてシチュエーションは珍しいというか、何らかの企みがあると考えるのが普通だよね」

素直にそう答えると、星河は拳を握り締めて激昂した。

「だったら、わざわざそんな企みに乗る必要なんてないじゃない！」

「だから僕は、みんなの意見を仰いだんじゃないか」

「私は反対したわ」

「でも、神薙は構わない、って言ってるよ？」

「それは……そう、だけど……」

だったら何も問題ないじゃないか。そもそも、神薙が何かを決めた時点で、もう僕にはその決定を観測することしかできない。

　しかし星河は引き下がらない。悔しそうに唇を噛み締め、そして何故かわずかに頬を染めながら、僕を睨みつける。

「あなたのスタンスはわかってるつもりよ。でも、虚無はあなたのことを一番信頼してるんだから一言くらい何か言ってあげてもいいじゃない！」

　神薙が？　僕のことを？

　まさか、ありえない。どう考えても、神薙は星河を第一に信頼しているはずだ。

「とにかく！　神薙を説得してみてよ！」

　僕の意見など聞く耳を持たないと、星河は捲くし立てる。まあ、星河が心配する気持ちはわかるし、僕としても、みんなを危険に曝すのは避けたいところではある。

　駄目で元々。神薙が僕の説得に応じるとは思えないが、とりあえず形だけでも試みてみよう。僕は椅子から重たい腰を上げる。

「……ちょっと顔洗ってくるよ。神薙に物申すなんて緊張するから気合い入れないと」

「わかったわ。虚無には声を掛けておくから、あとのことはよろしくね」

　文字の上では、《お願い》のニュアンスの言葉だが、実際にはただの《命令》だった。

　気が進まないまま、奥の手洗いへ足を向ける。

　洗面台の冷たい水で顔を洗うと、頭に上っていた血が下りてきたように気分がすっきりする。ハンカチで顔を拭き、気持ちを改める。あまり待たせても悪いので、急いで席へ戻った。

「——やあ、御剣」

耳になじんだ、この世のすべてのことに興味がなさそうな冷めた口調。神薙虚無は、椅子に座ったままこちらを見上げていた。すべてを見通す大きく澄んだ美しい瞳。早速怯んでしまう。

「や、やあ、神薙。調子はどうだい？」

「強いて言うなら不機嫌だな。今日はもうゆっくりしようと思っていたところを邪魔されたわけだからね」

いきなり前途多難だったが、このまま底の浅い会話を続けると帰られてしまう気がしたので、仕方なく鋭利な眼差しを向けてくる神薙に思い切って本題を切り出す。

「えっと、あの、実は相談があるんだけど」

「わかってるよ。僕を説得したいんだろう？」

どこか興味深そうに口元を歪め、神薙は僕を見やる。

結局いい作戦など思いつくはずもなく、素直に直球で攻めることにした。

「どうしてあんなあからさまに怪しい招待を受けようなんて思ったの？」

「怪しい？　どこがだ？」

冗談なのか本気なのか、神薙は口の端を吊り上げて笑う。

そんな飄々とした神薙の態度は、いつもは頼もしく見えるのだが、今のような状況では小馬鹿にされているような印象も受け、僕はついつい語調を荒らげてしまう。

「怪しいじゃないか！　いったいどこの世界に宿敵である《怪盗王》の催すパーティに招待される《名探偵》がいるのさ！」

「さっきかぐやも言っていたね。でも、それを言うなら、《怪盗王》も《名探偵》も現実には存在しないだろう。ここは十九世紀のイギリス・ロンドンじゃなくて、二十世紀末の日本だよ」

「でも、実際にきみたちも、それに久遠寺写楽もいるじゃないか」

ムキになって答えると、神薙は冷笑とも苦笑ともつかない形容しがたい表情を浮かべた。

「いることはいるけどね、実体なんてないよ。あるのは、普遍的な《名探偵》あるいは《怪盗王》という概念の局所的認識、ならびに非論理的な希望的観測に基づく相対関係だけだ」

「…………？」

神薙の言うことはいつもよくわからない。そして神薙自身も、周りが理解していないのを承知しているはずなのに発言を補足しようとしない。神薙虚無とはそういう存在だ。

大人しく理解を諦めて話を進める。

「とにかく！　これは明らかに何かの罠だよ！　だからやめたほうが良いよ！」

「確かに罠である可能性は否定できないが、その可能性は極めて低いと僕は思う」

「ど、どうして？」

神薙は一瞬黙って制服のネクタイを弄ぶ。今さら言うまでもないが、これは神薙の癖みたいなもので、何かを考えるとき、無意識に行っている動作である。

ようやく神薙はまた口を開いた。

「——久遠寺写楽自身がその認識を理解した上で、今の状況を楽しんでいるからだよ」

やはりよくわからない。しかし、神薙はこれで話は終わりとばかりに肩を竦めた。

「とにかく、きみが気に病むことじゃない。塞翁が馬という言葉もある。もう少し泰然自若に構えてろよ。かぐやのことはあとで説得しておくから、きみはもうこのことを忘れるといい。些末なことは気にするな、さ」

最後にいつもの口癖を添えると、神薙はブレザーのポケットに手を突っ込んで、去って行ってしまったのだった。

3

「せーんぱいっ」

お昼時。学食の隅のカウンター席で一人、素そば（百三十円）に入れ放題の揚げ玉をしこたま入れたセルフたぬきそばをぼんやりと啜っていた僕は、突如背後から掛けられた天上の調べの如き美声に驚く。

慌てて振り返ると学食のトレイを持った来栖さんが天使のように後光を発して立っていた。

「こんにちは、お隣いいですか？」

「も、もちろん！」

慌てて隣の席に置いておいたバッグをどけ、座面を軽く払う。

ありがとうございます、と来栖さんは席に着いた。

ちなみに彼女のトレイに載っていたのは素うどん（百三十円）に揚げ玉をしこたま入れたセルフたぬきうどんだった。貧乏学生同士、思考が似通うらしい。

しかし、来栖さんは可愛くて性格もいいことから友だちが多く、ランチメイトに困るタイプの人間ではないはずだ。

現に今までも何度か学食で来栖さんの姿を見かけたことがあったが、そのすべてで、明らかにスクールカースト最上位と思しき美男美女に囲まれて楽しそうに食事を摂っていた。

だから、初めての状況に大変戸惑う。

「……あの、来栖さん？　友だちと食べなくていいの？」

「お誘い全部断ってきたので大丈夫ですよ」レンゲにすくった揚げ玉の浮かぶ汁にふーふーと息を吹きかけながら来栖さんは答える。「それよりも先輩のことが気になっちゃって」

「僕の？」

何それドキドキする。ついに来栖さん、僕の気持ちに気づいちゃった？

「ええ、だって私、先輩のサポート要員ですから。先輩が困ってたらすぐに助けないと」

天使の笑顔でそう言った。いや、そっちかーい、とは思うがその優しさは素直に嬉しい。

「ありがとう。でも、気にしなくていいよ。煌さんだってどうせ僕の推理なんか期待してないだろうし、まあ適当にやるよ」

「それはそれで悔しいじゃないですか。煌さんを見返して、ぎゃふんと言わせるようなすごい推理を一緒に考えてやりましょう」

ぎゃふんという表現をとても久しぶりに聞いた気がする。

「それに、私も御剣さんのことは気になっています」来栖さんは急に真顔に戻る。「どういう事情があるのかはわかりませんが、初めて会ったとき彼女、泣いてました。泣いている人は……放っておけません」

決意を固めるように、来栖さんは胸の前で両拳を握る。優しい。控えめに言って聖人。

来栖さんの素敵なところが見られてなかなかに気分がいいので、珍しく少し攻めてみる。

「でも、僕なんかと一緒にいるところを友だちに見られたら変な噂になっちゃうんじゃない？　ほら、その……何というか、冴えないやつと付き合ってるとか……」

「それすでにもう噂になってますすよ」

「え、マジで⁉」なんか嬉しい！

「マジです」来栖さんは普段どおりの落ち着いた口調で言う。「知らなかったんですか？」

「え、で、でも、それだと来栖さんに迷惑が掛かるんじゃ……？」

「いえ、取り立てて肯定はしていませんが、軽薄なナンパマンを近づけさせない都合の良い言い訳として利用させていただいています。結構学内だと効果高いんですよ、瀬々良木先輩フィルター。正確には、先輩のバックにいる煌さんを恐れてのことですが」

「…………」

ただの虫除けだった。喜んで良いのかどうか。

何とも判断に困るが、少なくとも来栖さんが、僕と恋人扱いされても気分を害していないというのは喜ばしいことかもしれない。

あるいは——眼中にすらないだけなのかもしれないけれども。

「それよりも先輩。どうですか？　本は読み進んでいますか？」

「今朝から読み始めたよ」正直に答える。「今は、なんか招待状もらったところかな」

「超序盤じゃないですか。それ間に合います？」

「いやあ……何というか、結構難儀な書物だよね、これ。ノンフィクションならノンフィクションらしく、事実を端的かつ忠実に描写してくれれば良いものを、どういうお節介か小説仕立てにしてある上に、文体に妙な癖があるので読み進めにくいというか……」

大体、高校生が放課後に喫茶店へ集まって作戦会議とか、フィクションがすぎる。それとも世紀末の高校生たちはみんな、そんな洒落たことをしていたのか……？

「まあ、確かに。不思議な癖のある文体ではあります」苦笑を浮かべて来栖さんは頷く。

「慣れてくれば気にならなくなると思います。私は結構あっさり読めました」

どうやら昨日の今日でもう読み終わってしまったらしい。さすがは来栖さんだ。

「でも先輩。本当にそんなのんびり読んでて大丈夫ですか？　あと三日しかないんですよ？　推理を固める時間のことも考えないと」

「……うん。そもそも僕に推理なんて大それたことができるのか、っていう問題もあるし」

問題は山積みだ。

「ただ、昨日煌さんも言ってたけど、ごくシンプルに考えれば、今の状況は二十年もまえの、しかも警察がすでに解決を発表している事件に対して、外野が面白おかしく推理という名の言い掛かりを付けるだけだからね。だからあまり気は進まないけど、そのルールに則った新しい言い掛かりを生み出せばいいだけとも言える」

「――御剣さんが納得できて、しかも彼女が幸せになれる言い掛かりなら最高ですね」

思うところでもあるのか、遠い目をして呟いてから来栖さんは一度うどんを啜る。

「いずれにせよ当面の目標は、事件の内容を頭に入れることですよ。情報がなければ推理もできませんから。頑張ってくださいね、先輩」

「……前向きに頑張るよ」

気分は重たいが、しばらく来栖さんと一緒にいられるのであればこの苦悩も耐えられる。

早々に食べ終わった僕は、まだ熱々のたぬきうどんと格闘している来栖さんを横目に、読書を再開する。午後からは実習だし、そのあとはバイトが入っているため、今日はあまり読書時間が取れなそうだ。

とりあえず、読めるところまで頑張ろう、という程度の心持ちで。

僕はまたあの難解な書物に立ち向かっていく。

4

神薙虚無最後の事件・第二章

——オルゴール館の噂は予て（かね）から聞いていた。

《怪盗王》の隠れ家として尾ひれの付いたそれは、やれ某国の暗号通信を傍受（ぼうじゅ）するための巨大パラボラアンテナが設置されているだの、やれバベルの塔のように雲の上まで続いているだの、果ては変形して巨大ロボになるだのと荒唐無稽なものばかりだったが、実際その噂の建造物を目の前にすると、何というか、狐（きつね）に化かされているような気分になった。

一言でいうならば――普通なのだ。あまりにも普通で、何の変哲もないただの洋館。それが僕の第一印象だった。とはいうものの、一般的な感覚からすればそれはかなり大きな建造物に該当するし、そもそももうじき新世紀というこの時代に、こんな古めかしい洋館を所有していること自体、普通ではないといえば普通ではない。

さて。《第一使徒》十六夜紅海(いざよいくれみ)の運転するキャデラック・リムジンによりここまで連れて来られた僕らは、館(やかた)の玄関で待機していたもう三名の《使徒》空峰美満(そらみねみちる)、秋山大地(あきやまたいち)、月見里読子(やまなしよみこ)らと邂逅(かいこう)した。彼女たちの胸元には、《使徒》であることを示す、逆五角形の下部に四つの円が並んだマークの描かれた徽章(きしょう)が光っていた。

久遠寺が犯行現場にいつも残していくことでも有名なそのマークは、王冠をひっくり返した形に見えることから、通称『リバースクラウン』と呼ばれており、訳知り顔の心理学者は、体制への反逆を表しているなどと主張している(図参照)。

いつも現場で対立しているだけに、一触即発の空気になるかと心配したが、特にそういうこともなく、《使徒》らは従者らしく丁寧に僕らをオルゴール館の内部へと案内してくれた。

内装も落ち着いており、高級感が溢れている。洋風建築でありながらシャンデリアなどの吊り下げ式照明器具がどこにも見当たらないのは、何らかのこだわりによるものか。

先頭を歩く十六夜紅海に導かれるまま、僕らは天井の高い食堂のような部屋へ通される。

食堂には――かの怪盗王《天蓋症候群》こと久遠寺写楽が待ち構えていた。

いつものように純白のスーツと黄金マスクを身につけ、有機的なフォルムの電動車椅子に小柄な体軀を委ねる《怪盗王》。車椅子の背後には、《第零使徒》沖影論理(おきかげりんり)がひっそりと待機している。

黄金マスクにより久遠寺の表情は窺い知れなかったが、僕らが食堂へと足を踏み入れたのと同時にわずかに顔を上げたのが見て取れた。僕らは思わずその場で足を止める。

《名探偵たち》と《怪盗王》の邂逅。見ているこちらがハラハラしてしまう。沈黙を破り、先に口を開いたのは久遠寺だった。

「――よく来てくれたね。座ったままで申し訳ないが、心より歓迎しよう」

ボイスチェンジャーで加工をした不自然なピッチの音声。代表者である神薙がホストの挨拶(あいさつ)に応じるよりも早く、皆を庇(かば)うように水守が一歩前に進み出て久遠寺を睨んだ。

「おためごかしはいらない。それより早く我々をここに呼びつけた真の目的を説明しろ」

「そう睨むなお嬢さん——いや、《守護者》よ」久遠寺は思いの外楽しそうに笑う。「挨拶はコミュニケーションの基本だぞ」

「白々しい」水守は吐き捨てるように言う。「もしも虚無さんに危害を加えるような企みをしているのであれば私は」

「水守、待って」

星河が水守を遮った。水守は何か言いたげに星河を見上げるが、それでも余計なことは言わず、大人しく引いた。

「虚無、何か言ってあげて」

さすがの星河も多少緊張したように、しかしいつものように優しく神薙に発言を促す。

「——李下に冠を正さず、というところかな。お招きに与り光栄の極みだよ、《怪盗王》」

耳に心地好いいつもの低音で神薙は言った。李下に冠を正さず——確か人に疑われるような行動は避けたほうがいい、という意味の故事成語だ。

「これは耳が痛い……。久しぶりだね、《欠陥探偵》。その後、息災かな?」

「おかげさまでね、何事もなくすべては順調だ」

「それは何よりだ」

久遠寺は楽しそうに笑った。

意外にも和やかな雰囲気だ。どうにも調子が狂う。

「積もる話もあるが、とりあえずは着席したまえ」

ボイスチェンジャーを通してなお、よく響くその声に従い、僕らは席に着いた。

「ようこそ我が隠れ家、オルゴール館へ。諸君の来訪、改めて歓迎しよう」

久遠寺は朗々とそう語ると——どこか楽しげに「ふふふ」と笑ったのだった。

◆

「まずは諸君を招いた目的について語ろう。といっても、招待状に書いたとおりなのだがね」

久遠寺は例の招待状を受け取った僕に顔を向ける。一瞬どうしようかと迷ったが、やはり僕しかいないようだったので大人しく答える。

「……招待状には、パーティに招きたい、ということしか書かれていませんでした。よろしければ、もう少し詳細なお話を伺いたいのですが」

久遠寺は、大仰に両腕を広げて答えた。

「たまには諸君を労ってやろうという私のささやかな気持ちだ。遠慮せず受け取ってくれ」

意図の読めない久遠寺の言葉。真っ先に食い付いたのはやはりというか、星河だった。

「《怪盗王》の言葉を額面どおりに受け取れというの？　冗談じゃないわ」

「――《探偵姫》か」興味深そうに久遠寺は唸る。「きみが警戒するのも無理はない。しかし、だからこそ思い出してほしい。私の信条を」

久遠寺写楽の信条――それは決して人を傷つけないという鋼鉄の誓い。久遠寺の生み出す芸術的犯罪は、これまで死者はおろか一人の怪我人も出したことがなかった。久遠寺の徹底した信条を認めるのであれば、この催しで久遠寺が《名探偵たち》に危害を加えようとしているとは考えづらいが……。

「あなたの信条なんて何の担保にもならないわ」星河は容赦なく断言する。「私はあなたを警戒する。虚無を守るために。でも虚無があなたの提案を受け入れている以上、この催しに参加すること自体には私も異論を挟まない」

「素晴らしい」久遠寺は楽しそうにくつくつと笑った。「それで十分でしょう」

そっと、あくまでも上品に右手を挙げて渡良瀬が尋ねる。

「つまりあなた様は特に何かを企てているということではなく、純粋にわたくしたちを労ってくださっている、ということなのですわよね？　ならばわたくしも異論はありませんわ」

「――これはこれは《調停者》。理解が早くて痛み入る」

満足そうに久遠寺は頷いた。僕は、渡良瀬の意外なほどの聞き分けの良さに驚いて彼女を見やる。渡良瀬は、肩に掛かるロールした髪を一度かき上げ、真っ直ぐにこちらを見返して言う。

「おっしゃりたいことは大変よくわかりますが、これが最善の選択ですわ。神薙様が何もおっしゃらないのはこの状況を何らかの理由により黙認していらっしゃるから。そしてわたくしたちは今、かの高名な久遠寺様の隠れ家であるお屋敷へお招きに与っている。つまり、ここでわたくしたちがどのような結論を出したところで、状況に何ら影響はないということです。したがってここは、久遠寺様のおっしゃることに同意をすることが上策と考えられます」

叩けば硬質の音を奏でる鐘のように、渡良瀬はいつだって揺るがない。彼女は徹底的なまでにリアリストだ。

「それではご理解いただけたようなので、早速この館のシステムについて説明しよう」

僕らの無言を了承の合図と受け取ったらしい久遠寺は、勝手に話を進めていく。

「この館の名前はオルゴール館——その名のとおり巨大なオルゴールのようなものだと考えてもらって差し支えない。まずは館の構造についてお話ししよう。オルゴール館は三階建てで、一階にはこの食堂やサロンなどの基本的な設備が整えられている」

忘れないよう頭の中で構造をイメージしながら、久遠寺の言葉に耳を傾ける。

「二階は、一階ホールからの吹き抜けを囲むように、小部屋が設えてある。半分が客室で、半分が《使徒》の部屋になっている。本日諸君には、この二階に泊まってもらうことになる。ほかにも遊戯室やバーなどの客人を持て成す設備もある。消灯までは必ず《使徒》の誰かが待機しているので、どうか思うままに寛いでほしい」

僕のような一般庶民では、設備が豪華すぎてあまり寛げそうにない。

「客室の各部屋には、トイレやバスルーム、それに冷蔵庫なども完備してあるので不自由はないだろう。そして三階だが——三階は二階同様にいくつか壁で仕切られてはいるが、丸ごと私のフロアだ。私のすべてが三階に込められているといっても過言ではない。ほぼ趣味の部屋なので、年頃の少年少女である諸君にはつまらないものに映るだろうが」

そう言って、久遠寺はくつくつとシニカルに笑った。

「三階へのアクセスは一階からの直通エレベータしか存在しない。一階から二階へは階段で行くことが可能だが、二階から三階へは階段が繋がっていないためだ。諸君もご存じのとおり、私も車椅子生活が長いものでね。自分の部屋しか存在しない階へ、自分が使わない階段を繋げる必要性を感じなかったのだ。もっとも隠し通路や隠し階段が存在する可能性までは否定しない。——さて、館の構造の説明も終えたところで、今度はその特性について説明しよう。先ほども言ったが、この館は巨大なオルゴールのようなものでね。二階以上のすべての部屋は、ドアを開けると部屋の中に音楽が流れるよう設計してある。部屋がオルゴールの箱、ドアが蓋（ふた）、というイメージだな。音楽は、部屋ごとに異なっており、ドアが開いている間、その音楽が流れ続けるようになっている。当然、ドアを閉じれば音楽は止まる。曲目は部屋の主（あるじ）に合わせて私の部屋から自由に設定できる。ここまでは、よろしいかな」

いったん言葉を止め、僕ら全員を眺め回す久遠寺。誰も何も答えなかったが、沈黙を肯定と捉えたのか、満足そうに頷いて上機嫌に続ける。

「さて、この巨大オルゴールにはもう一つの特性がある。それは、午前零時を過ぎてから部屋のドアを開けると、その部屋の音楽が館全体に響き渡る、というものだ。さらにそのとき館全体に響き渡る音楽は、ドアを閉めても一定時間――具体的には閉めた時点からも三分間、流れ続ける。これは趣味と実益――つまり防犯を兼ねた趣向なのでそういうものなのだと理解してもらうほかない。防犯のための装置なのだから、ドアを閉じてすぐに音楽が止まってしまうのでは意味がなかろう？　音楽が一定時間流れ、それがいったい何なのか、そしていったいどの部屋が開かれたのかが判断できてこその防犯だ。なお、この防犯装置は明朝六時まで動き続ける」

久遠寺はまた低く喉を鳴らした。

そう、今さら説明するまでもないことだが、久遠寺写楽はその犯行現場に必ず木製の手作りオルゴールを残している。世の犯罪心理学者は訳知り顔で、自分のサインを残すためだ、などと嘯いているようだが、神薙の考えは少し違うらしい。サインなどという曖昧な自己表現ではなく、もっと高度なメッセージ性を秘めた置き土産ではないかと考えているようだ。何故そのように考えるのかは、僕には知る由もない話なのだが。

「以上でオルゴール館の説明を終了する。何か質問はあるかな？」

久遠寺は一度ぐるりと《名探偵たち》を見回す。水守が挙手をした。

「質問の一。ドアを開けると室内に音楽が流れる、ということは各部屋には、スピーカーのような音響設備が整えられているということか。質問の二。午前零時以前以後によらずオルゴール的音楽はその音響設備から流れるのか。質問の三。そのような設備の中で、虚無さんのプライバシーならびに安全は保障されるのか」

「すべてイエスだ。特に質問三に対して補足説明をすると、《欠陥探偵》だけでなく、今ここにいる私以外のすべての人間のプライバシーと安全を保障しよう。何度も言うようだが、これは諸君に危害を与えるような催しではないのだからな」

絶対的な己に対する自信を滲(にじ)ませながら、《怪盗王》は仰々しく頷いた。星河がぼそりと呟く。

「虚無、何か質問はないの?」

神薙の言葉を待つように、少しだけ場の空気が緊張した。

「……三分以内に二つめのドアが開かれた場合は?」

いつものようにネクタイを片手で弄びながら神薙は問う。

「――素晴らしい。さすがは《欠陥探偵》というところか」

久遠寺は感嘆の息を漏らして、僕の隣の席へ向けて拍手を送る。質問の意味がよくわからなかったが、久遠寺は僕にもわかるよう丁寧に説明する。

「午前零時以降にドアが開閉された際、三分間館全体に流れる音楽は、先行のものが絶対的に優先される。先に音楽が流れていた場合、仮に別の部屋のドアを開いたところで、このときに流れている音楽を遮って、新たにその部屋の音楽が館全体に流れるということはない。また、ドアの開閉情報が蓄積されて連続的に対応した音楽が流れるということもない。——わかりにくいので、少し具体例を交えて説明しようか」

とても楽しそうに、久遠寺は白い手袋に包まれた両手を擦り合わせて続ける。

「まず、この館の主である久遠寺写楽の部屋に宛がわれた音楽は、ご存じ『エーデルワイス』だ。部屋のドアを開けると、まずこの『エーデルワイス』が室内に流れることになる。そして午前零時以降に部屋のドアが開かれた場合、今度は館全体に『エーデルワイス』が流れる。このとき、諸君が何事かと咄嗟に自分たちの部屋のドアを開き廊下へと飛び出したとしても——諸君の部屋に宛がわれた音楽が『エーデルワイス』を遮って流れることはない。また三分を超えた時点で未だに開いているドアがあったとしても、その部屋の音楽が館全体に響き渡ることはない。この防犯装置はあくまでも『開く』という動作に対して反応するのであり、『開いている』という状態に反応しているわけではないからだ。ただし、その場合でも一般ルールは適用される。つまり室内には、その部屋に宛がわれた音楽が流れることになる。オルゴールそのものは『開く』という動作ではなく『開いている』という状態に反応するものだからな」

ご理解いただけたかな、と久遠寺は改めて僕らを見回す。かなり複雑で正直完全に理解できたとは言いがたかったが、僕の理解など初めから不要なので黙っておく。ちなみにほかのみんなは当然のように理解できたようで、各々様々な表情を浮かべて頷いていた。

「以上で説明を終了する。まずは諸君を部屋へ案内するので、それぞれ自身の部屋に宛がわれた音楽を確認すると良い。あとは食事の支度が済むまで、好きなように過ごしたまえ。部屋でのんびりするも良し、館の中を自由に見回るも良しだ。私は三階にいるので何か用事があればいつでも来るといい。ただし――警護として《使徒》を必ず一人私の側に付けておくので妙な考えは起こさないようにな。それでは、また後ほど」

久遠寺は背後に控えていた沖影論理に車椅子を押され、部屋を出ていった。

主の背中を見送ってから、一番背の高い《使徒》十六夜紅海が僕らに向けて言った。

「それでは、皆さまをお部屋へご案内させていただきます」

その言葉を号令に、ほかの《使徒》たちも動き出す。仕方なく僕らも椅子から立ち上がり彼女たちの指示に従う。

食堂を出て、ホールの大階段から二階へ上る。

その途中、水守が僕らにだけ聞こえるように囁く。

「――本当に《怪盗王》の言葉を信用するのですか。しばらくツーマンセルで様子を見たほうが良いのではありませんか」

「何かするつもりなら、とっくにわたくしたちはやられていますわ」渡良瀬はどこか暢気に答えた。「何もされていないということは、少なくとも今現在はその意志がないということでしょう。神薙様もそうお考えなのでは？」

伺いを立てるように、渡良瀬はコケティッシュに小首を傾げる。

みんなの注目が集まる中、神薙は気怠げに答えた。

「……挙一明三って感じかな。渡良瀬の考えるとおりだよ。それに長距離移動で少し疲れたから休みたい。しばらくそっとしておいてくれないか」

「かしこまりました」渡良瀬は極上の微笑みを浮かべた。「では、神薙様はしばしお休みください。わたくしたちは、神薙様の決定に従うまでです。わたくしもお部屋でのんびりさせていただきますわ。ほかの皆さまもどうかご自由になさってくださいな」

それだけ言い残すと、彼女は『時の踊り』と名前が書かれた部屋の中へ入って行ってしまった。『時の踊り』は、確か『ラ・ジョコンダ』という歌劇のバレエ音楽だったと記憶している。どうやらここが渡良瀬の部屋のようだ。

結局僕らは、そのまま解散した。僕は、宛がわれた二階東側の最奥の部屋を開ける。オルゴール旋律の『G線上のアリア』によって迎え入れられる。言わずと知れたバッハの名曲だ。とても好きな曲だったので、少しだけ張り詰めていた気持ちが和らいだ。なるほど、オルゴール館ならではの小粋な演出だ。相変わらず、《怪盗王》はセンスが良い。

とりあえず、ベッドに腰を下ろして一息吐く。食事までまだ時間がありそうだ。

今のうちに、これまでの出来事を軽くまとめておいたほうが良いかもしれない。この後何が起こるかもわからないし……。

そうと決まれば善は急げだ。僕は休みたがる身体に鞭を打ち、書き物机に向かうのだった。

5

午後の有機化学実習はつつがなく終了した。

基本的に僕はしっかりと予習をし、手順を頭に叩き込んでから実習に臨むので、ほとんどの場合、僕の所属する班は早めに終了する。

ありがたがる班員と適当に挨拶を交わしてから、早々に大学を出る。時刻は午後三時過ぎ。本日はこれからバイトだ。

駅前繁華街を抜けた先、奇跡的に人通りのない一角が目的地だ。

古物商《樽渓庵（だるたにあん）》――『三銃士』をこよなく愛する店主の雨宮（あまみや）さん（二十八歳・女性）が趣味で経営する雑貨屋のようなお店である。

雨宮さんは、骨董（こっとう）収集のためならば世界中のどこへでも飛んでいくくらいの骨董マニアであり、頻繁にお店を留守にしている。その間代わりにお店を開いておくのが僕の仕事だ。

もっとも、店番といっても大したことはなく、大学が終わり次第、店を開けて適当に接客をするだけの非常に楽な仕事だ。おまけに立地の悪さもありお客もほとんど寄りつかない。ある意味、限りなく時間の無駄ともいえるバイトだが、楽にお金がもらえるのであれば文句はない。

仕事モードに気持ちを切り替えてから、閉じていたシャッターを上げて、店内に入る。相変わらずかび臭くて空気が悪い。五分ほど入り口を開け放して換気をする。その間、観葉植物に水を与えたりと開店準備を行う。

汚れ防止のためのエプロンを着用してタイムカードを切り、店内に雑然と陳列された古い柱時計や水晶髑髏（どくろ）や不気味な西洋人形の埃（ほこり）を払う。

これで仕事の九割が終了した。

あとはいつものように、レジカウンターに着いて店番をするだけだ。バイトは午後七時までの三時間。普段であればぼんやりと過ごすのであるが、生憎（あいにく）と今はそんな余裕もない。

いそいそと本を取り出して、続きを読み始める。一応、店のほうにも気を配っておかなければならないので流し読みだ。どうやら《怪盗王》との食事会が始まったらしい。黄金マスクで顔を隠しているためか、食事はしないものの、久遠寺も一緒のテーブルには着いているようだ。

その中で、催しの目的について言及している部分を見つけたので、少しだけ真面目に目を通していく。

◆

【神薙虚無最後の事件・第三章】より抜粋。

「そろそろ頃合いだろうか。諸君を我が館へ招いた理由について説明しよう」

デザートが運ばれてきてしばらくしたタイミングで、久遠寺はそう切り出した。

僕は美味な食事により逸れ掛けていた思考を慌てて引き戻す。その口ぶりからすると、やはりこの催しは単純に《名探偵たち》を労うためのものではなかったらしい。僕は姿勢を正す。ほかの面々も緊張した面持ちで久遠寺を見つめている。

「そんなに緊張することではない。ただ、せっかく《名探偵たち》を我がパーティへ招いたというのに、食事会だけで終了というのはあまりに面白くなく、そして味気ないだろう?」

ゆっくりと僕らを眺め回してそう言うが、誰も何も答えない。

「そこで、だ。私はある趣向を凝らすことにした。なに、簡単なゲームのようなものだ。諸君の身の安全は保障しよう。無論——頭脳の限界には挑戦するがね」

そう言って、《怪盗王》はどこか挑戦的にくつくつと喉を鳴らす。

「……どういう趣向なのか、説明はしてもらえるのかしら?」

真っ先に口を開いたのは星河だった。彼女は、不機嫌そうに久遠寺を睨んでいる。食事にもあまり手を付けていないところから、久遠寺への警戒を解いていないことが窺える。

しかし、久遠寺は星河の言葉をあっさり撥ね除ける。

「残念だが、その質問には答えられない。否、どういった趣向のものなのかさえ、きみたちには伝えられない。悪く思わないでほしい」

「――馬鹿にしているのか」

水守は腰を浮かしたかと思ったら、目にも留まらぬ早業で制服の内側にいつも収められている鉄扇《罔象（ミツハ）》と《龗神（オカミ）》を抜いて構えていた。

それと同時に、久遠寺の背後に控えていた沖影綸理が自身の象徴武器である超音波振動小刀《落日供物（ラスト・ジャッジメント）》をスカートの内側から抜き放ち、水守へ向かい構えた。

瞬きをする間もなく、一触即発の状況になってしまった。

空気が凍（こお）り、静寂が場を支配する。

◆

「……おおう」

目眩（めまい）のようなものを感じて、僕は天を仰いだ。異次元の肉体言語に拒絶反応を起こしたのかもしれない。

鉄扇《罔象（ミツハ）》と《龗神（オカミ）》に、超音波振動小刀《落日供物（ラスト・ジャッジメント）》。

……何だろう、それは？

確実に想像と理解の範疇（はんちゅう）を超えていたが、そもそも世界観からしてすでに疑問の塊（かたまり）なのでもうこれ以上は考えないことにする。

気分転換に、雨宮さんが大切に飲んでいるダージリンのファーストフラッシュを無断で拝借して一口啜り、またページを繰り進める。途中、『オルゴール』という文字を見つけたので、そのあたりは再び真面目に目を通す。

◆

【神薙虚無最後の事件・第三章】より抜粋。


久遠寺の背後に控えていた小柄なメイド――《第零使徒》沖影綸理は、足音を立てない独特の歩法で進み出て、僕の前に何かを置いた。

十センチ四方程度の木製の箱。手に取って確認してみる。意外にも結構ずっしりとしている。木だけの重さではなさそうだ。おそらく中に金属のようなものが仕込まれている。

箱の一面には、久遠寺のサインとも言える『リバースクラウン』が描かれていた。

どうやら久遠寺がいつも犯行現場に残していく手製のオルゴールのようだが……少し様子が違う。具体的に言うと、肝心の開け口がないのだ。オルゴールではないのだろうか。

よくわからなかったが、とりあえず危険なものではなさそうだったので、隣に座る星河に手渡してみる。星河は眉を顰めながら、しばらく木箱をくるくると手の中で回すが、やがて飽きたようにテーブルに戻す。

「……ねえ、虚無。こういう箱、なんと言うのだったかしら?」

星河は小声で尋ねた。

「――寄木細工の秘密箱だよ」

少し考えて神薙は答える。

「左様。さすがは《欠陥探偵》だ」

神薙の理解を得られたことが嬉しかったのか、久遠寺はまた楽しそうに笑う。

「ほかの者にもわかるように説明しよう。特に《観測者》はよく聞いておくように。今、《欠陥探偵》が言ったとおり、これは秘密箱、つまり立体パズルとして作られており、特殊な手順を踏まない限り絶対に開かないようになっている。小さな密室というわけだな」

何故そんなものを――という疑問をよそに、久遠寺は落ち着き払った口調で続ける。

「実はこの秘密箱はオルゴールでもあって、中に私はある《言葉》を隠した。その《言葉》は、今夜この館のどこかで行われる《催し》の重要な要素でもある。つまり、諸君は極めて重要な情報をその手中に収めたことになる。その情報をどう処理するかは、諸君次第だがな」

「質問をしても、よろしいでしょうか?」

話の途中で、渡良瀬がおもむろに挙手をした。久遠寺は頷いて発言を許可する。

「その《言葉》というのは、これから行われるというゲームの《解答》という認識でよろしいのでございますか？」

「厳密な意味での《解答》ではない。しかし、それによって、連鎖的に《真実》を推理することができる頭脳を持った人間にとっては《解答》とも言えるかもしれない」

何とも抽象的な言葉だったが、渡良瀬はそれで納得したらしく、次なる質問を繰り出す。

「では、もう一つ。その《言葉》とやらを秘密箱の中に封じ込め、あらかじめ我々に渡しておく、というのはいったいどのような意味をもつのでしょう？」

「残念ながらその質問には答えられない。ただ、一つだけ言えることは、それすらも含めてこの催しの一部である、ということだ」

何とも意味深な《天蓋症候群》の言葉。

その意味について、みんなが思案に耽っていた一瞬を突いて久遠寺は、

「ふむ、そろそろ食事会もお開きとしようか。実に楽しいひとときであった。改めて礼を言おう。これから行われる催しは、即座にそれだとわかる形式のものゆえ、どうか安心してそれまでのんびりと日々の疲れを癒してくれたまえ。要望があれば、《使徒》に何でも頼むといい。——では、失礼する」

一方的にそう告げると、電動車椅子を操り、沖影論理とともに食堂を出ていってしまった。

◆

ようやく何かと話題になっていた《久遠寺オルゴール》が登場した。が、登場はしたものの、今のところその重要性はよくわからない。この後の展開次第というところか。少なくとも御剣さんは、事件解決よりもその末に入手できる《久遠寺オルゴール》のほうを重視しているようなので、当然相応の意味はあるのだろう。

そのとき、ドアベルが乾いた音を奏でた。珍しくお客さんのようだ。本を閉じて、ドアに向かっていらっしゃいませ、と声を掛ける。

入り口には、和服に身を包んだこの世のものとは思えないほど美しい女性と、漆黒のパンツスーツに身を包みサングラスまで掛けた明らかに怪しい風体の小柄な女性が立っていた。どう贔屓目(ひいきめ)に見たところで、極道の姐(あね)さんと用心棒にしか見えない。

予期せぬ来客に緊張していると、和装の女性は優雅としか言いようのないゆったりとした歩調でこちらに歩み寄り、僕の前で立ち止まり上品に微笑んだ。

「あなたが――そう。いえ、突然の来訪失礼いたしました。頑張ってくださいね」

「……はい?」

訳がわからず間の抜けた声を上げてしまう。

もしかしたら、雨宮さんの知り合いなのかもしれないが……なんとも言えない。

対応に困っていると、女性は再び上品に微笑み、それ以上何も言わずに黒服の女性を伴って去って行ってしまった。何が何だかわからない。

残されたのは得も言われぬ馥郁とした芳香のみで。

もしかしたら、白昼夢でも見ていたのかもしれない。

ただ、何となく——彼女のもっていた独特の雰囲気というか、印象というか、そういった言葉に還元できない要素が、僕の知る誰かを彷彿とさせた。

二人が去ってからも、それが誰だったのかをずっと考えていたが、結局、閉店時間まで何も思いつかなかった。諦めて、店を閉める。

五月も半ば、だいぶ日が長くなってきたとはいえ夜七時ともなればあたりはもう真っ暗だ。

何となく肌寒くも感じながら、足早にアパートへと帰る。

今日の食事当番は僕なので、何を作ろうかなあ、と冷蔵庫を眺めていたときノックが。

「バイトお疲れ様です、先輩」

可愛らしい犬のイラストがプリントされたエプロンを着けた来栖さんだった。彼女は、一日の疲れが吹き飛ぶような素敵な笑みを浮かべている。

「実は今日、スーパーの特売とか色々あって機嫌が良かったので、つい当番じゃないのにカレーを作ってしまいました。肉なしカレーですが、一緒に食べましょう」

「え、いいの？」

「もちろん。その代わり、今度またいつぞやのケーキ作ってください。あれ超美味しい」

どうやらまえに手遊び（てすさび）で作った炊飯器ケーキがお気に召したらしい。

「いいよ、お礼に今度ご馳走（ちそう）しよう」

「やった」嬉しそうに小さくガッツポーズ。「では冷めないうちにカレーを食べましょう。諸々の隠し味でわりといい感じに美味しいはずです」

誘われるままに、来栖さんのお部屋にお邪魔する。

それから、やたら美味しいカレーに舌鼓を打ちながら、昔のテレビ番組の話題で盛り上がり（意図的にか『神薙虚無』関連の話題は一度も出なかった）、心もおなかも大変満たされて、僕の一日は終了した。

第３章

オルゴール館の殺人

1

晴れやかな空の下、僕は静まりかえったキャンパスをのんびり散策していた。

土曜日の本日は大学の講義はお休みだが、部屋にいても退屈だし、それにもしかしたらキャンパスへ行けば来栖さんに会えるかも、というせせこましい希望を持って徘徊している次第。

お休みの日に来栖さんを遊びに誘うとかハードルが高すぎるのだから仕方がない。

でもたぶんそんな悠長なことをしている間に、どこかのイケメンと付き合ってしまうのだろうが……。まあ、僕は来栖さんが幸せならそれでＯＫなのである。

透きとおるような晴天とは打って変わり、だんだんと気持ちは曇り沈んでくる。

気持ちを落ち着けるためにコーヒーでも飲もうと思い、自販機の立ち並ぶ一角へと足を運んでみたら、ばったり意外な人と出会ってしまった。《観測者》御剣大氏のご息女——御剣唯嬢その人である。

例の本をまだ読んでいる途中である手前少し気まずかったが、これぱかりは仕方がない。気にせず僕は軽く挨拶をする。

「おはよう、御剣さん」

「おはようございます。ええと……確か瀬々良木さん、でしたか」

　上品に小首を傾げてから、御剣さんは自販機でスポーツ系炭酸飲料を購入した。その後に続いて僕はコーヒーを買う。

　しばしの沈黙。微妙に気まずい空気をまといながら、二人並んで喉を潤す。こういうときコミュニケーション能力が高い来栖さんのありがたみを実感する。

「ところで」御剣さんは不意に口を開く。「『神薙虚無最後の事件』は読み終わりました？」

「……いや、まだです」

　正直に答えるが、その瞬間、形の良い眉がぴくりと吊り上がったので慌てて付け足す。

「あ、ええと、その、御剣さんのお父様の文章がとても巧みで面白く、臨場感の溢れる描写が、いやが上にも脳裏に情景を想起させ、躍動感のある展開にのめり込みすぎてしまって、どうしても読む速度が遅くなってしまっているんです！」

　咄嗟に口から出任せが零れたので何だか日本語が変になってしまった。しかし御剣さんはそんな心にもない発言を真に受けたようで、満足そうに頷いた。

「そういうことならば致し方ありません。確かに父の描く《名探偵》は、とても魅力的で先を読むのが惜しくなりますから。どうか存分に、父の傑作を味わってください」

　そんな恍惚とした表情で言われても。この一応は年頃の女性である御剣唯という人は、あの非現実的な物語のどこを指して面白いと言っているのだろうか。

　そういえば、最初に会ったときもお父さんに執着を見せてたっけ。絆がどうとか……。そのあたりに彼女の事情が隠されていそうだが、今は正直踏み込みづらい。

「ちなみに今日は何故大学へ？　二年生は講義があるんですか？」

　御剣さんはまた質問を重ねてくる。一見するとクールだが、もしかしたら意外と話し好きなのかもしれない。この機に少し探りを入れてみることにする。

「講義はないよ。ただ家にいても退屈だったから、休日の静かな大学で本の続きを読もうと思ってね。そっちは？」

「私は……」一瞬言い淀むが、すぐに冷静に答えた。「私も似たようなものです。家にいても落ち着かなかったので、プールで一泳ぎしようかと思って」

　御剣さんは細身で引き締まった身体をしているので、何か運動をしているのだろうとは思っていたが、水泳とは少し意外だった。

「御剣さんは、水泳部なの？」

「いえ、部活には入っていません。趣味みたいなものですね。特に朝早く一人で泳ぐと、心が洗われるみたいに気持ち良いんですよ」

　そう言ってから、御剣さんは優しげに目を細める。

「――まあ、これは父の受け売りなんですけど。父は、子どもの頃から水泳が得意で、中学生くらいまで選手を目指していたらしいんです。でも、色々あってやめてしまったみたいで。ただ、泳ぐことは好きだったから、家にプールを作ってよくそこで泳いでいました。だから私も小さい頃から泳ぐことが身近だったんです。もっとも、今はプールも使っていないから荒れ放題。だから、こうして大学のプールで泳いで気分転換をしているわけです」

少し照れたように、彼女は笑った。

家にプールがあるなんて、どうやら御剣さんのお家(うち)はよほどのお金持ちらしい。例の私小説がかなり売れたようだし、プールくらいあってもおかしくないのかもしれないけど。

「もし良かったら、お父様のこと少し聞かせてもらってもいいかな？」

タイミングを見計らって一歩踏み込んでみる。御剣さんは眉を顰めて口を曲げるが、それでも観念したようにため息を吐く。

「……まあ、いつかは答えないといけないと思っていたので。少しならいいですよ」

何とか了解を得ることに成功した。頭の中で質問の優先事項を検討して尋ねる。

「じゃあ、御剣さんがお父様のことをどう思ってるのか教えてもらおうかな」

彼女の抱える《事情(やゆ)》を推察するためにも、主観的なデータは必要だろう。

世紀の大嘘つきと揶揄され続けてきた父親や、この「神薙虚無」シリーズという荒唐無稽な物語を本当に信じているのか。

御剣さんはわずかに頬を染めて嬉しそうに答える。

「父は最高のエンターテイナーです。《怪盗王》と《名探偵》の手に汗握る戦いをより多くの人々に知ってもらいたいがために、出版社へ持ち込みまでしたんですから」

持ち込みというのは初めて聞く情報だ。どういう経緯で本が出版されたのか、気にはなっていたのだが……。煌さんの話によると、神薙虚無らが初めて《怪盗王》の起こした事件を解決したとき、名前だけマスコミに報道されたらしい。もしかしたら御剣氏は、その話題性を利用して持ち込みをしたのかもしれない。だとすると……意外にも戦略家なのか。

《観測者》の新たな一面が見えてくる。

「それにとても優しく、聡明で、気遣いができて——そんな父を私は尊敬しているし、心の底から愛しています」

それはやはり、一般的な家庭における、娘が父に向ける愛情を超えたもののような気がする。もっとも、そもそも御剣家が一般的な家庭かという疑問はあるけれども。

胸に手を当てて自信満々に父を語る御剣さんだったが、すぐに今度は表情を歪ませ、手に持った缶を力強く握り締めると、地獄の底から湧き出る怨嗟のような声で毒を吐いた。

「——だから私は、父を傷つけた母が許せない」

「傷つけた？」

いよいよ核心に迫ってきたか。御剣さんはとてもつらそうな表情で続ける。

「私が六歳くらいのとき突然母は、父と私を置いて蒸発しました。当時は……その、本の件で毎日のように嫌がらせを受けていたんです。家は早々に特定されていましたし……だから私は、ほとんど家の外に出ることなく幼少期を過ごしました。母は、そんな生活に耐えられなくなったのでしょう。父は『お母さんはお仕事で遠くに行ってしまったんだよ』と私を慰めてくれましたが……嘘に決まっています」

「…………」

何も言えない。無責任に、何も知らず、ただネットの情報を鵜呑みにして御剣大は嘘つきなのだと、つい数日まえまで馬鹿にしていたのだから。僕には御剣さんたちを迫害した連中を批判する資格などない。

僕の表情からそんな心中を察したのか、御剣さんは苦笑する。

「別に瀬々良木さんが悪いわけではないでしょう。捏造疑惑は……正式に否定しなかった父にも非があります。それに……もう終わったことですから」

終わったこと――嫌がらせが終わったということは、世間からの関心が薄れたということ。

最高のエンターテイナーと評した自分の父が世間から見限られて……この人は何を思うのか。

「でも、すべてが終わっても、私は母を許せません。一番つらかったときに、父を一人置き去りにして逃げ出した母を、どうして許すことができるでしょうか」

双眸に怒気を滲ませて、御剣さんは自問するように呟いた。

清々しいまでの愛情と、狂おしいまでの憎悪。

あまりにも克明なその対比に、僕は言葉を詰まらせる。

父を愛し、母を憎む——確かエレクトラ・コンプレックスだったか。

僕にとって家族というものはいて当たり前の存在だから、そんなふうに意識的に考えたことは今まで一度もなかった。

この人がここまで家族——特に父親に執着する理由は、家族愛のためだけではないはずだ。きっと僕のようにごくありふれた家族を持つ、幸せな人間には考えもつかないような——《事情》があるのだろう。

今の僕には、その《事情》に踏み込む資格も、そして何よりそんな勇気もなかったので黙り込んでいると、御剣さんは握り潰した缶を空き缶入れに放ってから微笑んだ。

「そんな深刻な顔しないでください。さっきも言いましたが、別にあなたが気に病むことではありません。父ももう、覚えていいいいませんし」

覚えていない？　どういうことか——と、こちらが問い質すよりも早く、

「それよりも推理のほう、よろしくお願いしますね。月曜日を楽しみに待っていますから」

一方的にそう結び、彼女はそのまま颯爽と歩き去って行った。

本当は聞きたいことがもっとあったはずなのに、上手く会話を続けられなかった。

追いかけることもできたが、大人しく諦める。

気持ちを切り替えるために空を見上げる。朝雲に紛れてうっすらと歪な月が浮かんでい

た。確か、有明（ありあけ）の月というのだったか。それがまた、笑い声だけを残して消えゆく御伽（おとぎ）の国の猫のように見えて、今僕が置かれている状況も相まって、何となくげんなりしてしまった。

2
神薙虚無最後の事件・第四章

書き物机に向かい、気持ちを静めるための写経をする。神薙に勧められて以来、いつの間にかすっかり習慣になってしまっていた。

色即是空、空即是色。

万物の本質は『空』であり、また『空』であるがゆえにあらゆるものは存在する。

『空』とはつまり『虚無（きょむ）』であり、それすなわち『存在しない』ということだ。悩みも、苦しみも、この世界にはあらゆるものが『存在しない』。

だから、些末なことを気にするな——と神薙はよく口にする。

意味はよくわからないが、神薙が言うのだからきっとそうなのだろう。

その影響か、写経をすると、神薙の本質に触れられたような気がして心が落ち着く。

いったん心を静めたところで、今度は今日の出来事を忘れないうちにメモ帳へ記していく。

特に先ほど簡単にオルゴール館の中を調べて回った際の走り書きを丁寧に清書する。各人に宛がわれたオルゴール音源は以下のような感じだった。

- 神薙虚無……トロイメライ
- 星河かぐや……月の光
- 渡良瀬鈴子……時の踊り
- 水守稜湖……亡き王女のためのパヴァーヌ
- 御剣大……G線上のアリア
- 久遠寺写楽……エーデルワイス
- 十六夜紅海……ローレライ
- 空峰美満……ジムノペディ
- 秋山大地……カノン
- 月見里読子……月光
- 沖影論理……主よ、人の望みの喜びよ

どうやら久遠寺は、わざわざ部屋のオルゴールを、僕らに合ったものに設定してくれていたようだ。確か先ほどの久遠寺の話では、彼の部屋から曲目は自由に設定できるとのことだったが、それにしても僕ら全員分となるとなかなかの手間だったはずだ。

そんな手間を掛けてまで僕らを労いたかったのか、あるいは何か別の狙いがあるのか。

ただの《観測者》である僕には、何もわからないけれども、神薙ならば今頃何らかの仮説に至っているのかもしれない。

レトロな洋燈に照らされながら、そんなことを考えていたとき――ドアがノックされた。机の上の置時計に目を向けると、時刻は午後十一時を回っている。

肘掛け椅子から立ち上がり、首の凝りをほぐしながらドアに向かう。きっと星河あたりが暇を持て余して遊びに来たのだろうとドアを開く。『G線上のアリア』の旋律が出迎えたのは――。

クラシカルな給仕服に身を包んだ《第一使徒》十六夜紅海。彼女は美しく背筋を伸ばして、ひっそりと佇んでいた。

予想外の光景に戸惑う。十六夜は僕の姿を認めると、深々と丁寧にお辞儀をした。

「お休み中のところ、大変申し訳ありません」

ゆっくりと頭を上げる。僕の顔をジッと見つめながら感情を排した冷たい口調で続ける。

「我が主様が、お呼びでございます」

ついに来たか。先ほどの食堂での久遠寺の《催し》発言から先、何も起こっていないので少し不安になっていたところだった。僕は安堵から、努めて明るく応じる。

「ご丁寧にどうも。今から、神薙たちも集めますから少しお待ちを――」

皆まで言い終わるまえに。

十六夜は人差し指を僕の唇に押し当てて黙らせた。

「ご無礼をお許しください。我が主様は、御剣様だけをお呼びです。その際、ほかの《名探偵》の皆さまには気づかれぬように、と厳しく申し付けられております」

僕は水飲み鳥のように黙って頷くことしかできなかった。何らかの武器で威されているわけでもなければ、口調も丁寧そのものだというのに、有無を言わせぬ迫力があった。

とにかく《観測者》たる僕は、状況に身を任せるしかない。

しかし、《名探偵たち》ではなく、あえて僕だけを呼び出して、久遠寺はいったい何をするつもりなのか。僕の口から神薙たちに伝えてほしいことでもあるのだろうか。あるいはこれも例の趣向の一部なのか。

階段を下りて一階へ。ホールを抜け食堂へと進むとそこからさらに、先ほど久遠寺が出ていったほうの扉を潜る。その先には食堂と平行する廊下が延びており、中ほどにはカーテンゲートによって封じられた暗黒が広がっていた。久遠寺の言っていた三階直通のエレベータか。

十六夜はゲートの横壁に設置されていたスイッチを押す。機械の低い駆動音が聞こえ、まもなくカーテンゲートの向こう、上方からゆっくりと光るかごが降りて来る。エレベータというよりは小さな昇降機、というほうがしっくりくる。幅は一メートル、高さは二メートルくらいだろうか。

かごが停止すると、十六夜は手動でカーテンゲートを開いて僕を中へと招き入れた。かごの奥には、大きめの鏡が張り付けられている。おそらく車椅子で移動する久遠寺の安全を考えてのものだろう。続けて中に入った十六夜は、ゲートを閉じて内部のスイッチを押す。

ガコン、少し大きな振動のあと、再び駆動音を伴いかごは動き出した。随分ゆっくりとした動きだ。そのためかエレベータ特有の上昇感をまったく感じなかった。

狭いかごの中で《使徒》と二人きり。内部の凝った装飾などを眺めてみるが、緊張を拭(ぬぐ)い去(さ)れなかったので、気を紛らわせるために十六夜の背中に声を掛けてみる。

「……少し、手狭ですね」

十六夜はこちらを振り返り、にこりともせずに答える。

「はい。我が主様と《使徒》一名のみを移動させるために作られたものですので。ただし積載質量に関して申し上げるのであれば、些か余裕をもった設計がなされております。我が主様の特製電動車椅子《黄金戦柩(ゴールデン・スランバー)》は重装備ゆえ、四十キロほどの質量がございますので」

そんなこと、敵対している僕に話しても良いのだろうか。少女の意図が読めない。そんな僕の思考を読んだのか、十六夜は無表情のまま、こちらを真っ直ぐに見つめて言う。

「我が主様は、《名探偵》様方と同様に、《観測者》である御剣様にも大変な感謝をしておいでございます」

「あの《怪盗王》が僕に感謝……？」

意味が、わからない。

百歩譲って、知力の限界で鎬を削っている《名探偵たち》を尊敬し、その出会いに感謝をしている、ということならばわからなくもないが……何故それに僕までもが含まれる？神薙たちとは違った意味での感謝なのか。だとしても《怪盗王》に感謝される理由などまったく思い当たらない。強いて言うなら、スポークスマンとしての立場くらいだが——。

そのことについて言及しようとしたところで、エレベータは緩やかに停止した。どうやら三階に到着したらしい。言いたいことだけ言って話を切り上げた十六夜はカーテンゲートを開き、僕をかごの外へと導く。仕方なく僕も話の続きを諦め、再びその背中を追う。

エレベータから出ると、その先はまた廊下に続いていた。片側が吹き抜けに接している二階の廊下とは異なり、いくぶん圧迫感をともなう廊下を進む。廊下の左右には大体等間隔にドアが設置されていた。確かフロア全体が久遠寺の私室という話だったか。センスの良い内装を眺めながらしばらく進み、最奥の一歩手前で十六夜は立ち止まり、振り返った。

「こちらで我が主様がお待ちです。どうぞお入りください」

それからわずかに頭を下げた体勢で静止する。

有無を言わさぬ様子に僕は緊張を高める。この重厚な扉の向こうで、かの《怪盗王》が僕を待っている。

一度大きく深呼吸をする。

よし、行こう。

覚悟を決めて扉を開くと――僕は、名曲『エーデルワイス』によって迎えられた。

――まず目を惹かれるのは大きな柱時計。

悠久の時を刻んできたような貫禄をもつ大時計の側。

卓上に置かれた室内唯一の光源である洋燈の仄暗い光に照らされて。

車椅子に腰掛けた世紀の天才《天蓋症候群》久遠寺写楽は、悠然とそこに存在していた。

「ようこそ《観測者》。急に呼び立ててすまなかった。きみの来訪を心より歓迎しよう」

相変わらず、その顔は黄金マスクによって隠されていたし、声もボイスチェンジャーによって変えられていたけれど。

それでもその圧倒的な存在を前にして、僕は畏敬の念を感じざるを得なかった。

すぐ背後で扉が閉まる。音に驚いて振り返るとそこには誰もいない。どうやら、十六夜は部屋の外で待機しているらしい。『エーデルワイス』も止まった。

つまり今この室内は、久遠寺と僕の二人だけということか。

それは、何が起こるかわからないということ。

そして、何が起こっても不思議ではないということ。

緊張しながら、数メートル先の天才に意識を向ける。

彼はいつものように、小柄な体軀を仕事着である純白のスーツに包んでいた。

愛用の特製電動車椅子に身を委ねてリラックスしているようにも見えるが、その全身からは絶対的な自信が溢れ出ており、否(いや)が応(おう)でも目の前の存在が影武者や偽者などではなく、《怪盗王》本人であると認識させられてしまう。

「そんなところに突っ立っていないで、こちらへ来たらどうだ、御剣くん」

どこか呆れをはらんだような久遠寺の言葉で我に返る。警戒しすぎて棒立ちになっていたようだ。このままでは――埒(らち)が明かない。

覚悟を決め、ゆっくりと久遠寺に向かって歩いていく。無論、警戒は怠らない。《名探偵》ではない僕如きの警戒など高がしれているが、それでもできうる限り最大の注意を払い、全方位に意識を集中させる。

室内には窓が無いようだった。強いて言うならば五十センチ四方程度のステンドグラスが奥の壁、豪奢(ごうしゃ)なベッドの一メートルほど上方に嵌(は)め込(こ)まれているだけだ。採光を目的として作られたものでないことは明らかだ。

ゆえに、久遠寺のもとに置かれた洋燈の明かりのみを頼りに進むほかない。警戒しすぎて幾分足下が覚束(おぼつか)なかったものの、それでも躓(つまず)くことなく、何とか久遠寺の元まで辿(たど)り着(つ)いた。

緊張を弛(ゆる)めることなく久遠寺を見つめていると、不意に久遠寺は笑い出した。

「なに、それほど警戒することもあるまい。きみに危害を加えるつもりはない。もちろん、《名探偵たち》にもな」

それから、パチンと指を鳴らすと、それを合図に扉の外から「失礼します」という声が聞こえ、再び流れた『エーデルワイス』とともに三人の《使徒》が室内へ入ってきた。

先頭に立ちサービスワゴンを押す十六夜に続き、空峰美満と沖影綸理がそれぞれテーブルと椅子を抱えている。

呆気(あっけ)にとられている間に、三人は、僕と久遠寺の間にティーセットを準備してしまった。

僕のすぐ後ろに椅子を置いた沖影が、恭しく頭を下げる。

「お掛けくださいませ、御剣様。唐突なご招待にご不満も多々ございますでしょうが、どうか何とぞご容赦くださいませ」

仕方なく、もうどうにでもなれとばかりに、椅子に腰を下ろした。

テーブルの中央には白銀のケーキスタンド。綺麗な洋菓子が載せられた皿は、吊られてわずかに揺れている。

いつの間にか、僕と久遠寺の前には、熱々の紅茶が満たされたティーカップが置かれていた。《使徒》たちはすべてのセッティングを終えると、早々に部屋を出ていく。

再び久遠寺と二人きりになる。しかも、今度はテーブルでお茶を囲んでいる。

まったくもって理解不能な状況だった。

「遠慮しなくていい。毒などは入っていないからね」

ホストにそこまで言われてしまっては仕方がない。状況に流されるまま、カップを手に取り口に運ぶ。

「……美味しい」

「それは何より。では、私も頂くとしよう。おっと、マスクを着けたままでは無理か」

うっかりというふうに呟き、久遠寺は一切の躊躇（ちゅうちょ）なく、いきなりマスクを外した。

「……ッ！」

あまりの出来事に紅茶を噴き出しかけ、思わず立ち上がる。

マスクの下から現れたのは——精悍（せいかん）な顔つきをした老年の男性だった。

彫りの深い顔立ちに、すっと尖（とが）った鷲鼻（わしばな）。

久遠寺はどこか日本人離れしたその顔に、まるで悪戯（いたずら）小僧のような笑みを貼りつけていた。

「突然立ち上がってどうしたのかね。さあ、座りたまえ。紅茶が冷めてしまうぞ」

変声していない生の声。胸に心地好く響く低音に一瞬酔いしれる。しかし、すぐ我に返り、僕は再び椅子に腰を下ろす。それから久遠寺を見据えながら、ゆっくりと尋ねる。

「……どういう、つもりですか？」

「どうもこうもない。マスクを着けていてはせっかくの紅茶が楽しめないではないか。それにきみの懸念はとてもよく理解できるが……しかし、この顔が真に素顔であるという確信は、きみには持てないのではないか？」

言われてはたと思い出す。そうだ。久遠寺は普段、黄金マスクなんて目立つ物を着けているから忘れがちだったが、元々変装と声帯模写の達人でもあったのだった。

つまり目の前の老年男性の顔も、作り物ということか。

――だが。これだけ至近距離で見ても、まったく作り物には見えない。とてつもなく精巧にできているにしても限度というものがある。

ならばやはり、これは《怪盗王》久遠寺写楽の本当の顔なのでは――？

状況が状況だけに、あらゆる可能性が否定できない。しかし、今僕が何を考えたところで、結局それは久遠寺の手のひらの上であることに変わりはないわけで。ならば慣れない頭脳労働に苦心するのではなく、泰然自若に構えていようと思い直し、僕は心を静めて開き直る。

「これも、例の《催し》とやらの一環ですか？」

「いやいや、これは《催し》とは関係のない、個人的なお茶のお誘いだよ」

お茶の、お誘い……？　首を傾げる僕に、久遠寺はそうだ、と頷いた。

「《観測者》であるきみとは、一度こうして二人だけで話がしてみたかったものでね」

冗談とも本気ともつかない笑みを浮かべる久遠寺。しかし、少なくとも危害を加えるつもりはないらしい。ならば少しくらい会話をしたところで大局に影響はない、か。

「……お茶にお誘いいただいたことは光栄に思います。ですが、何故僕だけなのです？ほかの《名探偵たち》も一緒では都合が悪いのですか？」

久遠寺は、僕に試すような視線を向けてから、紅茶を一口含んだ。

「別に都合が悪いわけではない。だが、《名探偵たち》がいたら、きみはほとんど喋らないだろう。無論、それがきみのスタンスであることは理解しているがね。しかし、私が話をしてみたかったのはあくまでもきみ個人だ。ゆえに、このような回りくどい方法を取らせてもらった。悪く思わないでくれ」

今までのこともあり、どうしてもその言葉を勘繰ってしまうが、誠意は十分に感じられた。多少は警戒を解いても良いかもしれない。

緊張が幾分緩和されると同時に、喉の渇きを覚えた。せっかくの持て成しである。素直にお相伴に与ることにしよう。

再び芳醇な香りの、褐色の液体を口に含む。爽やかな香気が鼻を抜けて、得もいわれぬ味わいを残していく。不思議な感覚だった。

まるで御伽の世界にでも迷い込んだようだ。アリスのマッドティーパーティを例に出すのはあまりに芸がないが、しかしきっとアリスはこんな気持ちだったのだろう。

恍惚と困惑が綯い交ぜとなり、意味もなく意識が昂揚してくる。

「良い紅茶だろう」

不意に久遠寺は声を掛けてくる。僕は自然に頷いていた。

「とても美味しいです。こんなに美味しい紅茶を飲んだのは初めてです」

「それは何よりだ。さて——」

久遠寺は、こちらを真っ直ぐに見据えて続きを語る。

「まずは、きみに礼を言わなければならないな。いつも《名探偵たち》との橋渡しを務めてくれてありがとう。非常に感謝している」

「いえ……。僕が好きでやっているだけのことです。こんな魅力的な事件や人物を、僕だけのものにしておくのはあまりにも惜しいですから」

「きみがいなければ、私はただの犯罪者であり、《名探偵たち》もただの頭の切れる高校生でしかなかった。それを古式ゆかしい《怪盗》と《名探偵》という図式で表現し、より多くの人々にわかりやすい形で伝達しようと試みたのはきみの手柄だ。つまり、我々の存在をそれぞれ高次元の概念へと昇華させたわけだな。きみはこの功績を誇るべきだ」

それは——買い被りすぎだ。久遠寺の話は神薙の話同様、抽象的でわかりづらいものだったが、僕を過大評価していることだけはよくわかった。

「そんな立派なものではないです。神薙たちの近くにたまたま僕がいたから、それを自分の役割だと思い込んでいるだけですよ。それほどあなた方の物語は、僕ら凡人にとって魅力的なんです。絶対に届かない場所にいる人というのは——やはり、恰好良いと思いますから」

　そう、それが本音。

　僕はただ、こんなに凄い人間が実在している、ということをより多くの人に知ってほしかっただけなのだ。神薙たちとともに事件に遭遇するたびに得る感動を、その一部でも自分以外の誰かに味わってほしいと思ったから、それを拙い文章で表現しているにすぎない。

　たまたま幼なじみであるというだけの凡人が、この感動を独り占めにするなんて――申し訳なさすぎると思うから。

「きみは謙虚だな」久遠寺は苦笑を浮かべる。「こんなことを言うのは烏滸がましいかもしれないが、きみも私と同じ人種のようだ」

「僕が……あなたと同じ、ですか？」

　意味がわからない。久遠寺写楽は世紀の天才で大怪盗。対する僕はただの高校生で、ただの凡夫だ。共通点なんてまるでない。

「きみの著書はすべて愛読させていただいている。実に興味深く、面白い構成で物語を展開しているね。あれはもちろん、狙ってやっているのだろう？」

　一瞬、答えに窮するが、そもそも物語の当事者である久遠寺は当然すべてお見通しなわけで、僕は諦めて頷く。

「……そうですね。少なくとも、フェアを意識して書いているつもりです」

「それは自己満足のためか？　それとも読者のためか？」

「無論――後者です」一切の躊躇なく、僕は言い切る。「すべては僕の本を読んでくれる読者に楽しんでもらうためです。それ以外の意図なんて、微塵もありません」

「だろうな。やはりきみは、最高のエンターテイナーだ。日々に退屈している人々を楽しませたいと、心の底から願っている。私と同じように、な」

それからその老年の姿には似つかわしくない、少年のようなあどけない表情を浮かべた。

確かに、そういった意味では、久遠寺と僕は同類かもしれない。しかし――。

「せっかくお褒めいただいたところ恐縮ですが、やはりあなたと僕は違いますよ」

「ほう。どう違う？」

「僕はあくまでも事実を記述するだけの凡人ですが、あなたはエンターテインメントそのものを創生する天才です。あなたはクリエイターで、僕はただのオブザーバー。その存在には、天と地ほどの差があります。並べていただいたことはとても光栄に思いますが、やはり僕にはそんな大役務まりません」

「観測によって創生されるものもあると、私は思っているがね」

意味深にそう言って、久遠寺は笑った。

何とも――調子が狂う。急に僕を褒めちぎって、いったい何を考えているのだろうか。

「まさか僕を労うためだけに、呼びつけたわけではないと思うのですが……そろそろ本題に入っていただけないでしょうか。正直今の状況は、あまりよろしくないように思うので……」

　敵の首領である《怪盗王》と、《名探偵たち》の《観測者》である僕が、二人きりでお茶を飲んでいるという現状は、内通とも取られかねない。

「──本当に、ただきみに感謝の気持ちを伝えたかっただけなのだがね。しかし、確かにきみの言うとおりだ。こちらも配慮が足りなかった、謝罪しよう」

　久遠寺はどこか寂しげに苦笑して紅茶を啜り、苦しげに激しく咳き込んだ。突然のことに慌てつつ背中を擦ろうと腰を浮かすが、久遠寺は手を上げてそれを制した。

「いや、すまない。少し紅茶に噎せただけだ。歳を取ると駄目だな」

　口元をハンカチで拭ってから、気を取り直したように久遠寺は言った。

「では、呼びつけたお詫びにとっておきの情報を授けよう。今回、この館で起こることは──私ときみたちの最後の物語となるはずだ」

「最後の、物語……?」

「どのような結末になるかは、私もまだわからない。しかし、最後に相応しいとびきりの物語になるであろうことは保証しよう」

「どうして、最後になるんですか? あなたはこれから何をしようとしているのですか?」

　久遠寺はそれに答えず、僕を見つめて逆に問う。

「御剣くん。《名探偵》とは、《怪盗》とは——いったい何だと思うかね？」

脈絡のない、本質的な問い掛け。

久遠寺の雰囲気に呑まれながらも僕は答える。

「……謎を解くものと、謎を作るもの、ですか？」

「狭義の意味ではそうだろう。しかし、本質は違う」

はっきりと断言し、かの《怪盗王》は不敵に笑う。

「《名探偵》や《怪盗》というのはつまり——《物語》を作るものだ」

「物語を……作る？」

「だから覚えていたまえ。我々が作り出した《物語》を紡ぐものとしての、きみの役割を」

言っていることは相変わらず抽象的でよくわからない。完全に久遠寺のペースだった。

もっとも、久遠寺からペースを奪えるなどとは夢にも思っていないのだけれども。

しかし、このままのらりくらりとはぐらかされ続けたまま会話をするわけにもいかないので、勇気を振り絞って暇(いとま)を切り出す。

「……お話はもうお終(しま)いですか？　ならばもう眠いので失礼させていただきたいのですが」

「おお、それはそれはすまなかった」久遠寺は戯(おど)けたふうに言う。「歳を取ると話が長くなっていかん。きみたちはこんな遠方まで来てお疲れなのだったな。本当はもう少し色々て良かったよ」

と話がしたかったが致し方ない。引き留めてすまなかった。だがわずかでも、きみと話せ

本当は、僕ももっとこの世紀の《怪盗王》と話がしたかったのだけれども。

僕にも立場というものがあるので、ここは物語に影響を及ぼさない《観測者》らしく、何事もなかったかのようにこの場を立ち去ろう。

僕は椅子から立ち上がり、紅茶の礼を述べて歩きだす。

ドアを開こうとノブに手を掛けたところで、

「最後に一つだけどうしてもきみに伝えておきたかったことがあったのだった」

歩みを止めて振り返る。

久遠寺写楽は――意外なほど優しい表情を浮かべて言った。

「御剣くん。あのお嬢さんはきみが守ってやるんだぞ」

「――――」

何と答えたらいいのかわからず、僕は無言のまま立ち尽くす。

そのとき扉が開かれ、十六夜、空峰、沖影の三名が入室してきた。また『エーデルワイス』の旋律に包まれる。

十六夜と空峰は特に何も言わずに、先ほど用意したティーセットを手早く回収して部屋を出ていった。そして残された沖影は、僕を見上げてわずかに小首を傾げる。

「それでは御剣様。お部屋までお送りいたします」

沖影に促され、僕は歩き出す。見送りのためか、久遠寺も電動車椅子を操作して扉付近までやって来る。僕は久遠寺に会釈をしてから部屋を出た。沖影は何か久遠寺に話がある様子で室内に残ったが、十秒と経たないうちに扉を開けて廊下に出てきた。直後、ガチャリと施錠の音が響く。久遠寺が室内から鍵を締めたようだった。

沖影と並んでエレベータへ向かう。何だか頭がふわふわしている。まるでこの数十分がすべて夢の中の出来事であったかのように現実感がなく、ただ気分だけが不思議と昂揚していた。もしかしたら、世紀の天才を前にして、少し当てられたのかもしれない。

かごへ入り、エレベータが下へ向かい始めたところで、不意に沖影は身体ごと振り返る。

「あの、御剣様」

沖影は、給仕服のエプロンの裾を握りしめて真っ直ぐに僕を見上げて言った。

「本日は、ありがとうございました」

急に感謝の言葉を述べられて面食らう。館の主の誘いを大人しく受けたことに対する礼だろうか。それならば先ほど本人からすでに十分すぎるほど受けているが……。

そのとき、沖影が胸元の徽章を上下逆さまに付けてしまっていることに気がついた。肝心の『リバースクラウン』がひっくり返ってしまったら、体制への迎合の意味になってしまう。ほかの《使徒》に見つかったら怒られてしまうのではないだろうか。

伝えようか迷っているうちにエレベータは一階で停止した。カーテンゲートを開いて歩き出す沖影の背中を追う。どうやら時機を逸してしまったようだ。まあ、元々《使徒》たちとは敵同士なのだから、別に気にしなくても良いのだろうけれども。

食堂には、先ほどの十六夜と空峰の姿が見えた。おそらくティーセットの片づけをしているのだろう。彼女たちを横目に見て、食堂を後にする。

二階へ上ったところで沖影と別れる。彼女と二人でいるところをほかの《名探偵たち》に見られたら色々と面倒だと思ったからだ。

気持ちを落ち着けるため、あえて廊下を時計回りに遠回りして自室へ向かう。その途中、遊戯室の前を通ると、中には水守と渡良瀬、そして月見里と秋山の姿が見えた。四人でビリヤードにでも興じていたのかもしれないが、今はもう撤収の準備をしている。

遊戯室を通りすぎたところで、部屋から出てきた星河とばったり会ってしまう。

「あら御剣。こんな夜更けに珍しいわね。もしかして見回りかしら?」

星河は当然、僕がたった今、世紀の天才と会ってきたことは知らないわけで、いつもどおり自然に話しかけてくれる。それが何故だかとても後ろめたくて、彼女の目を見返すことができなかった。

「ま、まあ、そんなところかな。星河はどうしたの?」

「私はちょっとみんなの様子を窺おうかと思って。……御剣、どうかしたの? 何だか元気がないように見えるけど」

心配そうに顔を覗き込んでくる。いたたまれなくなって、僕は会話を切り上げる。

「何でもないよ！　ちょっと疲れが出たのかもしれないね！　先に休むよ！　おやすみ！」

星河の返事も待たずに、部屋へと飛び込んだ。罪悪感でじくじくと胸が痛む。

気を紛らすように時刻を確認すると、すでに午前零時一分まえになっていた。確か零時を過ぎると防犯装置が作動するはずなので、思いのほかぎりぎりになっていたことに気づく。

ドアの前に立ち尽くして、一度深いため息を吐く。

少し、疲れた。制服のままベッドに倒れ込む。血が上ってふわふわしていた頭が、ゆっくりと冷やされていく感覚。

ふと脳裏に蘇るのは、老人の意味深な笑み。彼の言葉は、理解不能で、僕を疲弊させた。それが何かの作戦なのか、あるいはやはりこれも例の《催し》の一部なのかは判断がつかない。

今の出来事は、やはり神薙たちに報告したほうがいいのだろうか。

様々な考えが浮かぶが、結局、みんなには黙っておくことに決めた。

みんなの手を煩わせたくない、という気持ちも確かに存在したが。

最大の理由はきっと、知ってほしくなかったからなのだろう。

《観測者》と《怪盗王》の邂逅を――。

少し休み冷静さを取り戻したところで、書き物机に向かう。

例の《催し》とやらが開始されるまでに、これまでのことをメモしておかなければ。

筆記用具の音だけが、空間に満ちていく。

静かな夜だった。

3

「あ、瀬々良木くん。やっと見つけたよ」

不意に耳に響いた穏やかな声に、僕は読んでいた本からのっそりと顔を上げた。

読書に没頭していたので現状確認に手間取るが、すぐに、ああ、と理解する。

御剣さんと別れてから、学食の隅でせっせと読書に励んでいたのだった。

緩慢な動作で声のほうを振り返る。すぐ後ろに、地味な服を黒縁眼鏡と合わせた大正時代の書生さんのような男が立っていた。

「休日に大学へ来るなんておまえも暇人だな、雲雀。何か用か?」

「用があるから捜してたんじゃないか。メッセージ送ってもちっとも既読つかないし」

「……悪い。本に集中して気づかなかったわ」

間の抜けた返答に、雲雀は仕方ないな、とため息を吐いた。

「煌さんが部室に集合掛けてるよ」

「マジかよ……」面倒事の予感しかしない。「煌さん、何だって？」

「さあ。警察資料がどうのとか言ってたけど。志希ちゃん待たせちゃ悪いし、早く行こうよ」

「馬鹿野郎、何故それを先に言わない」

言うや否や立ち上がって、クラブ棟へ向かう。休日の日中に来栖さんと会えるのであれば、僕はヒグマの巣にだって飛び込んでいく気概だ。

「というかさ、そんなに志希ちゃんのこと好きならさっさと告白しちゃえばいいのに」隣を歩く雲雀は、まるで晩飯のメニューを決めるかの如き気軽さで嘯く。「志希ちゃん人気者だし、急いだほうが良いと思うけど」

「わかってるけどさ……。今はたぶん僕のこと異性として意識してないから気軽に接してくれてるんだと思うけど、下手なことをしたら今の関係すら続けられなくなりそうで……」

「でも、志希ちゃんが誰かと付き合っちゃっても、結局今の関係じゃいられなくなるよ」

「そんなことは百も承知だけど、それでも踏ん切りがつかない僕の繊細さを理解してくれ」

「瀬々良木くん、ワールドクラスのヘタレだよね」

「……言うな、自覚はある」言ってて悲しくなる。

「今の二人って雰囲気良いし、瀬々良木くんが男気を見せれば意外と良い感じに事が進みそうな気はするんだけどね」雲雀は肩を竦める。「まあ、とにかく僕は瀬々良木くんたちを応援してるから、お互い悔いの残らないように青春してね」

他人事だと思って好き放題言いやがって……。何とも言えない心持ちを抱きながら、《名探偵倶楽部》の部室に到着した。

部室では、来栖さんが一人でちょこんと待機していた。

「あ、先輩遅いですよ」

来栖さんは僕の顔を見るなり不満そうに唇をとがらせるが、すぐに破顔してタブレット端末を自慢げに見せつけてくる。

「それよりも！　煌さんがお昼に好きなだけピザ取っていいって！　さすがは素封家、度量が違いますね！　私、お肉いっぱい載ってるのがいいです！　あとデザートのアップルパイ！　先輩も早く選んでください！」

よほど嬉しいのかやたらとテンションが高い。普段どちらかというと落ち着いた印象が強いので、こういう来栖さんも新鮮で可愛い。

「なら、僕の分も好きなの選んで良いよ。ピザなら何でも好きだし。それでシェアしよう」

「良いんですか！」来栖さんは目を輝かせる。「ありがとうございます！　じゃあ張り切って美味しそうなの選びますね！」

心が温かい気持ちで満たされるのを感じながら、笑顔でタブレットを操作する来栖さんを眺める。それから彼女は、サイドメニューなども色々と選んで注文を決定した。

楽しみですね、とはにかむ来栖さん。そうだね、と応じてからふとした疑問が湧き上がる。

「あれ？　そういえば雲雀、なんで僕が学食にいるってわかったんだ？」

「既読がつかなくて困ってたら、志希ちゃんが教えてくれたんだよ。休日に瀬々良木くんの行きそうな場所なんてそれほど多くないし、その中で読みかけの本を読み進められる場所っていったら学食くらいしかないって」

「マジかよ。さすが来栖さん」

「いえ、偶然ですって。予想がたまたま当たっただけです。こういうとき煌さんならきっと、ずばりと論理的に当てちゃうんでしょうけど」

「あの人は宇宙人みたいなものだから気にしないほうがいいよ」

「あはは、煌さんが来たら、瀬々良木先輩が悪口言ってましたって教えちゃいますね」

来栖さんは楽しそうに言う。不意に先ほど雲雀が言っていたことを思い出す。

僕が男気を見せれば意外と上手くいくって……？

確かに、可能性としてはゼロではないと思う。自分で言うのも何だが、少なくとも目に見える範囲の男性陣の中では、僕が一番来栖さんに近い位置にいるはず。この《名探偵倶楽部》にしたって、僕や雲雀は煌さんに借りがあるため、やむを得ず顔を出しているが、来栖さんだけは自主的に参加してくれている。最初は煌さんのファンなのかな、と思っていたが、先ほどのやり取りを見てもわかるとおり、それほど煌さんに入れ込んでいるわけでもない。

ならば何故、せっかくの休日にわざわざ貴重な時間を浪費してまで、あまりにも非生産的な《名探偵倶楽部》の活動に参加してくれるのか。

だがそこで、まさか僕がいるからでは？　と考えるのはさすがに自惚れがすぎるだろう。僕のような何の取り柄もない羽虫に、来栖さんのようなとびきりの良い子が思慕を寄せてくれるなどという幻想は、残念ながら現実にはあり得ないのである。

「なんですか、先輩。私の顔に何かついてます？」

不思議そうに小首を傾げてくる来栖さん。さすがに今この場で僕のことをどう思っているか、などと聞けるはずもないので、なんと言って誤魔化そうかと考えるが、僕が答えるよりも早く雲雀が割って入る。

「ねえ、志希ちゃん。正直なところ、瀬々良木くんのことどう思ってる？」

「おい、おまえ――！」

いきなり核心を突くやつがあるか！　僕の緩やかに来栖さんと仲良くなっていく計画が全部パーになっただろうが！

何とかして取り繕おうとするが、今さら雲雀の発言を撤回させたところで意味もない。

恐る恐る来栖さんの反応を窺うと……意外にも彼女は淡々と答えた。

「そうですね、危うい人だと思っています」

「……危うい？」

そんな評価をされたことは初めてだったので戸惑う。

「はい。何というか、お人好しすぎる上に自己評価が低いものだから、そのうち悪い人に騙されて野垂れ死にしそうで」

「………………」

要するにただの馬鹿だと思われているらしかった。僕だって悪い人に騙されないくらいの分別はある。と、思いたい。

「――だから何だか放っておけなくて」

「……え？」

「先輩、目を離したらどっか行っちゃいそうで。だから私がしっかり目を光らせて見張っていないと駄目だなって、そう思うんです」

――――。

それはつまり……どういうことだ？

「じゃあ、志希ちゃんは瀬々良木くんのお目付役って感じかな？」

「そうですね、大体そんな感じです。もちろん、先輩がご迷惑でなければですが……」

急に自信がなさそうに声をしぼませて上目遣いでこちらを見やる。僕は慌てて否定する。

「そんな迷惑だなんて！　僕も来栖さんに見張られて嬉しいよ！」

「……見張られて嬉しいって何ですかそれ。では、これからはこれまで以上に目を光らせておくようにしますね。先輩、覚悟しておいてください」

人差し指を立て、嬉しそうな笑みを浮かべてそう締めた。

一瞬焦ったが、何となくいい感じに話がまとまったような気がする。雲雀を見やると、してやったりとばかりにこちらにウィンクを飛ばしていた。腹立たしいがよくやった！

せっかくだしこのタイミングで勇気を出して来栖さんをデートにでも誘ってみようか、となけなしの男気を見せようとした次の瞬間――。

「ピザピザ～♪　まだかな～。おなか空いたな～」

いきなり部屋の主である煌さんが極めて上機嫌な様子で現れた。タイミングを見計らっていたのではないか、というくらいの絶妙な登場。

しかし煌さんは、そんな些末事など気にも留めないというふうに、王様然とした優雅かつ自信に満ちた動作で冷蔵庫から飲み物を取り出して呷る。

「くぅーっ！　やっぱドクペは脳細胞に効くな！　早くこいつでピザを胃袋に流し込んでやりたい！」

「……あんたは少し脈絡というものを覚えたほうがいいですね」

「言うじゃないか、助手」煌さんは不敵に笑う。「だが聞けないな！　私は私のやりたいときにやりたいことをやるのだ！　他人の意見など知ったことか！　わかったら、さっさと下まで行ってピザを受け取ってくるのだ！」

なんで僕が、と不満をこぼしそうになったが、来栖さんの「あ、私も付き添います」という言葉であらゆる不平が吹き飛んだ。

グッジョブ、奇矯（ききょう）の人。

来栖さんと二人で一階ピロティまで降りてピザの到着を待つ。

「楽しみですね。ピザって意外とお値段するので、なかなか食べる機会がなくて……！」

うきうきの来栖さんを見ていたら、僕まで幸せな気持ちになってくる。

せっかくなのでこの空き時間に、朝、御剣さんと会ったこととその内容を話しておく。

僕としては情報共有的に、良かれと思ってのことだったのだが、話を聞き終えたところで来栖さんは、急に不機嫌そうな顔で言った。

「……ふうん。朝から美女に会えてラッキーでしたねえ、瀬々良木先輩。でも、本当に偶然なんですかねえ？　隣に住む私に一声も掛けず朝早くから出ていったら、偶然、一泳ぎ終えた艶（なま）めかしい美女と出会うなんて、いったいどれほどの確率なんでしょうかねえ？実は彼女が水泳をやっていることを知っていて、それを狙ったのでは……？」

「いやいやいやいや」

慌てて首をぶるんぶるんと横に振る。この誤解は正直危険だ。

「本当に偶然なんだって。そもそも休日に朝早くから隣に住んでる後輩の女の子に一声掛けて出かけるほうがおかしいから」

「まあ、そうですよねえ。私なんて瀬々良木先輩のお隣にたまたま住んでいるだけのただの後輩ですからねえ。美女と逢瀬を楽しむのにわざわざ許可を取る必要性すらありませんものねえ」来栖さんは拗ねたように唇を尖らせる。

「だから誤解なんだって。お休みの日くらい、来栖さんも一人になりたいかなと思って」

「お気遣いいただいていたのですねえ。ありがたいですねえ。おかげさまで私は午前中、期限切れのチョコチップスティックパンを齧るだけの有意義な時間を一人で満喫させていただきましたよ。いやあ、お休みの日って本当にいいものですねえ」

　普段の落ち着いた印象とは打って変わってどんどんやさぐれる来栖さん。どうにも様子がおかしい。もしかして……声掛けなかったこと怒ってる?

　判断の難しいところではあったが、ピンチはチャンスでもある。僕はなけなしの思考を全力で回す。

「――いや、本当はね。来栖さんも一緒にどうかな、とは思ったんだよ。でも、最近何かと一緒にいることが多いから、たまの休みくらいは僕の顔なんて見たくないかなって」

「そ、そんなわけないじゃないですか」今度は少し慌てる。「さっきも言ったように、私が勝手に先輩に付きまとってるだけなんですから、余計な気遣いは不要です。そもそも先輩の顔が見たくないのであれば、さっさと食事当番契約を打ち切っています」

「でもさ……来栖さん、ボーイフレンドも多いみたいだし……。たまたま隣に住んでるだけの蚊とんぼが気安く声を掛けるのは忍びないというか……」

「ボーイフレンドって、ただの同期じゃないですか。表面上はそこそこ親しげに接していますが、それは同期の女性陣から反感を買わないための戦略であって、本音を言えば彼らには微塵も興味が湧きません。ゆえに私の休日が彼らのために消費されることはなく、そんな心配を先輩がなさる必要はないのです。あと先輩、自己評価低すぎですよ」

「……じゃあ、これからはお休みの日にも気軽に声掛けていいの？」

「もちろんです。お気遣いなくガンガンお声掛けください。もちろん、都合が悪いときはお断りさせていただきますが」

「――――」

あまりの嬉しさに言葉を失う。

これは偉大なる第一歩だ。雲雀からすれば笑ってしまうくらいささやかな一歩かもしれないけど。速まる鼓動を必死に抑えながら、僕は尋ねる。

「あ、あのさ、実は僕、日曜は近所の喫茶店でのんびりブランチを摂ることにしてるんだけど……もし良かったら、明日、一緒に行ってみない……？」

すると先ほどまでの不機嫌そうな表情を一変させて、来栖さんは目を輝かせる。

「それは素敵ですね。先輩のおすすめなら味は保証されているでしょうし、是非お供させてください」

内心で盛大なガッツポーズをとる。

やった……！　言質を取った……！

小躍りしたいくらいの歓喜に打ち震える。しかし、当の来栖さんはもうすっかり普段どおりの様子で話題を変える。

「しかし、朝早く一人で泳ぐとは、御剣さんもなかなかに優雅なご趣味をお持ちですね。ブルジョアですか」

「ブルジョアなんだろうね。お家にプールあるらしいし」

「羨ましい限りですけど……先輩のお話に鑑みると、御剣さんの抱える事情ってやっぱりご両親関係なんでしょうね。初めて会ったときも、絆がどうのと言ってましたし」

さすがは来栖さん。僕なんかよりもよほど色々よく覚えていそうだ。

「いずれにせよ、推理発表会までに一度、御剣さんにもう少し詳しくお話を聞いておいたほうが良いかもしれませんね——あ、先輩！　来たんじゃないですか！」

話の途中で来栖さんは急にそわそわし始める。耳を澄ますと、微かに彼方からこちらへ近づいてくる原付のエンジン音が響いている。

どうやらピザのご到着らしい。来栖さんは仔犬のように全身で喜びを表現している。とても可愛いが——今はもうこれ以上の話は無理だろう。

仕方なく僕は素直に、豪勢な昼食に対する喜びのことだけを考えた。

4

「——さて。腹も膨れたことだし本題に入ろうか。今日きみらを呼び立てたのはほかでもない。事件の調査資料がまとまったから、それを渡そうと思ってね」

美味しいピザに舌鼓を打ち、存分におなかと心を満たしてから。

煌さんは、巨大なダブルクリップで留められた分厚いA4の紙束を無造作にテーブルに放った。どうやら煌さんは煌さんで、色々動いていたらしい。

紙束を手に取ってみる。ずしりと重いその表紙には、『極秘』の赤文字が燦然と輝いている。いったいどこからこんなものを入手してくるのか。聞くと共犯になりそうなので、僕は素知らぬ顔でやり過ごす。

「きみらを信用してその資料を渡すんだからな。他言無用で頼む」

当然とばかりに僕らは頷く。誰だって命は惜しいのである。

それはさておき、一応申告しておこうと思い挙手をする。

「あの……実はまだ全部読み終わってないんですけど」

「何と！」煌さんは勢いよく立ち上がり、心底驚いたふうに双眸を見開く。「あれだけ魅力的な物語を、何故きみはそんなにも悠長に読んでいる！」

「えっと、読書スピードが遅いもので……すみません。それに、僕の常識力では理解の困難な概念が多数含まれているようで」

様々な不満をオブラートで何重にも包んで出力する。幸いオブラート作戦は見事奏功したようで、煌さんは、腕組みをしながら何度も頷いた。

「確かに、現代の若者には、理解しがたいかもしれないな。世紀末の日本で、名探偵と大怪盗が鎬を削る魅力というものは」

残念ながら、重要なのはそこではない。それ以前に、名探偵だの大怪盗だのという胡散臭い存在が、我が物顔で闊歩していたという事実そのものに理解が及ばないのである。第一、つい数日まえまで、丸ごと妄想で書かれた創作物だと認識していたのだ。いきなりそれを現実だと言われても、脳が追いつかない。

「雲雀はもう読み終わったのか？」

「もちろん」微笑を浮かべて頷いた。「煌さんから受け取ったその晩には読んだよ」

さすがは真面目が服を着て歩いているような男だ。

「雲雀先輩は、この本を読んでどう思いました？」来栖さんが尋ねる。

「それは僕の感想ってこと？」

「はい。面白かったですか？」

「感想か……」雲雀は十秒ほど沈黙してから答える。「魅力的な話だとは思うよ。まあ、現実として受け入れがたい設定や過剰な装飾、無駄な演出は多々見られるけど、総じて描写は単調だったからそういう意味では《現実に起こったもの》っていうリアリティが表現されているかな。文章はあまり上手くないけどね。ただ装飾過剰なわりに、あまりキャラクタを前面に押してこないのは少し勿体ない気もしたね。筆者の力量不足か、あるいはあくまでもリアリティを追求したのかはわからないけど……」

「すごい分析ですね」来栖さんは驚きの表情を浮かべる。「さすがは雲雀先輩です。この中だと雲雀先輩が一番の常識人なので、推理の良い指標になりそうですね」

え、僕が一番じゃないの……？

さり気なくショックを受けつつ、気を取り直して僕は話を進める。

「――ところで煌さん。推理をするにあたって、いくつか疑問があるんですけど」

「何だろうか。私で答えられることなら何でも答えるぞ」

「僕はこの『最後の事件』しか読んでいなくて、それ以前の事件に関して、何の知識も持っていません。そんな状態でまともな推理なんてできるものなんですか？」

確か「神薙虚無」シリーズは、全十二巻という話だったはずだ。この本は最終巻ということだが、このまま読み進めて本当に大丈夫なのだろうか。

「今さらな疑問だな」

煌さんは呆れたように苦笑を浮かべて腕を組む。

「御剣大は、《その事件はその本の中で完結しているべし》というのを信条にしていてね。必ずすべてのヒントをその事件中に提示し、その本の中ですべての伏線を回収するんだ。だから、伏線が複数巻に跨る（またが）ことは基本的にはない。今回は、未解決事件ということもあって多少はイレギュラーかもしれないが、それでもその基本方針は守られているはずだ。作中の終盤で、御剣大本人もそれっぽいことを仄めかしているし、御剣くんからもそれなりの言質を取ったからな」

なるほど。それが真に事実であるかは別にしても、煌さんがそう言うのであればそう認識していて問題はなさそうだ。

「じゃあ二つめの疑問なんですが、作中で写経云々って出てきますけど、神薙氏や御剣氏って、敬虔な仏教徒なんですか？　いくら世紀末とはいえ、写経をする高校生なんて普通じゃないと思いますけど」

「神薙も御剣もバリバリの無神論者だよ。作中に登場するのは般若心経なんだが、あれは少々特殊な経でね。宗教的色合いももちろんあるが、それ以上に哲学的な意味合いがとても強いんだ。存在論の言及というか……まあ、細かいところは省くが、ざっくり言うと『空』であることがすべての基本であることを述べているんだな。だから『空＝虚無』として、神薙が自分の名前にまつわるそれに興味を持ったとしても不思議じゃない。作中でそれと明言されたことは一度もないけどな」

伏線なのかそうじゃないのか微妙なラインだ。まだ途中なので何とも言えないが、できれば伏線であってほしくはない。余計なことは考えないに越したことはないのである。

「煌さん、私からも質問していいですか？」来栖さんは小さく首を傾げる。

「いいよ、なんだい？」

「神薙虚無さんたちが活躍した世紀末ってネットの黎明期ですよね？　まあ、だからそれもあって最初期の炎上事件みたいな扱いをされているのでしょうけど……。でも、調べてみたら、炎上の話題ばかりで《名探偵たち》本人の話題ってほとんどないんですよ。写真も星河かぐやさんが少しヒットするくらいでほかはまったく。いくら何でも不自然なのでは？」

来栖さんの質問に、煌さんは嬉しそうに口を歪めて笑う。

「情報操作の影響もあるだろうが、一番の理由は彼らのスタンスにある」

「スタンス？」

「《名探偵たち》はね、そういった英雄として祭り上げられることを極端に嫌っていたんだよ。あくまでも自分たちは探偵であり、顔が売れてしまうのは不都合だと考えていたのかもしれない。だから警察やマスコミ、さらには事件関係者にまで徹底した情報規制をしていたらしい。だがそれゆえに――『神薙虚無は実在しない』『事件はすべて捏造だ』という噂が立ってしまったようだ」

煌さんは悲しそうに目を伏せる。僕は膝を打った。

「そうか。情報規制をして、写真もなかったがために、それを逆手に取られて週刊誌にすっぱ抜かれたわけですね。そしてそれを否定するだけの物証が何もなかった。でも、それならどうして《名探偵たち》はだんまりを通したのでしょう？」

「さあね、それればかりはどこまでいっても想像の範囲を出ない。今さら出ていったところで信じてもらえないと思ったのか、あるいは別の理由があったのか……。だが現実は、彼らの沈黙を肯定と受け取った大衆によるネットリンチに発展した。そして世界中から嘲笑され、御剣大らは表舞台から姿を消し、形骸化した概念だけがスラングとしてネットに定着した。もちろん、未だに御剣大の無実と、神薙虚無の実在を強く信じているファンも多いけどね」

　僕も、ネットの情報を鵜呑みにしていただけの大衆なので、その結末にどうこう言う資格はないのかもしれないけれども。すべてが真実で、彼らが何らかの事情により口を噤まざるを得なかったのだとしたら、あまりにも——不憫(ふびん)でならない。

「でも、特にずば抜けた美貌を持っていた星河だけは盗撮された写真がいくつか流出してしまったようだ。来栖くんが見たのもそのうちの一枚だろう。私も見たことがあるけど、本当に綺麗な人だったみたいだな。今の御剣くんと雰囲気がそっくりだ」

「そうですね。本当に月のお姫様みたいに綺麗な方だと思いました」

　その名のとおり、かぐや姫のような美しさ、か。僕もあとで調べてみよう。

　そこで、あ、と思い出す。

「あの、僕からもう一つ質問いいですか？」

「ん、何でも聞くが良い」

「作中になんか色々出てくるじゃないですか。《欠陥探偵》とか《探偵姫》とか《落日供物(ラスト・ジャッジメント)》とか。あれなんです？」

「何って二つ名だろ」当たり前のことを聞くなと煌さんはため息を吐く。

「《落日供物(ラスト・ジャッジメント)》は二つ名というより武器の名前だけど。ほかにも、十六夜の象徴武器である折りたたみ半月戦斧(バルディッシュ)《碧羅臨夜(レヴァンティ・レプリカ)》や月見里の空気圧式散弾銃《七夜葬月(セブンス・ウエル)》とか色々あるぞ。恰好いいだろう？」

「恰好いい……かなあ……？」

助けを求めるように来栖さんと雲雀を見やるが、二人とも曖昧に微笑むだけだ。どうやら僕だけではなく、現代的な感覚だとそれほど恰好いいものではないらしい。少し安心する。何というかラノベ的で、現実感が薄く感じてしまうのだ。

「そもそも二つ名って何なんです？　自分で名乗るんですか？」

「いや、大体は周りの人間が勝手に付けるんだろう。で、それが勝手に広まっていく。ただし《欠陥探偵》だけは、神薙が自分から言い出したみたいだが」

「そんなダサ……いえ、いぶし銀な二つ名を自ら？　そもそも《欠陥探偵》ってどういう意味なんですか？」

「さあ、そればかりは何とも。作中で明言されていないことはわからないが、まあ、何か思うところがあったんだろう。いずれにせよ恰好いいんだからそれでいいだろ」

「……では、そういうことにしておきましょう」

あまり深入りしないほうが良さそうだと判断して早々に引き下がる。

それから、雲雀が淹れてくれた紅茶を飲みながら、僕は残りの読書に取りかかる。

この時間からなら、帰るまでにあと一章くらいは読み進められるだろう。

泣いても笑ってもあと二日。

入れたくもない気合いを入れて自らを鼓舞してから――再び活字の海へと飛び込んでい

く。

5　神薙虚無最後の事件・第五章

明かりを点けたままベッドの上に寝そべり、うつらうつらと微睡(まどろ)んでいると——その安息は大音量の音楽によって遮られた。

突然のことに驚いて、飛び跳ねるように身体を起こす。

寝ぼけていたせいで一瞬気づくのが遅れたが、すぐにそれに思い至る。そうか、ついに例の《催し》が開始されたのか。

未だ本調子ではない頭で腕時計を確認する。時刻はすでに午前二時過ぎ。

室内スピーカーから流れる大音量の音楽に顔をしかめながら、ベッドを降りる。

この曲は『エーデルワイス』——？

久遠寺写楽に宛がわれたメロディだ。先刻、かの老人の部屋に招待されたとき、僕はこの旋律によって迎え入れられた。ということはつまり、あの部屋が今開かれたということか——？

廊下に飛び出すと、ほぼ同時にガチャガチャとほかの部屋のドアも開かれた。

愛すべき《名探偵たち》、そして敵対する《使徒》たち。

現在、二階にいるべき全員が、各々複雑な表情を浮かべ、廊下の一角に集まる。

「今の状況は、久遠寺写楽が言っていた《催し》の一端であるという認識でいいのかしら？」

最初に口火を切ったのは星河だった。星河は、この丑三つ時だというのに眠気をまったく感じさせない様子で、十六夜に問い掛ける。十六夜は狼狽えながら答えた。

「お、おそらくはそうだと思います」

「おそらく？　それはどういうこと？」

底冷えするような冷徹な口調で問い、十六夜に詰め寄る。星河は女性の中では背が高いほうなので、急に迫られるとかなりの迫力がある。

十六夜は萎縮しながらも、それでも任務を全うするように言葉を絞り出す。

「じ、実は、わたくしたち《使徒》は、我が主様より本日の《催し》の内容を何も教えられていないのでございます」

なんだ、それは……？

星河は十六夜からほかの《使徒》へと鋭い視線を移す。彼女たちは皆一様に、戸惑いの表情を浮かべていた。制服である給仕服を着用しているところを見ると、今夜の《催し》のため着替えずに待機していたのだろう。だが、さすがに夜半過ぎで休んでいたのか、給仕服が皺になっていたり、髪が乱れていたりと、あまり万全の状態ではなさそうだ。沖影は相変わらず胸の徽章を上下逆さまに付けてしまっている。

不意に、渡良瀬が口を開いた。

「とにかく落ち着きましょう。星河様もお気をお静めになってくださいませ。今鳴っているこの曲目は『エーデルワイス』——つまり、久遠寺様のお部屋が開かれた、という合図に相違ございません。ならばとにかく、急いで久遠寺様のお部屋へと足を運ぶのが最善の選択と言えましょう。そうでございますよね、神薙様？」

さすがは渡良瀬。一切の混乱を見せず、冷静に状況を分析して神薙の意見を伺う。

「……虚無」

星河が縋るような声で呟く。皆の注目を一身に集め、ようやく神薙は重い口を開く。

「——十六夜。久遠寺の部屋まで案内してくれ。渡良瀬と水守は、念のため食堂で待機。ほかの《使徒》四名から目を離すな」

「御心のままに」

「畏まりました。神薙様方もどうかお気をつけて」

水守と渡良瀬が同時に頷くのを確認してから、十六夜を先頭にして僕らは駆け出す。

階段を下り、ホールを抜けて食堂へ飛び込む。渡良瀬たちをその場に残して、僕らはさらに先の扉を抜けていく。未だ、館全体には『エーデルワイス』が鳴り響いている。確か、防犯のためドアを閉めても三分間は強制的に流れ続けるのだったか。

廊下を進むと、エレベータは一階で止まっていた。これ幸いとばかりに、十六夜はカーテンゲートを開き、細身の身体をかごの内部へと滑り込ませた。急いで僕らもかごへ乗り込む。

低い駆動音を伴い、かごは上昇を始める。次第に緊張感が増してきた。

この先に何が待ち受けているのか。《催し》とはいったい何なのか。

「少し落ち着きなさいよ、御剣」

かごの奥の壁に背を預けて腕組みをしていた星河が、呆れたように言う。

「探偵はいかなる時でも常に冷静であれ――いつも虚無が言っているでしょう。まあ、探偵ではないあなたに言うのもおかしな話かもしれないけれど……。《観測者》だって冷静でいるに越したことはないわ」

確かに、そうかもしれない。今までとは違うパターンで、さらに先読みがまったくできないというこの状況で少々過敏になっていた。そのせいで、誤ったものを《記述》してしまうことがあれば、それは僕の信念にも反する。

目を瞑り、意識的にゆっくりと呼吸をすることで、気持ちを静める。

「どう？　少しは落ち着いたかしら？」

普段とは異なる、優しげな星河の言葉。僕はゆっくりと双眸を開く。狭いかごの中、すぐ側でわずかに頬を朱く染めた星河が、仏頂面を浮かべて立っていた。

目が合った星河は、わざとらしく視線を逸らして、ふん、と鼻を鳴らす。

「――別にあなたのことを心配したわけではないわよ。ただ、急にパニックになって、邪魔をされては迷惑だと思っただけなんだからね。あとは虚無に任せるから、あなたは大船に乗った気でいなさい」

「ありがとう、星河」

星河の不器用な優しさに礼を述べる。

肝心の神薙は、状況を精査するようにネクタイを弄んで考え込み始める。

「まもなく到着いたします。準備をお願いいたします」十六夜はどこか苛立たしげに言った。

やがてゆるりとエレベータは停止する。

前方に控えていた十六夜は、先ほど同様勢いよくカーテンゲートを開くと、そのまま廊下へ飛び出して行く。僕らも急いでその背中を追う。

つい数時間まえに通った廊下を全力疾走し、最奥の部屋の前に到着した。『エーデルワイス』はまだ続いている。

十六夜が強めにドアをノックした。

「主様。夜分遅く申し訳ございません。十六夜でございます！　防犯装置の作動により、馳(は)せ参(さん)じました！　どうかお返事を！」

少しずつノックが激しくなっていくが、中からは一向に反応がない。ノブを捻(ひね)っても、ドアが開く気配はない。

「鍵が掛かっているようだな。この部屋の鍵はどこにある?」

「わたくしが持っておりますが……」

「なら今すぐ開けろ」

「そ、そんな！　我が主様の許可もなくそのようなご無礼を」

「その主の安否を確認するためだろう。この《欠陥探偵》が許可する。――開けるんだ」

一秒にも満たない逡巡のあと、十六夜はエプロンのポケットから小さな鍵を取り出して、鍵穴にねじ込む。

ガチャリ、という錠が開かれる金属音が響いたかと思うと、神薙はそのまま中へ飛び込んだ。ドアは開け放しておけ、と指示を残して。遅れて僕らも部屋の中へ転がり込む。

部屋の中では――。


――老人が、眠っていた。


部屋の奥、ステンドグラスの嵌め込まれた壁沿いのベッドの上で、彼は眠っていた。

大時計の側の古めかしい洋燈だけが、室内を薄ぼんやりと照らし出している。

老人は、先ほど僕がこの場で出会った世紀の大天才と同じ顔をしていた。

一見するとただ普通に眠っているだけのように見える。

駆け寄る神薙。

羽毛布団と毛布を剝ぎ取り、身体のあちこちに触れる。

老樹の枝のように細く、無数の皺が刻まれた手首に触れ。

微笑むようにわずかに開かれた口元に耳を寄せ。

優しく閉じられた瞼を強引に開かせ、そこにペンライトの光を当てて。

やがてペンライトを制服のポケットに戻すと、神薙はこちらを振り返り——これまで決して見せたことのない苦悶に満ちた表情を浮かべながら、首を横に振った。

何も言葉を発しなかったが。

そのやるせない表情は、むしろ多弁なくらい状況を言い表していた。

つまり——。


——ベッドの上の老人は、亡くなっていた。

脇に置かれた車椅子が、主人を亡くした忠犬のようにどこか寂しげな様子で留まっている。

「か、神薙様……そ、その、ご冗談、ですよね……?」

ドアを開けて中の状況を一瞥してから、僕の隣で放心したように立ち尽くしていた十六夜は、ふらふらとベッドへ向かう。

「わ、我が主様は……た、ただお休みになっているだけ、ですよね……?」

神薙は何も答えず、そっとその場を譲った。十六夜は覚束ない足取りで主人の側に寄る。

そろりと手を伸ばし、その頬に触れると――びくりと手を引き、その場に頽れた。

慌てて駆け寄った僕は、その肩を抱き留める。近づいて見てようやく気づいたが、掛け布団で隠されていた老人の腹部は、大量の血に染まっていた。

十六夜は、自らの顔に手を当て荒い呼吸を繰り返している。その眼は大きく見開かれていた。

そこで神薙が、今まで聞いたこともないような柔らかい声色で十六夜に尋ねた。

「すまないが、どうしても確認しないとならないことがある。――この老人は、久遠寺写楽本人なのか？」

現実を突き付けるような、過酷なその問いに。

十六夜は、苦しげにこくりと頷き、小さく震えながら何度も何度も主を呼んでいた。

いったい何が起こったのかもわからないが、その悲痛な声は僕の胸を激しく抉った。

とにかく、どこか落ち着ける場所に座らせてあげようと思い、部屋の隅の安楽椅子まで彼女を連れて行く。

捜査のほうは、神薙に任せるしかない。早速室内の検分が始まる。

今までも殺人事件に巻き込まれたことはあったが、《怪盗王》絡みの事件では初めてのことだったし、ましてその被害者が良く知る好敵手とあっては、神薙も星河もショックを受けていないはずがないというのに、それでも、《名探偵》としての本分を全うしていた。

まるでそれが、かの好敵手への弔いにでもなるかのように――。

十分か、あるいは二十分ほどか。

時間の感覚が曖昧だったが、十六夜がようやく少し落ち着いてきたというあたりで、神薙は僕らの元へやって来た。

「大体調べ終わったが……先に聞きたいか？　それとも、食堂で待っているみんなの前で一緒に発表しようか？」

十六夜を気遣う問い。僕はすぐにでも頷きたくなる衝動を抑えながら、安楽椅子の上で小さくなっている十六夜の返事を待つ。彼女はゆっくりと顔を上げ、力なく微笑んだ。

「神薙様は、お優しいのですね。できれば今おわかりになったことを、先にわたくしにお話しください。そのほうが……後にこの事実を《使徒》に伝える際、フォローできるかと存じます」

神薙はそうか、とだけ呟くと、いつものように左手でネクタイを弄びながら、冷静な口調で語り始めた。

「検死は専門外だからあまり大したことは言えないけど……電気毛布の影響で、正確な死亡推定時刻は割り出せない。数分まえかもしれないし、一時間以上経過しているかもしれない。ちなみにこの電気毛布は――？」

「……我が主様が日常的に使用されていたものに間違いありません」

感情を抑えるように、十六夜は拳を力強く握りながら答えた。神薙は再び、そうか、と呟く。

「死因は、腹部の刺創を原因とする失血かショックに間違いない。刺創は一つ。急所を外しているので、刺されてから死に至るまで多少の猶予があったとも考えられるが、高齢の被害者にそれが耐えられたかは疑問が残る。ほとんど即死だったとしても不思議はない。凶器は不明で、少なくとも現場にそれらしきものは残されていない。傷の具合から見て凶器はナイフ類、鋭利な刃物だと思われるが、確証はない。ほかに左手の人差し指に小さな刺し傷があったけど……これは事件とは無関係だろう。あと、申し訳ないとは思ったが、顔のほうは特によく調べさせてもらった。あれは紛れもない当人だ。別人の遺体に装飾を施しているわけではない」

こちらを落ち着かせるためにか、あえていつも以上に淡々と語る神薙。星河が何も口を挟まないところを見ると、すでに意見交換がなされ共通の見解を持っているのだろう。

「最大の問題は、ここが密室であったという点だ。開くような窓はなく、隠れられるような場所もない。もっとも、ここが久遠寺写楽の隠れ家である以上、隠し扉などの存在は否定できないが、今はその可能性は捨て置く。そして、唯一の出入り口たるドアは施錠されていた——。十六夜、この部屋の鍵は、きみ以外の誰が持っている？」

「わ、我が主様と、わたくしのみです」

辿々（たどたど）しくも、十六夜はしっかりと答える。

「わたくしは、メイド長としてこのお屋敷のすべての部屋のマスターキーを持たせていただいております」

「ベッド脇のサイドテーブルの中に、この部屋の鍵はしっかりと仕舞われていた。そして、この部屋が開かれた瞬間——つまり、先ほど『エーデルワイス』が館内に鳴り響いたとき、その時点では、今館内にいるべき久遠寺以外のすべての人間は、二階にいた。二階から三階へ直接行き来することはできないから、十六夜にはあの時点でこの部屋のドアを開くことはできなかったことになる。念のため確認しておくが、この部屋以外で、『エーデルワイス』が流れる部屋は存在しないな?」

「当然です。『エーデルワイス』は、かの《天蓋症候群》こと久遠寺写楽様の象徴のようなものです。我が主様のお部屋以外では、決してあの高貴な旋律が奏でられることはございません」

十六夜はどこか怒ったような口調で応える。どうやら、主を侮辱されたと感じたらしい。それほどまでに心酔していたということか。神薙自身も決して本気で尋ねたわけではなかったようで、あっさりと話題を変えた。

「ついでに、もう一つ確認させてほしい。この三階部分はすべてが久遠寺のものという話だったと記憶しているが、三階に到着してからこの部屋までの道すがら、いくつかの部屋を通り過ぎた。この階のほかの部屋を開くと何が流れるんだ?」

「我が主様は常に公正で厳格なお方です。皆さまがこの館にいらっしゃる間は、このお部屋——つまり御寝所以外のすべてのお部屋を封印なさいました。もちろん、それぞれのお部屋には、『エーデルワイス』以外の旋律が宛がわれておりますが、考慮に入れる必要はないかと愚考いたします。それに恐れながら……三階のお部屋の窓はすべてはめ殺しであることも重ねて進言いたします」

なるほど。最初の説明の際、自らに宛がわれた音楽が『エーデルワイス』だと言っていたが、それは『エーデルワイス』以外の部屋を使わないことにしていたからなのか。僕らを混乱させないための、フェアな気遣いなのだろう。

しかしそうすると、やはりかの天才はこのオルゴール館の特色を利用した、何らかの《催し》を行おうとしていたと考えるべきなのか。

何が起こっているのかわからない以上、そう断定するのは少し危険な気もしたが、やはりそのあたりが妥当だろう。もっとも、今さら《催し》について考えたところで、意味などないのかもしれないけれど。

「それよりも神薙様。この御寝所で、いったい何が起こったのでしょうか。我が主様の身に何が起こったのでしょうか……?」

縋り付くようにそう尋ねる十六夜だったが、神薙はゆっくりと首を横に振った。

「まだわからない。ただ、少なくとも病死や自然死でないことは確かだ。先ほども言ったとおり、僕らはそれぞれの自室で確かに『エーデルワイス』を聞いている。それはつまり、この部屋のドアを開いた何者かが確実に存在する、ということだ。どんなトリックを使ったかはわからないが……少なくとも犯人が、久遠寺級の天才であることは確かだ」

普段感情をあまり表に出さない神薙は、そう忌々しげに呟いてから、こちらに向き直る。

「――さて、そろそろみんなが待つ食堂へ戻るとしようか」

それだけ言うと、もう自分の仕事はお終いとばかりに黙り込んでしまった。仕方なさそうに、星河が引き継ぐ。

「……気持ちは重たいけれど、虚無の言うとおりにしましょう。さすがにこれ以上みんなを待たせるのは忍びないわ」

僕らは神薙の指示で開け放したままにしておいたドアを潜り抜け廊下へ出る。閉じてしまっては、再び開ける際にまた館中に『エーデルワイス』が響き渡ることになるからだ。

十六夜の足取りは重く、不安になるほどフラフラしていた。さすがにまだこの事実を受け止め切れていないようだ。しかし、掛けるべき言葉もないので、黙っておく。

エレベータへの道すがら、星河がぼそりと呟いた。

「……人の死に直面することは初めてではないけれども、やはりつらいものね。そう考えると、久遠寺写楽の《芸術的犯罪》というのは、不謹慎かもしれないけれど、とても楽しかったわ。まるで夢のように、楽しかった。でも……もうその夢は醒めてしまったのね。私は――醒めない夢を、ずっと見ていたかったわ」

その悲哀に満ちた言葉に。

僕はまた何も言えなかった。

6

「……マジか」

予想外の展開に、思わず呟く。

ようやく事件が起こったと思ったら、まさか被害者が久遠寺写楽本人とは――。

これ以前にどのような事件が起こっていたのかは知らないし興味もないが、確かにこれは『最後の事件』と呼ぶに相応しいものに思える。

「どうやらようやく事件が起こったらしいな」

僕の反応を見ていたらしい煌さんが、楽しそうに喉を鳴らした。ちょうどいい区切りだったので僕は本に栞を挟み込み、顔を上げた。

「《怪盗王》が、被害者だったんですね」

すっかり冷めてしまった紅茶を啜る。どれくらい時間が経ったのか。窓からはすでに緋色の陽光が射し込んでいた。

それほどページは進められていないが、これは実際に事件が起こったあたりを細心の注意を払って読んでいたからである。決して僕の読書スピードが人並み外れて遅いからではない。

煌さんは足を組み膝に頬杖を突いた、悔しいほど絵になるポーズで楽しげに言う。

「そう、この『神薙虚無最後の事件』の被害者は《怪盗王》自身。そして現場は密室。さらには館自体にも特殊な仕掛けが施されているときたもんだ。どうだろう、古き良き本格ミステリを彷彿とさせる事件だ。きみも名探偵の助手として興奮するだろう？」

「――ええ、まあ」

多分にそれは偏見だと思ったが、煌さんの興奮に水を差すのも面倒だったので曖昧に頷いておく。あと別に僕はあんたの助手じゃない。

しかしながら。

推理小説の中のような出来事が、現実に起こったというのは本当らしい。

不可能犯罪――。

現代社会に生きるごくごく平凡な大学生である僕にとっては、そんなものが現実に起きたということ自体が受け入れがたい。もっとも、この私小説の受け入れがたさは今に始まったことではないし、世紀末的謎センスの二つ名などと比較したら、まだ受け入れやすいほうなのかもしれないけれども。

とりあえず、今日部室で読むのはここまでにしておこう。さすがに疲れたし、何というか、これ以上煌さんの手のひらで踊らされてたまるか、というささやかな反抗心もある。

気を紛らすために、ソファに踏ん反り返って嫌らしい笑みを浮かべている煌さん以外の人物に目を向けてみる。

雲雀は、もう例の資料を読み終えたらしく、『世界の建築』とかいうまったく関係のない本を読んでいた。さすがはインドアの活字中毒者。回遊魚が泳ぎ続けるように、常に目で文字を追っていないと死んでしまうのかもしれない。

さて、残る来栖さんはというと——。

日頃の疲れが出たのか、いつの間にか僕の肩に小さな頭を預けて大層心地好さそうに眠りこけていた。直後、激しい後悔。なんでこんな美味しい状況に気づかなかったんだ！集中するにしても限度があるだろう！あとなんかものすごくいい匂いがする！

誰が見ても可愛いその寝顔を見ているだけで、心拍数が跳ね上がる。来栖さんマジ天使。

「——そういえば」ふと天使というフレーズで思い浮かんだ疑問を口にする。「ずっと気になっていたんですけど、そもそも《使徒》って何です？」

その疑問はもっともかもな、と煌さんは楽しげに足を組み替え、肘掛けに肘を預けたまま手を組み合わせて答える。

「彼女たちはね、元は被害者なんだよ」

「被害者？　久遠寺の起こした事件の？」

「いや、そうじゃない。本当のところはどうかわからないが、一説によると別の事件で危うく命を落としそうになっていたところを、久遠寺によって救われたらしい。それで、その身寄りのない娘たちが久遠寺をサポートするようになり、いつの間にか久遠寺が彼女たちを《使徒》と呼び始めた——というのが、定説だな。そして《使徒》たちを示す目印として、例の『リバースクラウン』の徽章を付けさせた。まあ、沖影論理だけは別で、誰よりも先に久遠寺のサポートをしていたらしいが。だから《使徒》のナンバリングが零番なのだろう」

「――はあ」

自分から質問しておいてなんだが、何を言われているのかもよくわからなかった。きっとこれは深く考えてはいけないことなのだろう。大人しく理解を諦めて話題を変える。

「久遠寺写楽って変装の名人だったんですか？」

「御剣大の記録にはそうあるな。シリーズのほかの作品でもたびたび変装シーンが描かれているから、これは演出などではなく事実なのだろうね。何でもドルリイ・レーンに匹敵する変装の名手だったらしい」

もはや完全に御伽の国のお話である。というよりは漫画の世界か――。

「神薙虚無もそのことを知っていたから、しっかりと遺体の確認を行ったのだろう。もっとも、神薙虚無や星河かぐやには、ベッドの上に横たわっていた老人が久遠寺写楽本人であるという確証は持てなかっただろうがね」

一応納得はしていたようだったが、それは《使徒》である十六夜の証言を鵜呑みにしただけだ。彼らには、それが真実である、という確証を得る術(すべ)はない。

唯一、久遠寺本人と顔をつきあわせて話をした御剣大以外には。

そこでまた新たな疑問。

「でも、久遠寺写楽が変装の名人なのであれば、黄金マスクとやらで顔を隠す必要はなかったのではありませんか？　適当な顔に変装しておけばいいわけですし」

「何を言う！　それでは恰好良くないではないか！」煌さんは突然激昂した。

「……そうかなあ」

それを言うのであれば、そもそもマスクで顔を隠すこと自体が恰好良くない気がするのだけれども。もしかしたら、二十世紀末は逆にそれが恰好良かったのかもしれない。現代人たる僕には、少々理解しかねる感覚だが……。

気を取り直して話を戻す。

「あと『エーデルワイス』について聞きたいんですけど……。これって『サウンド・オブ・ミュージック』の『エーデルワイス』のことですよね？」

「ああ、そうだ。きっときみは、ほかの部屋に割り当てられた曲目がクラシックやバレエ音楽であるにもかかわらず、あえて自分の部屋にクラシックでもバレエ音楽でもない『エーデルワイス』を割り当てた久遠寺に疑問を感じたんだろう？」

僕は頷く。満足そうに微笑んで煌さんは続ける。

「『エーデルワイス』という曲は、元々植物のエーデルワイスのことを謳ったものだ。映画の作中では、第二次大戦でドイツに併合されていく祖国オーストリアを想い、その象徴としてエーデルワイスの花を讃えて歌われている。エーデルワイスはドイツ語で『高貴なる白』という意味を持つんだが、久遠寺はどうやらこの『高貴なる白』という言葉がお気に入りらしくてね。彼が仕事着として白いスーツを好んで着ていたのもそのあたりの事情があるらしい」

そういえば、仕事着のスーツ云々という描写がどこかにあった気もする。

つまり、自分のことを讃えている歌のようだから気に入っていたということか。とんだ自信家である。

「エーデルワイスは、和名をセイヨウウスユキソウという。日本には自生していないけどね。学名はレオントポディウム・アルピニウム。これは『高山に生まれたライオンの足』という意味で名づけられたと言われている。白くて小さい可愛らしい花で、登山家にも人気が高い」

つまり久遠寺写楽は、登山家だった可能性がある……？

煌さんのありがたい情報からでもその程度のことしか考えられない僕には、やはり推理など無理なのかもしれない……。

何気なく腕時計に視線を向ける。時計の針は、午後五時少しまえを指していた。時間もちょうどいいし、おなかも空いたので、そろそろ帰ろう。

断腸の思いで、可愛らしく居眠りをしていた来栖さんを起こす。来栖さんはいつもの落ち着いた印象とは打って変わったふにゃふにゃの感じで、寝ぼけ眼を擦りながら緩慢な動作で荷物をまとめ始める。

新たな一面も見られて、おまけに関係性も少しだけ深められて、今日の僕は運がいい。

来栖さんの支度が終わったところで、僕らは挨拶をして部室を出る。

帰り道、彼女が寝ている間に煌さんと話したことなどをまとめて伝えておく。

歩きながらだんだん血が巡ってきたのか、来栖さんは恥ずかしそうに口を開く。

「……あの、私何か恥ずかしい寝言とか言ってませんでした？」

「いや、大丈夫だよ」残念ながら本当に聞いてない。「来栖さん、もしかして寝起き弱い？」

「うぅ……そうなんです……」来栖さんは赤面して俯く。「ああもう……先輩にノーガードのところを見せてしまうなんて一生の不覚です……」

「まあまあ。恥ずかしいところ見ちゃったお詫びに、ミスドで何でも一つ好きなのご馳走するから元気出して」

「では、フレンチクルーラー！」

来栖さんは一瞬で元気になった。意外と単純なのである。そこがまた可愛いのだけど。

途中でフレンチクルーラーとオールドファッションを買い、それを食べながら僕らはアパートを目指す。

「先輩は、何か推理の取っ掛かりが浮かんでいるのですか？」

「ん……まあ、一応はね」

漆黒の空に星々を散らしたような双眸でこちらを見上げる来栖さんに、僕は曖昧に頷いた。

そう。実は現時点で、すでに気になっているところはいくつか存在する。気になっている、というよりは、まるでそこにヒントが隠されていますと言わんばかりの描写に気づいたというのが正しいか。

　その描写がどのような意味を持つのかはまだわからないが——少なくとも、何らかの糸口に繋がることは間違いないと踏んでいる。

　ヒントなのか罠なのか。

　判断はつきかねるが、直感的にそれが避けては通れない問題であることはわかる。

　まあ、今わかっているのはそれくらいだ。実際のところ、まだあまり深く考えてはいない。変な先入観を持ってこの先の展開を読み進めたくないからだ。

　決して、この不条理な世界観から目を逸らしたいからではない。

　そんな言い訳を胸に秘めながら——僕は来栖さんと並んで帰路を歩くのだった。

7

神薙虚無最後の事件・第六章

　食堂へ戻り、星河がみんなに事情を説明してから一時間近くが経過していた。

　最初こそ騒ぎになりかけたが、十六夜が機転を利かせて《使徒》たちを制してくれたこともあり、状況説明は淡々と進められた。《使徒》たちも十六夜の号令以降は意外なほど冷静に星河の言葉に耳を傾けていた。

その後、渡良瀬も僕らが不在の間に起こったことを端的に話してくれる。

渡良瀬は警察へ連絡を入れてくれていたが、このオルゴール館という建物はかなり特殊な土地に建てられているようで、警察が到着するのは夜明け過ぎになるらしい。夜半過ぎから降り始めた雨の影響で、土砂崩れが発生しているのだとか。警察のほうも、《怪盗王》の隠れ家が判明したということで一刻も早く踏み込みたい様子ではあったようだが、これればかりは仕方がない。

夜明けまでの数時間。僕たちはどうあっても、世界から隔絶(かくぜつ)されたこの空間で過ごさなければならないのだ。——何が起こったのかもわからないという、この状況で。

皆の気を静めるために、十六夜が全員分の紅茶を淹れて配ったが、手をつける者も少なく、皆ぼんやりと目の前に置かれた褐色の液体を見つめるばかりであった。

状況説明から一時間。その間、誰も発言をしなかったが、そろそろみんな落ち着いた頃合いだろうと判断したのか、星河が水を向ける。

「ねえ、虚無。少し、事件のことを考えてみないかしら。警察が来てからでは、色々と面倒だと思うし」

やがて神薙が、ネクタイを弄びながら重たい口を開いた。

「——哀毀骨立(あいきこつりつ)、という気持ちだろう。主を失った悲しみは想像にあまりある。だから、答えられる者のみで構わないのだが……。先ほども聞いたが、本当に《使徒》の中で、久遠寺が言っていた《催し》のことを知っている者はいないのか」

《使徒》たちは互いに顔を見合わせる。わずかな期待を込めてその様子を窺うが、しかし、そんな淡い期待を裏切るように《使徒》は皆一様に、首を横に振った。

《使徒》を代表して十六夜が口を開く。

「我が主様は、我々のような愚昧の者には仰ぐことさえ畏れ多いほど、崇高なるお考えをお持ちでした。そして我々はいつだって、全容などとても把握できない壮大な計画のごく一端に宛がわれた役目を果たすことだけを至上目的として参りました。しかし、今回我々は、我が主様より何も役目を授けられておりません。――ゆえに、何も存じ上げないのでございます」

「直接的なことでなくとも構わない。たとえば、今回のパーティに先立って、少なからず必要なものがあったはずだ。《使徒》にも――多少は与えられた役割があるんじゃないか？」

「そうおっしゃいましても……。パーティに必要なものは、皆さまにお出しするお料理の食材くらいでございましたし。我が主様より与えられた役目も、皆さまをこちらへお招きすることのほかは特に――。我が主様は、ご自身で誰にもわからぬよう《催し》のご用意をなさっておられたようで、神薙様のお役に立てるようなことは何も存じ上げません」

神薙は感情をともなわない声で、そうか、とだけ呟き、ゆっくりと視線を移動させた。

「では、きみはどうだ沖影綸理。《第零使徒》として久遠寺の側にいたきみなら、何かあるのではないか。あるいは何か気づいたことでもいいのだが」

急に矛先を向けられ驚いた様子の沖影だったが、すぐに悲痛な表情で首を横に振った。

神薙は再び、そうか、と呟き、腕組みをして考え込む。

一瞬の沈黙。それを破るように渡良瀬は口を開く。

「となると、唯一のヒントらしきヒントは、例の秘密箱のみとなりますわね」

すっかり忘れていたが、あの秘密箱の中にはある《言葉》が隠されているのだった。夕食の席で、秘密箱自体、そしてそれを神薙に渡すという行為そのものが《催し》の一部であると話題になったのを良く覚えている。ならば、そこから逆算して推理を展開することも可能なのでは——？

期待に満ちた視線を神薙に向ける。神薙は曖昧に答えた。

「いや……ヒントのことは考えなくていいと思う。事件の状況にそぐわないというか」

「どういう意味ですの？」渡良瀬は首を傾げる。「その口ぶりですと、解けているということなのでしょうか？」

「解けてるよ。秘密箱も、それに事件も」

あまりにも当たり前のように言い切る神薙。さすがに動揺が走る。

「ま、待ってくれ、神薙。きみは本当にもう、すべてを解いたというのか？」

「すべてではないよ」神薙はあくまでも落ち着いて答える。「事件のほうは、大体の謎をクリアする仮説を思いついたくらいだ。でも、それが肝心の秘密箱の中身と一致しなくて悩んでる、って感じだな」

どうやら神薙は、僕らが頭を抱えていることよりも遥(はる)かに先の段階で悩んでいるようだ。

「虚無さん。その仮説については、今はまだお話しいただけないのでしょうか……？」

水守が恐る恐る尋ねる。神薙は、自分の中で確信を得た推理以外は、絶対に口にしないというポリシーを持っている。たとえそれがどのような状況であったとしても、だ。案の定、神薙は頷く。

「僕の推理が真実とは限らないからな。余計な意見は、自由な発想を阻害する。今の段階だとみんなはみんなで自由に考えたほうがいい」

もっともらしい意見だが、僕はいつも歯痒(はがゆ)く思う。

「じゃあ、秘密箱の中身を教えてくれよ」身を乗り出して、僕は言う。「それは推理ではなく単なる事実だろう？」

「それはそうなんだが……」神薙は珍しく煮え切らない様子で頭を掻く。「秘密箱の中には、確かに久遠寺の言ったとおり、ある《言葉》が隠されていた。ただし意味不明な、ね。僕がこの場でそれを口にすることは容易(たやす)いが、はたしてそれが本当に正しいことなのか、まだ判断がついていないんだ」

「どういう意味ですの？」と渡良瀬。

「秘密箱の中身を今この場で公表することが、本当にフェアなのかわからないってことだ」

持って回った言い方をする神薙。渡良瀬は眉を寄せて尋ねる。

「つまり、秘密箱を解けた者だけが、それを知るべきだということですの？」

「ありていに言えばそうだ。現時点で事件と秘密箱の因果関係は認められていない。秘密箱と《催し》の関連性が高いことは周知の事実だが、事件は《催し》と無関係の可能性があるからな。先入観を持って事件に臨むまえに、一度きみたちで話し合ってみたらどうだ？」

一方的にそう言って、話はお終いとばかりに神薙は黙り込んでしまった。

確かに……神薙の言うとおりかもしれない。《怪盗王》絡みでは初めての殺人事件で、なおかつ被害者がかの大天才という特殊な状況に、僕らは少し冷静さを欠いてしまっていた。

あくまでも《名探偵たち》はチームなのだ。神薙一人に頼り切るのは、たぶんほかのみんなも本意ではないだろう。そして神薙は今、何かを悩んでいる。ならば僕らは、様々な意見を出し合って、多視点に事件を整理するべきだろう。いつも僕らのそんな何気ない話し合いの中から、神薙は解決のヒントを見出してきたのだから——。

気を取り直したように、コホンと咳払いをしてから星河が引き継ぐ。

「——確かに渡良瀬の言うように、現状あれが《催し》の内容を知るための唯一の手掛かりだけど。でも、虚無が考えなくて良いと言っている以上、今は忘れましょう。それに、急いで飛び出したから、部屋に置いてきてしまったし」

「そう、でございますか……」

落胆したように俯く二人。

「……あの、かぐやさん」今度は水守が口を開く。「その、不謹慎なことを言うようで申し訳ないのですが……本当に、その老人の遺体は久遠寺写楽本人だったのでしょうか」

星河の視線が鋭くなる。しかし、星河が何かを言うまえに、渡良瀬が横から割って入る。

「水守様は、星河様たちがご覧になったご遺体が、久遠寺様のものではない、とお考えなのでございますか？」

「……あくまでも可能性の話だ」水守は迷いを断ち切るように力強く頷いた。「先ほどのかぐやさんの説明で、一番気掛かりなのはやはりその点だろう。遺体が本物か否かで、今の状況が大きく変わることになるわけだからな」

それから水守は顔色を窺うように再び星河へと視線を向ける。星河はわずかに頷いて、話を先へ促す。水守は少しだけ声にいつもの張りを取り戻して続ける。

「まず、遺体が本物の久遠寺写楽のものであった場合――オルゴール館の中には我々の知らない、久遠寺写楽を殺害した何者かが潜んでいるということになる」

「……久遠寺の寝室が開かれたとき、少なくともここにいる全員がこの館の二階にいた、という事実からの推論かしら」

星河の言葉に水守は、ええ、と頷く。

「問題は、遺体が電気毛布で温められていたという点です。せめて正確な死亡推定時刻が割り出せればある程度は可能性が絞られるのですが、現時点だと幅が広すぎて、『エーデルワイス』が鳴ったときに犯人が侵入して久遠寺を殺害したのか、あるいは実際の犯行はそれよりもずっとまえであり、曲が鳴ったのがまさに逃げ出すタイミングであったのかは、判断ができません。そして後者の場合、どのように侵入したのか、という問題も出てきます」

「そう、ね」星河は紅茶で口を湿らせる。「それに密室の問題も出てくるわ。どのように犯人はあの密室を構成し、現場から消え去ったのか」

「ええ。おっしゃるとおり、それがこの思考最大のネックですね」

星河の指摘を予測していたように、水守はあっさりと頷く。

「密室の構成法について思考を展開するのも悪くはありませんが——しかし、この問題をあっさりと解消する発想もあります」

「それが、先ほど水守様がおっしゃっていた、遺体が久遠寺様のものではない、という発想なのでございますね」

水守の推理を先読みしたらしい渡良瀬が尋ねた。水守は腕組みをして頷く。

「そう。それならば物理的な不可能性は消失する。遺体が久遠寺写楽のものでないとすれば、当然本人は生きていることになり、あのとき、ドアを開いたのは久遠寺写楽であると解釈できるからだ。久遠寺ならばスペアキーを作ることも容易だろうから、密室も問題にはならない。そもそも久遠寺写楽はいつも黄金マスクで顔を隠しており、私たちは誰も久遠寺写楽の本当の顔を知らない。発見された遺体が久遠寺写楽のものである、というのは十六夜紅海の証言にのみ依存した主観的情報にすぎない。それに久遠寺が犯人であれば、オルゴールを鳴らさずに部屋を出ることも、部屋を出てから一時間が経過した時点で突然オルゴールを鳴らすような細工をすることさえも自在だろう。そしてもし、これらすべてが久遠寺写楽による《計画》だったとすれば——また別の事実が見えてくる」

水守がそこまで言った瞬間、突然、月見里が椅子を蹴って立ち上がり、そして目にも留まらぬ早業で空気圧式散弾銃《七夜葬月(セブンス・ウェル)》を抜き放ち、その銃口を水守に向けていた。

「貴様、言わせておけば勝手放題……！　その言葉は、我が主様と十六夜様の双方を侮辱すると理解してのものか……！」

銃口を向けられ不愉快そうに眉を顰めるも、水守は淡々とした口調で続ける。

「侮辱の意図はない。だが、私には虚無さんの安全を守らねばならない義務がある。わずかなりとも虚無さんの身に危険が及ぶ可能性があるのならばそれを検討し、対策を立てねばならない。そもそも、《怪盗王》側の人間である十六夜紅海の証言を鵜呑みにすること自体が危険なんだ。——貴様らは自分の立場を理解したほうがいいぞ。今でこそ、こうして同じ空間に存在しているが、元を正せば、敵同士なのだからな」

容赦のない水守の物言いに歯噛みする月見里。殺伐とした空気に肌がピリつく。そんな危機的な状況を変えたのは——十六夜だった。

「読子、銃を下ろして座りなさい」

その言葉で我に返ったのか、月見里は水守を睨みつけたままではあったが、銃を収めて渋々席に着いた。それから、十六夜は深々と頭を下げる。

「水守様、部下が失礼いたしました。どうぞお話をお続けになってください。万が一、わたくしが嘘の証言をしており、先ほどのご遺体が我が主様のものではなかったとするのであれば——どのような事実が見えてくるのでございますか」

頭を上げると十六夜は、どこか強い意志の籠もった視線を水守に向ける。真っ向からそれを受けながら、水守は続ける。

「あくまでも可能性の話だが……久遠寺写楽は、自身の身代わりとして別の老人の遺体を利用したと考えられる。この身代わりの人物が何者なのか、そして、その憐れな彼を久遠寺写楽自身が殺害したかどうかまではわからないが、少なくとも身代わりを立てて自身を死んだことにする、なんてことはとても正気では行えないはずだ。ならば、久遠寺写楽の真の目的とは何か。色々と考えられるが、その中で最悪のものといえば、我々《名探偵たち》を亡きものにしようとする奸計だな」

「皆さまを亡きものに……？　それはいったいどのような意味なのですか？」

この中で最も長い間《使徒》であったといわれている沖影が、小作りな顔を傾けて尋ねる。沖影の言葉を受け、星河は事もなげに答える。

「つまり水守は、久遠寺が今もこの屋敷のどこかに隠れていて、私たちの命を狙っている、と考えているのよ」

どよめきが起こり、食堂内に不穏な空気が立ち込めるが、それらの一切を無視して、水守は真剣な表情で強く頷いた。

「かぐやさんのおっしゃるとおり。つまり我ら《名探偵たち》を亡きものとすることが、彼の考えた《催し》である、という仮説です。もっとも確信しているか、というと半信半疑ですけれども……。しかし、常に最悪の事態は想定すべきであり、これは我々の命が懸かった極めて重要な案件です。久遠寺写楽の具体的な狙いまではわかりませんが……一考の価値があると私は考えます」

確かに水守の言うように、あの天才が生きていて僕らの命を狙っているのだとしたら、一刻も早く身を守るための対策を練らなければならないだろう。

しかし、である。

僕は——この《観測者》たる僕は、水守の推理が誤りであることを知っている。

言うべきか言わざるべきか悩んだが、やはりこれは言っておかなければならないだろう。

「あのさ、水守」

「……なんだ」

急に僕が話し掛けたことに驚いたのか、水守はどこか不機嫌そうに横目で睨みつけてくる。決意が揺らぎかけるが、勇気を振り絞って続ける。

「えっと……実は、水守が今言った、あの遺体が久遠寺のものじゃないっていう推理。たぶん、間違ってると思うんだ」

思いがけない僕の言葉に、今度は《名探偵たち》がどよめく。

それはそうだ。いつも《観測者》に徹しているはずの僕が、《名探偵》の推理の一つを公然と否定したのだから、致し方ない。水守は相変わらず睨みつけてくるし、渡良瀬あたりは驚いたように双眸を見開いてこちらを見つめてきたりするが……しかし、何故か星河は興味深そうに口を歪めて笑った。

「面白いわね。今の水守の推理を、あなたは否定するというの。あなたの推理に興味があるわ。御剣、遠慮せず話してちょうだい」

僕は、食堂にいる全員の視線に曝され、居心地の悪さを覚えながらも先ほどかの大天才と二人きりで会った、という話をした。もちろん細かい話は伏せたが、黄金のマスクを外したところを目撃したこと。そして、そのとき見た顔が、先ほどの遺体のものと同一であったことなどは細大漏らさず語った。

すでにその話を知っていた《使徒》は、主の無実を証明できたことに安堵の息を漏らしながら、そして今初めてその話を知った《名探偵たち》は、驚きを隠せない様子で、僕の言葉に耳を傾けていた。

すべてを話し終えたところで、水守は不機嫌そうに眉を吊り上げた。

「何故そんな危険なことをした。《怪盗王》の誘いにのこのこ付いていくなんて、正気とは思えないぞ」

その指摘に関しては、反論の言葉も出ない。結果論で何もなかったことを主張したところで意味などないのだから。仕方なく、大人しく頭を下げる。

「……その、面目ない」

「まあまあ。御剣も反省しているようですし、あまり厳しく責め立てなくとも」

本気で反省の色を見せる僕を見かねたのか、あるいは事態を収拾させるためにか、渡良瀬が助け船を出してくる。

「いずれにせよ、一歩前進できたのは良い傾向と考えるべきでしょう。御剣の言うとおりならば、久遠寺様のご遺体がご本人のものであると確証が取れるわけでございますから」

「いや、一概にそうとは言い切れないだろう」

相変わらず声色は不機嫌そうではあったが、水守は感情を排した表情を浮かべて続ける。

「そもそも御剣が会話を交わした老人が、真に久遠寺写楽本人であったという確証はないのだ。つまり、状況はさして変わらない」

実に的確な指摘である。確かに水守の言うように、客観的に見れば状況は何も変わっていないように思うが……。しかし、僕にはあのとき会話を交わした老人がどうしても『本物』であったとしか思えないのだ。理由なんかない。理屈なんかない。ただ漠然と、しかし絶対的にそう認識してしまったのだから仕方がない。

そんな僕如きの主観的な意見など、今この状況においては何の役にも立たないのだが。

「仮に、ご遺体が久遠寺様ご本人のものであったとしましょう」渡良瀬が急に話題を変える。「御剣が対面した久遠寺様がご本人であり、また発見されたご遺体も久遠寺様ご本人なのだとしたら……状況的に考えて、最も自然な解は自殺ということになります」

渡良瀬の指摘に、僕は目を見開く。

そうだ、状況に呑まれすぎて考えもしなかったが、確かに密室で人が死んでいた場合、真っ先に考えるべきは自殺だろう。

「でも、現場には凶器らしきものが何も残されていない。自殺という結論は現実的ではないと思うけど……」

「久遠寺様は、腹部を刺されたあと少しの間生きておられた可能性があると、星河様はおっしゃっていました。ならばその間に何らかの細工によって凶器を消失させたのでしょう。さすがに氷のナイフを使った、とまでは申しませんが、絶命まで一分もあれば如何様にでもなりましょう。何せ相手は世紀の天才なのですから」

渡良瀬の反論に、僕はもうすごすごと引き下がるしかない。

「それに、すべてが久遠寺様の企みなのであれば、あのとき鳴り響いた『エーデルワイス』もまた、自らドアを開けたか、あるいはタイマーのような仕掛けでドアの開閉に関係なく館中に響き渡らせたと考えることができます」

「――お言葉ですが」そこで今度は沖影が反論に出る。「《怪盗王》久遠寺写楽は、この上なくフェアです。仮にそのような秘密の仕掛けを用意していたのであれば、必ず皆さま方にお伝えします。それがなかったということは、渡良瀬様の推理は机上の空論ということになるのではありませんか？」

「絶対にそれがあり得ないと、どうして言い切れるのでしょう？」

まるで《使徒》側の反論を予想していたように渡良瀬は笑顔で答えた。

「これはしょせん《悪魔の証明》です。ここが《怪盗王》久遠寺写楽様の隠れ家である以上、どのような仕掛けがあったとしても不思議ではありませんわ。元より彼自身も、隠し階段や隠し通路が存在する可能性は否定しておりませんでした。秘密の仕掛けはアンフェアでも、隠し階段や隠し通路はフェアだとでもおっしゃるのですか？」

さすがに《名探偵たち》の中で最も弁の立つ渡良瀬が相手だと、《使徒》といえども分が悪いようだ。沖影は悔しそうに黙り込んでしまった。また少し空気が重くなってしまったのを気にしたのか、星河が話を先へ進める。

「……つまり久遠寺写楽の自殺こそが、彼の計画していた《催し》だったと？」

「ええ、そうですわ」

小首を傾げる星河に、渡良瀬は力強く頷いてみせる。

「そう考えれば、少なくとも状況に関しての不可解性は消失しますわ。その代わり、何故そのような細工をしてまで、今この状況で自殺をしたのか、という心理面での謎が出てきますが」

「……そうね。むしろ密室の謎よりも、そちらのほうがよほど厄介なように思うわ」

可能性の話で言えば、世の中にはそういう奇矯なことをする人も探せばいるだろう。だが、この事件の主役はあの世紀の大天才なのである。彼ほどの創造性と行動力と人気を誇る人物が、何故、宿敵である《名探偵たち》を自らの隠れ家に招き入れ、《催し》などと称して自殺を図るのか。

その謎は、かの天才の《心》という深淵の迷宮を攻略しなければ、決して解き明かすことのできない難問だ。ある意味、他殺と考えたほうがよほど楽だろう。それに行方不明の凶器の件も決して軽視していい謎ではない。

他殺であれ、自殺であれ。

一筋縄ではいかないようだ。

僕は星河の様子を覗き見る。彼女は何かを考えるように口元に手を添えてジッと虚空を見つめていたが、やがて音を上げるように首を振った。

「駄目ね。考えがまとまらないわ。ねえ、虚無。そろそろ何か気づいたことはない？」

いつも以上に口数の少ない神薙に、星河は水を向ける。思わず黙り込んでしまうほどの難問ということなのだろうか。あるいは、ほかに何か気になることでもあるのか。

神薙は、困ったように後頭部を乱暴に掻いてから、ぼそりと呟いた。

「――久遠寺写楽は、最後に何か言っていなかったか？」

それが僕に向けられた言葉であることを理解するのに幾許かの時間を要した。そうだ、事実上最後に言葉を交わしたのは僕ということになっているのだった。

記憶を探って、正確に答える。

「……確か、『あのお嬢さんはきみが守ってやるんだぞ』って」

おそらく一字一句間違いないであろうその言葉を聞いた瞬間――神薙は突然立ち上がって大声で笑い出した。

あまりにも脈絡のない行動に皆驚き、壊れたように笑い続ける神薙を見つめる。

かくいう僕も、心底驚いていた。いつも本当に冷静沈着で、自分の考えを表に出すことさえ希な神薙が、ここまで感情を顕わにして笑うところなど見たことがなかったから。

どれだけの時間、そうしていたのかわからない。いや、きっと思っていたよりもずっと短い時間だったのだろう。

しかし、それでも僕には永遠とも思えた悪夢の時間に――終わりは不意に訪れた。

笑い出したときと同様、突然ぴたりと笑うのをやめた神薙は、まるで何事もなかったかのようにすとんと椅子に腰を下ろし、独り言のように呟いた。

「――天才だ。まさしく、紛れもなく、疑う余地すらなく、天才だ。久遠寺写楽――いや、《天蓋症候群》。この勝負、あなたの勝ちだ」

何を言っているのかさっぱり理解できなかったが、少なくとも神薙に何かが見えたらしいことはわかる。意を決して、恐る恐る声を掛けてみる。

「か、神薙……その、大丈夫？」

「ん……ああ、御剣か」

まるで今僕の存在に気づいたというふうにこちらを見やる。先ほどまでの大笑いが嘘のように、いつもどおりの神薙だった。

それから神薙は、自分に集中していた周囲の視線にもようやく気づいたようで、ゆっくりと全員を見回し……そして口元を歪めて微笑むと、よく通る低い声で言った。


「――真実は、解き放たれた」


それは、神薙が真相を見抜いたときに決まって言う言葉。

この場にいる誰もがそのことを知っているがゆえに、俄には信じられなかっただろう。これだけ複雑な状況で、しかもこれだけわずかな情報から、真実に到達できるわけがないとみんな思っていたから。

いくらなんでも……信じがたい。

本当に真相を見抜いたのかと、改めて確認をしようとしたところで――どこからか耳を劈く不快なアラートが大音量で鳴り響いた。

またも突然の出来事に驚き、皆椅子から腰を上げて顔をしかめる。パニック寸前の状況で、しかしそれを制するように神薙が凛と響く声で叫んだ。

「みんな落ち着くんだ！」

皆、我に返った様子で神薙の次の言葉を待つ。神薙は一度周囲を見回してから、十六夜に視点を固定して尋ねる。

「十六夜！　これは何のアラートだ！」

「え、ええと、これは火災警報のはずです！」

戸惑いながらも、さすがは《第一使徒》。しっかりと神薙の質問に答えた。

よし、と力強く頷いてから、神薙はアラートに負けないくらい大きな声で指示を出す。

「とにかく、この館から脱出する！　火の気はまだ感じないから落ち着いて行動すれば何も問題はない！　十六夜、先導を頼む！」

「は、はい、心得ました！　皆さま、こちらです！」

きびきびとした動作で、十六夜は食堂の出口へ向かい早足で歩いていく。決して走らないのはさすがである。僕らもそのあとをぞろぞろと付いていく。

神薙の言うように、火の気はまったく感じなかったので、何事もなく館の外まで脱出することはできたが、振り返り外から館を見て——僕は絶句した。

オルゴール館の三階部分が——まるで冗談のような激しい炎に包まれていたからだ。

誰もが言葉を失った。降りしきる雨も吹き荒ぶ風も、まったく寄せ付けない圧倒的な炎。それは次第に館全体を覆っていき、僕らが脱出してまもなく、オルゴール館はその一階部分もすべて業火に包まれてしまった。

茫然と、館を見つめることしかできなかった僕らの中で、しかし唯一神薙だけは違った。

「《第零使徒》はどこだ！」

その言葉で我に返り、慌てて脱出してきた人数を数える。——一人足りない。

そして、今この場にいない一人とは、沖影論理だった。まさか、逃げ遅れたのか！

僕は急いでオルゴール館の入り口に目を向ける。つい一分ほどまえに僕らが出てきたはずの入り口は、すでに地獄のような炎によって塞がれていた。

何てことだ……。もう少し気をつけていればこんなことには……っ！

内心で臍をかむことしかできない。だが神薙と、そして星河は違った。

「予想以上に火のまわりが速いな。だが、僕は行くよ。かぐやはどうしたい？」

神薙の問い掛け。星河はすぐに答えた。

「決まっているわ」

そう呟いて頷くと——微塵の躊躇も見せることなく、炎の海へ向かって走り出した。

「う、虚無さん！　駄目です、戻ってください！」

突然走り出した神薙を止めるためにか、身を乗り出す水守。しかし、水守は渡良瀬によって後ろから羽交い締めにされてしまう。

「放せ、渡良瀬！　虚無さんが、虚無さんが！」

「いけません、水守様！　あなたも危険です！　それに今からでは、神薙様に追い付くことは不可能です！　あの方の俊足をご存じないあなたではないでしょう！」

渡良瀬の言うとおりだ。今からではとても追い付くことはできないだろう。

しかし……しかし！　だからといってこのまま黙って突っ立っていることなんてできるわけがない！　星河が、あの業火の中にいるのだから！

僕は、渡良瀬たちが揉めている隙を衝いて館に向かい駆けだす。言うまでもなく、星河を助けるためだ。僕如きが役に立つとも思えなかったが、少なくともこの身を挺して守ることくらいはできるはず。

だが、数歩足を踏み出したところで、横合いから飛び付いてきた何者かによって、地面に突き飛ばされてしまった。バランスを崩して無様に地面を転がる僕と……給仕服の女性。気がつくと、馬乗りされていた。《第一使徒》こと十六夜紅海によって。

「お願いです！　御剣様、どうかそのままでいらしてください！」

訳がわからない。何故、僕の邪魔をする。

「そこをどいてくれ！　神薙が、星河が中にいるんだ！」

必死に叫び藻掻くが、上手くいかない。僕よりも明らかに体重の軽い十六夜だったが、マウントポジションから巧みに関節を押さえているので思うように力が出せないのだ。僕は見苦しく給仕服の女性の下で身を捩る。

駄目なんだ。行かないと、駄目なんだ！　今行かないと、大切な——誰よりも大切な人を失うことになるから――っ！

無様に、恰好悪く暴(あば)れる。しかし、どうしても十六夜の拘束から逃れることができない。

十六夜は本当に申し訳なさそうな表情を浮かべて、失礼します、と律儀に断りを入れてから、僕の首にほっそりとした指を絡(から)める。まずい、と思った次の瞬間、彼女は両の親指にわずかな力を込めた。

瞬時に血流を断たれる頸動脈(けいどうみゃく)。一瞬の脳虚血状態。

それはもう情けないぐらいあっさりと――僕の意識は暗転した。

最後に映ったのは、まるで送り火のように、雨に逆らい天へと立ち上る無数の火の粉。

僕には、天蓋を目指した一人の天才が起こした、最後の奇跡に思えてならなかった。

◆

これが今回の事件の、そして最後の事件の幕引きである。

あまりにも唐突で、そして何とも中途半端(ちゅうとはんぱ)な結末となってしまったが……状況的に致し方ない。甘んじて読者諸賢の批判を受け入れよう。

しかしながら、これではあまりにも読み物として問題があるので、誠に勝手ながら私見を交えた蛇足を少々書き連ねたいと思う。

これは、僕が意識を失い、そしてそれから再び意識を取り戻したとき——つまり、すべてが終わってから知った事実である。

吹き荒ぶ風雨の影響もあり、明け方には館の火は消し止められた。到着した消防隊により直ちに捜索が行われ、沖影論理、星河かぐやの両名は無事保護された。

二人の息災を聞いたとき、僕は柄にもなく神に感謝したほどだった。あれほど絶望的な状況の中で、よく怪我一つなく生還できたものだ。何でも、食堂の地下にある種のシェルターが隠されており、二人はそこへ逃げ込んで火災をやり過ごしたのだという。

なるほど、さすがの機転である。

それは大変喜ばしい事実ではあるのだが……同時に良くない知らせもあった。

燃え盛る館に飛び込んだあと——神薙虚無は忽然と姿を消した。

星河によると、沖影を捜している途中で気がついたらいなくなっていたのだとか。

警察の見解では、館の倒壊とともに識別不能なほど遺体が損壊してしまったのだろう、とのことだった。それ以来、僕は神薙に会っていない。

でも——いつの日かまたひょっこりと僕の前に現れてくれると信じている。

神薙は僕にとって、いつだってそういう存在だったから。

それからもう一つ。

捜索の結果、館の三階付近と思しき残骸の中から、一体の遺体が発見された。

完全に炭化していたが——骨格などから、老年の男性のものである可能性が極めて高いとされ、《使徒》や《名探偵たち》の証言によりその遺体の身元が明らかになった。

沖影定理。それが——僕らが、そして全世界が《怪盗王》と崇めていた天才の名だった。

沖影定理と沖影綸理。そう、この段階になりようやく判明した事実だが、なんと二人は血の繋がった祖父と孫だったのだ。

ゆえに彼女は、《第零使徒》として他の使徒たちよりも先に、すぐ側に仕えていたのである。もっとも、今さら知ったところでどうなるものでもないが。

あと一つ。

今回の難事件、あらゆる証拠が焼失し、僕らの証言のみによって、館の中で起こっていたことが白日の下に曝されることとなったわけだが……当初はその立件すら困難であるとされ、また唯一真相に達していた神薙の失踪により、永遠に真相に到達することは不可能であると断定されてしまった。やむを得ず、早々に警察は自殺、ということで片を付けた。つまり、事件後の話し合いで渡良瀬が打ち立てた推理を採用したわけだ。そしてそのあとに、館が炎上するような仕掛けをしておいたという結論。

食堂での推理のときにも指摘されたとおり、確かにそれならば、あの密室も、館中に鳴り響いた『エーデルワイス』も、すべての物理的な不可能性は消失する。

しかしながらその場合は、心理的な不可解性が残ってしまう。

何故、自殺したのか。

何故、こんな複雑な状況を意図的に作り出したのか。

それらすべてを有耶無耶にしたまま――この事件は、幕を下ろすこととなった。

久遠寺写楽と名乗った孤高の天才の《心》の迷宮は、ついぞ誰にも理解されなかった。


さて――今さらいうまでもないことだが、この事件は何も終わっていない。

物理的な不可能性にしろ、心理的な不可解性にしろ、結局何一つとしてすべての謎を一本筋に通す《真実》というものは提示されていない。

何故なら《真実》は神薙虚無とともに姿を消してしまったのだから。

すべての事象を余すところなく説明し切る《真実》なくして、事件の解決はありえない。

だから、きっとこの事件は、僕が記憶を振り絞って詳細に書き起こしたこの事件は、今後数多の人の目に留まり、そして無数の推理が展開されることだろう。

いったいどれだけの人が、《真実》に到達できるのか。あるいは、向こう十年、二十年経っても、誰一人として《真実》に到達できないのか。

それは、僕にはわからないし、そもそも何をもって《真実》と断定するかも極めて不明瞭だ。それ以前に答えがあるのかすらもわからない。何という不毛な堂々巡りなのだろう。

これではまるで事件そのものが巨大な密室――否、宝物庫のようだ。

――《真実》を封じ込めた、《怪盗王》の宝物庫。

おそらくこれから先何十年、何百年の間、この事件が語られるとき、人々はかの《怪盗王》のことを思い出すのだろう。そして世紀の天才は、永遠に人類の頭脳に挑戦し続ける。

あわよくば、そうなることを僕は望む。

そして、そのたびに《名探偵たち》の活躍も思い出してほしい。

神薙虚無が確かに生きていた証を、この世界に刻むこと――それだけが、僕の望みだ。

だから――。

――《怪盗王》久遠寺写楽よ、永遠なれ。

fin.

8

ぱたりと、僕はハードカバーを閉じた。それをちゃぶ台の上に置き、座椅子の背もたれに全力で体重を預けると、盛大に伸びをした。

やっと……やっと読み終わった……。

いつも楽しみにしている来栖さんとの夕食を手早く切り上げ（昨日のカレーの残りをいただいた）、自室に籠もってひたすら読み進めていたが……さすがに疲れた。

とにかく、色々な意味で理解に苦しむ本を、期限までに読み終えることができたのである。喜んで何が悪いものか。

まあ、確かに最後のほうは不覚にも結構のめり込んでしまったが、文体の違和感には結局最後まで慣れることがなかった。その点が残念といえば残念か。

しかし、これでようやくデータは出揃(でそろ)ったというところか。

あとは、煌さんから受け取った資料を流し読みしつつ、これらの材料を適当に料理すれば良いのだが……いい加減脳みそも限界である。

時刻はすでに午後十一時過ぎ。今日はもう寝よう。

もそもそと寝間着に着替えて布団の中へ潜り込んだら、一息吐く間もなく、意識は夢の世界へと旅立っていった。

第4章　残酷な《真実》

1

昨夜の疲労の影響により、九時過ぎまで深い眠りに就いていた僕は、十時からの来栖さんとのブランチの約束を思い出し、慌てて飛び起きた。

急いでシャワーを浴びて適当な服に着替えてから、逸る気持ちを抑えて、隣の来栖さんの部屋を訪れる。

もうすっかりと準備完了していたらしい来栖さんは、僕の姿を見ると「おはようございます。先輩、今日はお寝坊さんですね」と笑った。

今日の来栖さんは、格子柄のロングスカートと白いブラウスに、黄色いカーディガンを羽織った春らしいコーディネート。

控えめに言っても春の妖精といった装いだった。可愛すぎる。

心なしか普段よりもおめかしをしているような気がするのは、僕の自意識過剰だろうか。

緊張でまた鼓動が速くなる。来栖さんは上機嫌に僕の腕を取って歩き出す。

「さあさ、行きますよ先輩。私はおなかが空きました」

これではまるでデートではないか。ドギマギしながらも、僕らはアパートを出て繁華街へ向けて歩き出す。

天気は良好、気温も高すぎず低すぎず。圧倒的なデート日和だった。

何だか今日は、良いことがありそうな気がする。言いしれぬ期待感に心を躍らせながら、僕は来栖さんに腕を取られたまま行きつけの喫茶店へと案内する。

――《純喫茶ラヴィアンローズ》。

《樽渓庵（だるたにあん）》からほど近いところにあるこの喫茶店は、お値段がお手頃なわりに味が抜群に良いので、バイトを始めてからというもの頻繁に通わせていただいている。

店先にぶら下がっている、いつも何故か少しだけ傾いている看板を、今日もちゃんと傾いているな、と横目で確認しながらドアを開いて中に入る。

出迎えてくれた顔見知りのウェイトレスさんに挨拶をしてから（何故か意味深な笑みを返された）、いつもの奥まったボックス席へと向かう。勝手知ったる何とやらだ。

席に着いて来栖さんにメニューを渡す。来栖さんはきょろきょろとあたりを見回しながら口元を緩めた。

「雰囲気の素敵なお店ですね。レトロというかクラシカルというか。こういうところ落ち着きますよね。大好きです」

「気に入ってもらえたのなら良かったよ」

第一関門突破で胸をなで下ろす。

それから僕はいつものBLTサンドとカフェラテを、来栖さんも同じものを注文する。注文を取りに来てくれたウェイトレスさんは、可愛らしい微笑みを残して、厨房のほうへと消えていった。

「……ねえ、先輩。もしかしてあの可愛いウェイトレスさん目当てでここに毎週足繁く通ってるんですか？　先輩の周りには不自然に美人が集まりすぎてると思うんですよね。何なんです？　前世、光源氏だったんです？」

「いやいやいや、偶然だから」

慌てて否定する。この娘の不機嫌地雷はどこに埋まってるか本当にわからないな……。

必死の説明で「……まあ、私は先輩を信じていますけどね」と何とか矛を収めてくれた。

しばしの無言。別に機嫌が悪いわけではなく、お店の雰囲気にリラックスしているのだ。来栖さんは目を閉じて、心地好さそうに店内BGMに耳を傾けている。

ショパンの『ノクターン』第二番。テンポや曲調がややアレンジされており、いっそう緩やかなものとなっている。

狂おしいまでに甘美で豊潤な平静。久しく忘れていた平穏がそこにはあった。

平和だなあ――そんな呟きが口から零れかけたところで、入り口のほうからドアベルの音が聞こえた。どうやら新たなお客さんが現れたようだ。僕は、心の平穏が乱されたことに多少の不満を覚えつつも、まあ、この超絶癒し空間に一人くらい増えたところで問題はないだろうと思い直して——。

「あら、ご両人。こんなところで会うなんて奇遇ですね」

気にしないわけにはいかなかった。

頭上から降ってくる聞き覚えのある声。

「こんにちは、来栖さんに瀬々良木（せせらぎ）さん。日曜の朝から一緒に食事なんて、ひょっとしてデート中でした？」

そこには目下最大の悩みの種であるところの御剣唯（みつるぎゆい）さんが立っていた。

来栖さんは努めて冷静に答える。

「こんにちは、御剣さん。これはデートではありませんし、別にお付き合いしているわけでもないのですよ。ただ先輩のお勧めのお店を教えてもらっていただけで——あれ？　もしかして、先輩と示し合わせて……？」

途端、来栖さんは猛禽類（もうきんるい）のような鋭い視線を向けてくる。慌てて僕は首と手をぶるんぶるんと振って否定する。

幸いなことに、御剣さんは来栖さんの疑いを鼻で笑い飛ばした。

「残念だけど、私のタイプはもっと知的でユーモアがあって渋い年上なの。瀬々良木さんはちょっと……好みではないわ」

何故か年下の女の子からボロクソに言われる。来栖さんの疑いが晴れたようなのでそれだけは良かったが、ダメージはしっかりと残るのである。

ともすれば挫けそうになる心に鞭を打って、何とか対応する。

「……きみも食事に来たのかな？」

「ええ、まあ。そんなところです」

御剣さんは、状況がわからず後ろでおろおろしていたウェイトレスさんに、同じ物をお願いします、と注文すると僕らの許可も取らずに来栖さんの隣に相席してきた。御剣さんはあくまでマイペースにおしぼりで手を拭きながら言う。

「天気が良かったので散歩をしていたら、パンの焼けるいい匂いがしたもので。ついふらふらと入ってみたら、あなたたちがいたのです。これは何か運命的な引力が働いているのかもしれませんね」

「……そうかもね」

気持ちを静めるために水を一口飲み、あらためて目の前の御剣さんを観察する。

御剣さんは、オフホワイトのタートルネックニットに、ピンクのシフォンスカートという意外にも女の子らしい恰好をしていた。クールな印象の美女だが、こういうフェミニンな服もよく似合っている。

「そういえば『最後の事件』を読みました」不意に来栖さんは口を開く。

「あら、そう」御剣さんは取り澄ましたように水を一口啜る。「それで、どうだったかしら？」

「ええと、大変、面白かったです。展開もキャラクタも事件自体もどれも魅力的でした。

特に御剣大（まさる）氏が最高に恰好良かったです」

　普段聡明な来栖さんとは思えない、まるで小学生が無理矢理書かされた読書感想文のような言葉だったが、しかし御剣さんは今まで見せたこともないくらいの満面の笑みで、

「そうでしょうそうでしょう。父さんったら《観測者》を徹底しているというのに、滲み出るカリスマのために、誰よりも恰好良く目立ってしまうのよね。まったく、罪な男だわ」

　相変わらず、父親のことになると目の色が変わる。

　聞いてもいないのに父、御剣大氏がどれだけ偉大な男かを滔々（とうとう）と語り出す御剣さんだったが、ありがたいことにその途中で注文の品が届いたので会話は自然に終了した。

　ようやく待ちに待った食事タイムである。いい加減、空腹も限界だ。

　早速目の前に置かれたワンプレートからＢＬＴサンドを手に取りかぶり付く。相も変わらず安心の美味しさである。

　来栖さんも目を丸くして、これめちゃくちゃ美味しいですね、と感心している。喜んでもらえたようで何よりだ。できればこの件で僕の好感度を一くらい上げてくれると嬉しい。

　一つめのサンドを平らげて安らかな気持ちに浸る僕に、早々にサンド二つを平らげ、デザート感覚で付け合わせの厚切りピクルスを摘（つま）みながら、御剣さんは切り出す。

「それで、明日が約束の刻限ですけど、事件に関する推理は仕上がりました？」

物を食べながら上品に喋るというのは大変難しい技巧なのだが、御剣さんは事もなくそれを実行しながら、実に嫌なことを尋ねてきた。誤魔化しても仕方がないので正直に答える。

「えっと、ごめん。推理らしきものはまだ。でも、取っ掛かりはいくつか見つけたよ」

へぇ――と御剣さんは、試すような視線を向けてくる。

「たとえば、具体的にどのあたりです？」

「うん、やっぱり一番気になるのは、エレベータのくだりかな」

その言葉に御剣さんはわずかに眉を寄せる。どうやら彼女もそこが気になっていたらしい。

「確か、御剣氏が初めて三階へ上るためエレベータに乗った際、十六夜(いざよい)からエレベータが二人乗りである、という説明を受けていたと思うけど、でも実際事件発生時、エレベータには四人もの人間が乗っている。十六夜の説明によると、久遠寺(くおんじ)の車椅子は特別製で四十キロ近くの重量がある、とのことだけど、それにしても大体軽めの女の子一人分程度の余裕だ。三人は乗れてもそれ以上は、少し無理だろうね」

「十六夜紅海(くれみ)が、父に適当な嘘を教えていた可能性もあります」

さすが読み込んでいるだけあって、すぐに反論を挙げてくる。もちろん、僕もその可能性は考慮しているのであっさりと反論を認める。

「それならそれで重要なファクターだよ。何故、嘘を吐いたのか――いずれにせよ、ここは事件を推理するにあたり、避けては通れないポイントだと思う」

「瀬々良木さんは、どちらだと思っているのですか。十六夜紅海が本当のことを言ったのか、それとも何らかの理由により嘘を吐いたのか」

「僕は、前者だと思う」口休めにカフェラテを啜る。「別に、後者でも構わないんだけど、御剣氏の描写から考えるとやっぱり二人乗り以上というのは少し考えづらいと思うんだ。確か、幅一メートル、高さ二メートルだっけ。御剣氏が作中で狭い、と描写している以上、奥行きも一メートルくらいだろう。無理をすれば四人入れるけど……やっぱり現実的じゃない」

「私も……その意見には賛成です」

僕がしっかりと数値などを記憶していることに感心したのか、御剣さんは双眸を見開いた。

「積載人数が二人までとして、建築基準法のエレベータ規定では、一人当たりの積載重量を六十五キロとしているから、合わせて百三十キロ。さらに特製車椅子四十キロの余裕を設定して、百七十キロが上限だろうね。平均的な体格の男女ならばやはり三人が限界だね。まあ、来栖さんくらいに小柄なら四人くらい乗れるかもだけど」

来栖さんはちっちゃいので四十キロあるかないかくらいだろう。

「つまりどう軽く見積もっても、約一人分は重量がオーバーしてしまうことになるね。ここをどう切り抜けるかが、推理の鍵だと思う」

つるべ方式のエレベータの場合、かごは全体の重さと、カウンターウェイトと呼ばれる重りの重量バランスを保って駆動する。かごが積載重量を超えてしまえば、カウンターウエイトとの釣り合いが崩れ、どう頑張っても物理的に駆動できなくなる。

簡単そうで、厄介な問題である。

二つめのサンドにかぶり付きながら、この問題をどう処理するか頭を悩ませる僕の向かいで、ようやく一つめを食べ終わった来栖さんは、ふう、と息を吐いて御剣さんに語りかける。

「私も一つ気になっていることがあるんです」

「あら、何かしら?」御剣さんはどこかセクシーな流し目を来栖さんに向ける。

「──《久遠寺オルゴール》」

来栖さんは、落ち着いた口調で告げた。

御剣さんはぴくりと眉を動かす。触れられたくない話題なのかもしれない。

しかし、来栖さんは気にせず持ち前の好奇心で突っ込んでいく。

「作中では、星河かぐやさんが部屋に置いてきたと明言していて、館の火災で焼失してしまったはずなのに、御剣さんはそれが実在すると言っています。おまけにその伝説級のアイテムが、この事件を解決することで御剣さんの手元に届く手はずになっている、というのも無視できないレベルの大問題です。もしよろしければ……そのあたりの事情、そろそろ聞かせてはもらえませんか」

来栖さんの不意打ちに、御剣さんはありありと動揺を示す。

ただ、本来であればそれは来栖さんの知ったことではない。そもそも彼女は推理発表会の参加者ではないし、事情など知らなくても、適当に推理を組み上げることはできるはずだ。

だがそれでも。どうしても、彼女はそれが気になったのだろう。御剣さんは『神薙虚無最後の事件』に関連した何らかの《事情》を抱えている。そしてその《事情》に苦しんでいる。

きっと御剣さんと関わることを決めたときから、来栖さんはこの展開を予想していたのだろう。彼女はとても優しいから――。

御剣さんは親の敵でも見るような目つきで来栖さんのことを睨みつける。

「……知らなくてもいいことを知りたがるのは、あまり感心しないわね」

「そうですね。でも、大切なことです。だって《久遠寺オルゴール》は、この事件の最重要アイテムなんですから」

そう、それは紛れもない事実。久遠寺自身が言ったのだ。この中に《言葉》を隠す、そしてそれは《解答》とも言えると。

来栖さんは決して怯むことなく、御剣さんの射殺すような視線を見返す。

睨み合うこと数秒。結局、御剣さんが先に折れた。

「――父曰く、《久遠寺オルゴール》は救出されたとき、母の制服のポケットの中に入っていたそうよ。もっとも、本人は避難時の酸欠の影響とやらで、何故それを持っていたのか覚えていなかったそうだけどね」

つまり、星河かぐやは初めから《久遠寺オルゴール》をポケットに忍ばせていたのに、事件直後虚偽の証言をしたということか……？

いや――待て。そもそも、何故そんな重要な事実を作中の最後に記載しなかったのだろうか。御剣さんの口振りからすると、御剣大氏はその事実を確実に知っていたはずなのに。

何かが、決定的に矛盾している気がする。おそらくそれはもっと根本的な部分での矛盾。そのせいで、事件が異様な複雑さを呈してしまっているのだ。本質的に、この事件はとてもシンプルな気がするのに……。

悩む僕をよそに、来栖さんは話を進める。

「その《久遠寺オルゴール》が、どういった事情であなたの手元に届く手はずになっているんですか？」

「……一週間まえ、蒸発していた母から突然手紙が届いたの。『神薙虚無最後の事件』の真相に至れば、《久遠寺オルゴール》を私に渡す。でも、もし至れない場合、《久遠寺オルゴール》は、然るべき手段で世間に公開するって。……どうあっても、私を《真実》から逃がすつもりはないんだわ。本当に、どうしようもない――性悪女」

吐き捨てるようにそう言った。

僕はますます混乱する。御剣さんに事件の推理をさせることに何の意味があるのか。

「これは私の個人的な感想ですが、あなたのお父様への愛の深さに反比例するように、お母様に対してはどこかネガティブな感情を抱いているような印象を受けます。確か、以前部室に来られたときも、お母様のことを『私と父さんを捨てた人でなし』と評していたかと思うのですが……。あなたとお母様の間に、いったい何が起こったのですか?」

このあたりの事情を聞き出すことは、問題解決のために避けては通れない。来栖さんは、慎重に言葉を選んで問い質す。

御剣さんは耳に掛かる髪を優雅にかき上げてから、カフェラテを一口啜る。

「星河かぐや——あの女はね、確かに私の生物学上の母親だけど……最低の人間なの。父はあの女のことを心の底から愛していたようだけれども、あの女は父にも、そして私にもそんな愛情なんて抱いていなかった。ただたまたま《そこ》にいたから結婚しただけなの。だから、炎上騒ぎをすべて父に押しつけて、行方を眩ましたの」

昨日も御剣さんは同じことを言っていた。炎上による嫌がらせに耐えかねて、母は蒸発したと。

「今も、夫と娘を捨ててどこかをふらふらしているわ。きっとまたよそに男でも作っているのでしょうね。ふん、むしろいなくて清々するくらいだわ」

人はここまで徹底して、実の母を疎ましく思えるものなのだろうか。平凡で平和な家庭で育った僕には、わからない。

来栖さんは切なそうに眉尻を下げた。

「その……お母様がいなくなったのはいつ頃のことですか」

「私が六歳の頃だから、十三年くらいまえかしら。それ以来、一度も顔を見ていないわ」

遠い目をしてそう言ってから、今度は口元を吊り上げ、凄絶な笑みを浮かべた。

「もしも今、あの女が私の目の前に現れたら――きっと、私は母を殺すでしょうね」

その言葉に僕も来栖さんも何も言い返すことができなかった。それほどまでに深い恨み――《事情》があるということか。

でも、どうしても僕には彼女の事情が見えてこない。仮に六歳の頃に見捨てられたのだとしても、ここまで徹底的に憎めるものなのだろうか。大好きな父親が星河かぐやを愛していることによる嫉妬、とも少し違う。何かもっと本質的で、それでいて破滅的な――。

来栖さんは悲しげに尋ねる。

「もしかして御剣さんは、久遠寺写楽の隠した《言葉》を知りたいのではなく、むしろ守るために《久遠寺オルゴール》を欲しているのではありませんか?」

「どういうこと?」

質問の意味が理解できず、思わず横やりを入れる。来栖さんは僕に向き直る。

「久遠寺写楽はオルゴールの中に、ある《言葉》を隠した、と主張していましたね。そしてそれは、《催し》の重要な要素でもある、と」

「うん」

「つまり、秘密箱を解く正規の手順に則るにせよ、物理的に破壊するにせよ、とにかく中に隠された《言葉》とやらを見ることができれば、事件の《真相》に大きく近づくことができるわけです。少なくとも神薙虚無は、それによって《真相》に達しています」

「それは……まあ、そうだよね」

だからこそ、《真相》を求める御剣さんは、オルゴールを欲しているのでは……？

「でも先輩、それは矛盾するんですよ。だってそもそも、オルゴールの取得条件が真相解明なんですから」

「あ……！」

何故こんな簡単なことに気づかなかったのか。確かにオルゴールの中には、特大のヒントが隠されているのかもしれない。でもそれ以前に、そのヒントを獲得するには先に答えを見出さなければならないのだ。つまり、御剣さんが事件の《真相》を求めるだけなのであれば、最終的にオルゴールを手に入れたところで何のメリットもないということになる。

オルゴールを欲すること自体に、矛盾が生じる。

「ならば、オルゴールを手にするというメリットではなく、オルゴールが手に入らなかった場合のデメリットを解消するために、オルゴールを求めていると考えるのが自然です」

「デメリット……つまりオルゴールの存在を世間に公開すること？」

「あるいは、その中身、ですね。隠された《真相》が公開されれば、もしかしたら事件がすべて捏造だったという疑惑も払拭され、お父様の汚名も返上できるかもしれません。でも、たぶん……御剣さんは、今さらそんなことを望んでいないのです。だからオルゴールを欲している。中に隠された《真相》を、守るために。御剣さんにとっては、事件の《真相》などよりもオルゴールという決定的な物証のほうが重要なのです」

証拠など何一つないが、状況的にはそう考えられるという来栖さんの仮定。実に論理的であり、僕はその紡がれる言葉に驚かされる。やはり来栖さんはとても聡明だ。

やがて沈黙を守り、僕らの話をじっと聞いていた御剣さんが口を開いた。

「――大した想像力ね。いえ、妄想と言ってもいい。ではあなたは、どうして私が世間に《真相》が明るみに出ることを望んでいないと思うのかしら？」

試すような、どこか怒っているような目で来栖さんを見据える。一瞬迷いを見せながらも、来栖さんは答えた。

「……それはおそらく、《真相》が御剣さんの望むものではないからでしょう」

ぴくりと、御剣さんの眉が動く。少なくともそれは、来栖さんの言葉が御剣さんの胸に響いたということだ。しかし……いったいどういうことなのだろう。

そもそも何故、御剣さんはオルゴールの中に望まない《真相》が隠されていることを知っているのか。

そこまで考えて、僕はある可能性に思い至る。

「ひょっとして御剣さんは……《真相》に気づいていないんじゃないのか？」

御剣さんは、再びぴくりと眉を動かす。

感情を、揺さぶった。

「初めて会ったとき、きみは『最後の事件』の本を片手に、泣いていたね」

脳裏に過ぎるのは、彼女を見掛けたときの悲しげに揺れる背中。

「きみは……あのとき、まさにあの瞬間、《真相》に至ったんじゃないか？　そしてその《真相》は、きみが望んでいたものではなかった。だから、思わず泣いてしまった。泣いてしまうほど、悲しい《真相》だった」

淡々と、あえて感情を伴わない口調で告げる。

来栖さんは何も言わない。御剣さんも、固く口を閉ざしたままだ。

「煌さんに事件解決を依頼したのは、名探偵として有名な金剛寺煌であれば、《真相》を超えた新たな推理を授けてくれるかもしれないと期待したからだ。最後の望みを、煌さんに懸けたんだ。自分では、もうどうしようもない思考の袋小路から逃れたい一心で」

僕はただじっと御剣さんを見つめる。

しばしの沈黙。店内の緩やかなクラシック音楽だけが、時間の流れを教えてくれた。

やがて根負けしたように、御剣さんはとても悲しそうに微笑んだ。

「――父と、約束したんです」

「約束？」

「ええ。私がとても小さかった頃から、父はよくこう言ってました。『お母さんが《名探偵》として活躍していた十八歳になったら、《真相》を教えてあげよう。だから、それまで考えなさい。きみは名探偵の娘なんだ、できるよね？』——と。父は母をとても愛していました。母がいなくなってからも、その愛は決して色褪せることはなかった。だから、父と私を捨てた母は許せなかったけど、父の愛した母の偶像だけは、否定することができなかった。物語の、偶像の母は……やっぱりとても恰好良かったから。それで一応約束はしました。でも、私は《真相》なんて知りたくなかった。興味もなかった。ただ父が側にいてくれるだけで幸せだった。だから——父のその言葉を聞くたびに、胸が締め付けられました」

僕は黙って、御剣さんの悲痛な言葉に耳を傾ける。

「でも、少しだけ事情が変わって……。『神薙虚無最後の事件』のことなんて考える必要すらなくなって、事件の《真相》はそのまま永遠の闇に葬られればそれでよくなったんです。父が——事故に遭ってから」

「事故？」予想外の言葉に僕は目を丸くする。

「……はい。交通事故です。でもこれは、例の炎上騒動とは全然関係ない、本当にただ不幸だっただけの事故です。事件性はなく、相手方からは誠実な対応をしていただきました。一時は意識不明にまで陥りましたが、今はもうすっかり元気になって、事故のほうも完全に片が付いています。でも……事故のとき頭を打って、それによって父は記憶を失いました。私のことや、日常のことはすべて覚えていましたが……神薙虚無絡みのことはすべて忘れてしまいました。あれだけ愛していた、母のことも——」

何とも言えない表情で俯く。その胸中にあるのは、安堵かあるいは後悔か……。僕には判断できない。

そこでふと、昨日の朝、御剣さんと話したときのことを思い出す。

——父ももう、覚えていませんし。

なるほど。そこでこう繋がるのか。

「お医者様が言うには、きっと本人が忘れてしまいたいと思っていた記憶を失ってしまったんだって。私は……チャンスだと思いました。事件のことを、あの約束ごと忘れてしまったのなら……これからはもう、私たちは普通のどこにでもいる当たり前の親子として過ごせるんじゃないかって、そう思ったんです」

名探偵とか、怪盗王とか。

そんな絵空事を絵空事だと笑い飛ばせる、普通の女の子になれると……願ったのか。

「それから、世間のみんなと同じように、私も事件のことを忘れていきました。——私は幸せだった。父さんもきっと幸せだったに違いないの。でも……そんな些細な幸せさえも、あの女は打ち壊そうとしてきたのよ！」

「もしかして、それが星河かぐや……？」

ええ、そう——御剣さんは、今にも泣きそうなほど儚く微笑んだ。

「あの女は、決して世に出るはずのなかった《久遠寺オルゴール》を、世に解き放つつもりなの。唯一にして絶対の《真相》を、世界に投じようとしている。だからそうなるまえに、《真相》が世に知れるまえに、一刻も早く『神薙虚無最後の事件』を推理しろ――あの女は、暗にそう言っているの。そう私を急かしているのよ。明後日が私の、十九回目の誕生日だから」

そういう、ことか。ようやく、御剣さんの持つ《事情》の正体を垣間見た。

御剣さんは、煌さんへの依頼の刻限を次の月曜日まで、とした。それはまさしく、自らに設定された刻限に等しかったわけだ。

かつての《名探偵たち》と同じ十八歳のうちに、十九回目の誕生日を迎えるまえに《真相》を内包した《久遠寺オルゴール》を手に入れて、それを処分してしまえば――今度こそ本当に、《真相》は永遠の闇に葬られることになる。『神薙虚無最後の事件』は、永久によくあるネットの世迷い言として扱われ続ける。

それこそが御剣さんの目的で……星河かぐやはそれを妨害しようとしている。《真相》など知りたくないという御剣さんに対して、《真相》から目を背けるなと厳しい言葉を投げ掛ける星河かぐや。

そのどちらが正しいのか――僕にはわからない。

星河かぐやの、御剣唯の《真相》が何なのかも、僕にはさっぱりだ。

でも……。それにより、御剣さんが苦しんでいることだけはわかる。

御剣さんは、悔しそうに奥歯を噛み締める。

「これは星河かぐやからの挑戦状なの！　だから、私は負けるわけにはいかない！　引くわけにはいかない！　何をしてでも、どんな卑怯な手を使ってでも、星河かぐやの《真相》をこの世から葬り去らないといけないの！」

何故そこまでして母を憎むのか、そして《真相》をなかったことにしたいのかは、今の僕には理解できない。

でもそうすれば、再びかつての安寧が戻ってくると、彼女は信じているのだろう。

それはある種の逃げではあるが、決して間違いではない。

誰にだって譲れないものはあるし、ましてそれがアイデンティティに直結するほど重要なものであれば、何を捨ててでも守ろうとすることはごくごく当たり前のことだ。

それで彼女が幸せになるのであれば、何も文句はない。

だが、この場合——本当に彼女は幸せになるのだろうか？

たとえ《久遠寺オルゴール》を処分して、《真実》を永遠の闇に葬り去ったとしても、得られるのは、星河かぐやの次なる一手に怯えるだけの、仮初めの平穏にすぎないのではないか。

この先ずっと、星河かぐやという幻影に怯える人生は——はたして本当に幸せといえるのだろうか。

何とかして御剣さんの力になってやりたいと思う。

たぶん、来栖さんも同じことを考えているだろう。

御剣さんを救う方法は、ある。

だが、そのためには彼女が見出し、そして恐れている《真相》を超えた、新たな推理を展開しなければならない。

すなわち真相よりも真相らしい、真相を超える真相を提示する必要があるということ。

僕なんかにそんな大それたことができるかどうかはわからないけど……それしか彼女を救う方法がないのであれば、何とかするしかない。

それから会話らしい会話もないまま食事は終わり、御剣さんと別れた。

来栖さんと並んでアパートへ戻りながら、僕は頭の中で少しずつ情報をまとめていく。

タイムリミットまであと一日強。それまでに、この世紀の謎に、何らかの解決をもたらしてみせなければ。それも、できる限り御剣さんを悲しませない平和な解決を——。

2

アパートへ戻ると、来栖さんと夕飯の約束だけして別れる。

それから僕は、自室に籠もって昨日煌さんからもらった膨大な資料に目を通していく。

資料は恐るべき詳細さでもって記されていた。改めて敵に回したくない存在であることを思い知らされる。ともあれ味方であればこれほど心強い人もいないだろう。さて、まずは事件に関する警察資料のまとめから。

◆

事件発生は、一九九九年十月二十五日午前二時前後。

久遠寺写楽（本名、沖影定理(おきかげていり)）所有の洋館、通称『オルゴール館』の特殊防犯装置の作動によりすべてが始まった。この装置は、午前零時を過ぎた時点から明朝六時まで作動しており、その間に館に存在する個室のドアを開閉すると、その個室に設定された音楽が館内に鳴り響き、どこが開かれたのかがすぐにわかるように作られていた。各個室の音楽は久遠寺が自由に設定できるようになっている（施工業者からの裏付けも取れている）。

事件当時、館内に鳴り響いた音楽はかの高名なミュージカル映画『サウンド・オブ・ミュージック』挿入歌である『エーデルワイス』のオルゴール旋律だったとされている。

館内に滞在していた神薙虚無（本名不明、後述）、星河かぐや、御剣大、十六夜紅海の四名は、この音源により久遠寺写楽の部屋で何らかの異変があった可能性があると判断し、現場へ向かい、そして久遠寺写楽の遺体を発見した（このとき、現場は完全な密室であったとされているが、証言のみで裏付けはなされていない。密室に関しては後述。また、事件発覚時点では、久遠寺写楽を除く関係者全員がオルゴール館二階部分にいたことが確認されている。オルゴール館は、二階と三階が直接階段では繋がっていないという特殊な構造であったため、この証言が真実だとするならば、少なくとも関係者とされている人間には犯行は不可能であったことになる。ただし、全員が口裏を合わせている可能性は否定できない）。

御剣大による著書の記述を信用するのであれば、発見時、遺体には電気毛布と羽毛布団が掛けられており、腹部は大量の鮮血に染まっていた。具体的な死亡推定時刻の割り出しは困難とのことだったが、信憑性のほどは定かでない。しかし、それ以外に遺体の状況を説明するものも存在しないため、以降はそれが真実であると仮定して話を進める。

人前に現れる際には必ずマスクを被り素顔を隠していた久遠寺写楽であったため、発見当初はその遺体が別人のものである、という可能性も検討されたようだが、側近である十六夜紅海の証言、ならびに御剣大の証言によりその遺体が本人のものであると一時的に断定された。

なお御剣大は久遠寺写楽の死の直前に彼の素顔を見て話をしたようだが、その内容については曖昧な供述しか残していない。御剣大の著書によりその内容が初めて明らかにされたが、彼の創作である可能性は否定できない。

後の捜査で、焼失後のオルゴール館より発見された老年の男性の遺体は、歯型などにより久遠寺写楽本人のものであると断定されている。遺体はほぼ完全に炭化していたが、腹部に刺創と思しき傷跡が確認されている。検視に立ち会った医師によれば、神薙虚無の発言どおり、これが致命傷になったと考えてほぼ間違いないとのこと。

現場は密室であったとされている。ドアには鍵が掛かっており、ステンドグラスの嵌め込まれた壁があるのみで、外部へのアクセスはドア以外に存在しなかったという。また、三階部分に存在する窓はすべてはめ殺しであったことも確認が取れている。

事件関係者の証言によると、オルゴール館の部屋の錠前はすべてウォード錠であったとされている（施工業者からの裏付けも取れている）。現場もその例に漏れずウォード錠であったが、事件当時その鍵は久遠寺写楽、十六夜紅海の二名のみが所持しており、その所在は明確であったようだ（久遠寺写楽の自室より、神薙虚無らが鍵を一本発見している）。

ただし、シリンダー錠と比較するまでもなくウォード錠はセキュリティ性の低いただの工芸品であり、二本以外にも合い鍵が存在した可能性は否定できない。また、マスターキーの制作も容易であるため、完全な密室であると断定する根拠には乏しい（とはいえ前述のとおり、事件発覚当時、関係者全員にアリバイがあり、少なくとも彼らの中に犯人が存在するとは考えにくいため、鍵の所在はあまり重要ではないものと思われる）。

しかしながら、仮に事件関係者とされている者以外がオルゴール館の中に潜んでいたとして、犯行後、神薙虚無らが到着するまでのわずかの間に身を隠すことが極めて困難であることから、この線も現実的とは言いがたい（施工業者、設計者などの証言により、オルゴール館内部には食堂床下の一人用シェルター以外にいわゆる隠し部屋、隠し扉、隠し通路などの細工は存在していないことが確認されている上、三階へのアクセスは、エレベータ以外存在しない。そして事件当時そのエレベータは神薙虚無らが使用していたことなどから、第三者存在の可能性は極めて低いと結論づけざるを得ない。ただし竣工後、内密に改造工事を行った可能性は否定できない）。

以上の点を踏まえて警察では、久遠寺写楽の死が自殺であると断定した。

警察見解による事件概要は以下のとおりである。

まず久遠寺写楽は、当夜午前二時過ぎに、自室のドアを一度開き、館内に『エーデルワイス』を響き渡らせて、神薙虚無らを自室へおびき出す。そして直ちにドアを閉めて施錠し、ナイフのようなもので自らの腹部を刺した。激痛を堪えながらも何らかの手段でもって凶器を隠し、その後、ベッドへ潜り込みそのまま絶命した。

おそらくこれが最も自然な結論だろう。凶器の件は、何故今際の際でそのようなことをしたのか、という謎が残るが、自殺を隠すための偽装工作だったとすればそれほど不自然でもない。電気毛布の使用も同様の理由によるものと考えられる。少なくともあの《怪盗王》久遠寺写楽であれば、自らの死をそのように装飾することも十二分にあり得る、とその仮説はあっさりと受け入れられたようだ。

また久遠寺写楽は、神薙虚無らを招いた当夜に何らかの《催し》を計画していたようで、その《催し》とやらがこの自殺であった可能性は決して低くはない。

久遠寺写楽という人間ならば、それくらいやりかねない、という風評はまことしやかに囁かれており、事件関係者もその可能性については否定していない。

気になるのは、生前、久遠寺写楽から神薙虚無らへ手製のオルゴールのようなものが渡されたという証言だ。これは、館の火災により焼失してしまったものと考えられるが、曰く、久遠寺写楽による《催し》の重要証拠らしい。しかし、その中身についての証言などは極めて曖昧であり、信憑性のほどはそれほど高くはないと判断せざるを得ない。

　遺体発見からしばらくして、館三階部分より火災が発生した。具体的な時間は不明だが、証言などから、午前三時前後であったと考えられている。また、火災の原因も特定できていないが、久遠寺写楽が生前何らかの細工をしていた可能性は否定できず、警察はその説を採用している（なお、三階部分より火災が発生した、というのは事件関係者の証言だが、消防の報告によると延焼の傾向などから確かに出火元は三階部分であると断定されている。このことからも、事件関係者による放火の可能性は極めて低い）。

　食堂に集まっていた一同は、火災警報により一度急いで外へ出て館の火災を確認したが、沖影論理（りんり）が逃げ遅れたことがわかると、神薙虚無、星河かぐやは急いで燃えさかる館の中へと引き返したという。

　その後、館は崩落し、三名の生存は絶望的に思われたが、前述の食堂床下の一人用シェルターに身を隠していた沖影論理、星河かぐやの二名は無事消防により保護された。このとき、重度の酸欠で両名は意識を失っており、その後の後遺症として星河かぐやは事件前後の記憶が曖昧になっていた（医師の診断書も提出済みである）。沖影論理によると、彼女は火災警報により館から逃げる際、転んで足を挫いてしまい居残らざるを得なくなってしまったらしい。しかし、脱出を諦めかけたところで星河かぐやが救助にやって来た。それから二人で脱出を試みるが、不幸にも館の崩落により退路を断たれてしまった。だが、星河の機転により発見された食堂床下の一人用シェルターのおかげで難を逃れたということだった。

　そしてそのタイミングで神薙虚無は姿を消した。御剣大の著書によると、館の中へ引き返した途中で、星河かぐやの元から神薙虚無は突然姿を消してしまったとのことだが、本人の記憶が曖昧なため、このあたりは正確でない可能性もある。ただし神薙虚無が実際に姿を消したのは事実のようだ。

　その後の捜査で遺体こそ発見されなかったが、あまりにも絶望的な状況から、警察は神薙虚無を死亡したものと断定した。そしてその後法的な手続きに入り、新たな事実が判明した。

　神薙虚無という人物は、戸籍上存在しなかったのだ。

　つまり、ずっと彼は偽名を使い《名探偵》として活動していたことになる。

　彼と行動をともにしてきた、御剣大らもずっと神薙虚無という名が彼の本名だと信じていたようで、どこに住んでいるのかなども知らなかったと口を揃えて証言している。

　彼の幼なじみとされている御剣大や星河かぐやが、本名は疎か住所すらも知らなかったとは俄に信じがたいが、彼の異常なまでの人間嫌いから考えるとありえない話ではない、というのが警察の見解である。また、神薙虚無のそのような性格から彼の顔を見たことのある人間は御剣大たち以外ほとんどおらず、仮に彼が何らかの方法により燃えさかる館から生き延びたとしても、彼を見つける術はほぼ存在しないと言える。警察関係者でさえ、彼の姿を一度でも目撃した者はいないほどだ。

名探偵、神薙虚無——数多くの難事件を解決に導いた天才少年ではあるが、その本態は誰よりも謎に包まれていた、と言わざるを得ない。

◆

そのあたりまで読み進め、僕は休憩のために大きく伸びをした。伸びすぎて安物の座椅子が嫌な感じに軋む。

警察資料を私的にまとめたもの、と聞いていたが、そもそもこれだけ詳細な警察の資料をいったいどこから入手したのだろうか。万が一バレたら手が後ろに回るどころの騒ぎではない気がするが……。

しかしながら、この資料は役に立つ。

何より、警察の見解がかなり現実的なものであったことに驚いた。ちゃんと数少ない証拠から色々と捜査しつつ、『久遠寺写楽の自殺』という結論を出していたのだ。作中でも言及されていたことだが、普通に考えるとこれが自然な解答のように思える。少々強引なところもあるが、概(おおむ)ねは理に適(かな)っており、これを覆すのは少々骨が折れそうだ。施工業者や設計者の確認をしっかりと取っているのも大きい。

それに神薙虚無が本名すら不明であるというのも新たな事実だ。確かにふざけた名前だとは思っていたが、まさか偽名だったとは。しかもその事実を、御剣氏やほかの《名探偵たち》も知らなかったというのは、いったいどういうことなのだろうか。

ただ、やはり一番気になるのは《久遠寺オルゴール》だ。警察の資料では焼失したことになっているようだが、それは星河かぐやのもとにしっかりと残っているらしい。ということは、それが偽物でない限り、星河かぐやや御剣氏はこのオルゴールを警察に提出しなかったということになる。警察が科学的に捜査をすれば中に何が隠されているかということはすぐにわかるはずであり、それはこの事件を収束させるヒントにもなりうるはずなのだが――彼らはあえてそれを隠し通した。

事件の中心にありながらも、ようとしてその全貌(ぜんぼう)を窺い知ることのできない遺物。秘密箱という難解な仕掛けを施し、久遠寺写楽はその厳重な小箱にどんな《言葉》を隠したというのか。

今のところは何の考えも浮かんでいない。とりあえずいったん保留にしつつ、資料の続きに取り掛かる。

ここからは、御剣さんの身辺情報が事細かに記されていた。

◆

御剣唯。東雲大学哲学科一年生。生年月日は二〇〇〇年五月二十一日。東雲大学総合病

院にて、出生体重三千七十六グラムで生を受ける。

二〇一九年五月現在、身長百七十二センチ、体重五十二キロ。健康状態は良好である。

交友関係は極めて狭く、友人と呼べる存在は確認されていない。しかしながら、その端麗な容姿から男女問わず隠れファンは多いようだ。恋人はなし。また過去に交際した経験もない。

学業成績は極めて優秀。入試結果は学内でも十位以内の好順位。

運動能力も極めて高く、四月の体力測定では優秀な成績を収めている。まさに文武両道と呼ぶに相応しい人物である。

趣味は水泳、読書、映画鑑賞。——が、趣味を第三者と共有しようという意識は希薄。好きな泳法は背泳。好きな本は「神薙虚無」シリーズ。好きな映画は『サウンド・オブ・ミュージック』。後述する父親の影響を色濃く受けていることがわかる。

東雲市内の邸宅に父親と二人で住んでいる。

父親は、御剣大。かの高名な「神薙虚無」シリーズの執筆者にして、登場人物の一人でもある。趣味は水泳で、中学時代には強豪スイミングクラブのスカウトを受けるほどの実力者だったようだが、高校入学を機にすっぱりと辞めている。おそらくその頃から本格化し始めた、神薙虚無らとの活動で忙しかったためだろう。ただし水泳そのものは趣味として続けていたようで、結婚後に購入した邸宅には二十五メートルプールを設置したほどである。

「神薙虚無」シリーズの最終巻である『神薙虚無最後の事件』発表からしばらくして捏造疑惑が浮上。それにより今で言う炎上状態となり、ネットを中心に誹謗中傷が相次ぐ。切っ掛けは写真週刊誌による捏造報道だが、巨大ネット掲示板にはその頃同時多発的に「神薙虚無」シリーズの捏造、及び神薙虚無非実在説の論拠が複数の語り口によって書き込まれており、どこか組織的な動きを思わせる。

警察内部でも、実は神薙虚無などという人物は存在しないのではないか、という噂は以前から囁かれていたようで、この炎上騒動により御剣大の信用は地に落ちたと言える。

高校卒業後は、星河かぐやとともにそのまま進学。東雲大学文学部にて心理学を専攻したのち、同大学院にて犯罪心理学の修士課程を修了。

『最後の事件』からまもなく、周囲の反対を押し切り星河かぐやと結婚。学生結婚ではあったが、御剣大はすでに「神薙虚無」シリーズによりかなりの印税収入を得ており、経済的には自立していたと言える。ただし結婚から数ヵ月後、前述の炎上騒動が発生し、「神薙虚無」シリーズは絶版が決定。安定した収入は絶たれていたものと思われる。おそらく貯金だけでその後の数年を乗り切ったのだろう。改めて「神薙虚無」シリーズが規格外の社会現象を引き起こしていたことを知る。

その後は、筆名を『鷺丸充』と変え、本格派のミステリ作家として活動を続けている(『さぎまるみつる』はアナグラムである)。ただし、鷺丸充名義では新人覆面作家としてデビューしており、業界内にもその正体がかの御剣大本人であると知る人間は数えるほどしか存在しない。捏造により炎上した作家を再び新人として起用するのはリスクが高いと思うのだが、調べてみると御剣大氏は、作品が面白く人当たりも良い上に、筆が速く締め切りも守ると業界内でも大変評判が高く、そのために業界全体で協力して逸材を保護したというところだろうか。また業界内では、「神薙虚無」シリーズの名を出すこと自体がタブーとされているが、神薙虚無のファンも多く、捏造疑惑にも否定的な意見が多いようだ。

その後は後述する星河かぐやの失踪を除いては平凡な生活を送っていたが、二年まえの二〇一七年二月、交通事故に遭い頭部を損傷。一時生死の境をさまようこととなったが、かろうじて回復した。後遺症はほとんど残らなかったようだが、事故の際、記憶系に激しいダメージを受けたようで、逆行性健忘症を発症してしまった。自身や娘の名前など、日常的な記憶は問題なく保たれていたが、神薙虚無関係の記憶の一切を失ってしまったらしい。妻である星河かぐやのことも忘れてしまったようだ。現在も回復の兆しは見せていないようで、執筆活動も休止し自宅にて療養中である。

療養中の御剣大の世話は娘である御剣唯が行っている。なお、この事故は当初事件性も疑われたが綿密な捜査の結果、不運な事故であったことが判明している。

母親は、星河かぐや（現、御剣かぐや）。事件から二ヵ月後に、御剣大と結婚し、夫である御剣大とともに進学。その後娘の御剣唯を出産している。出産後も育児と学業を両立させ、東雲大学文学部にて哲学を専攻したあと、卒業しそれからは専業主婦をしていた。しかし、御剣大が専業作家として活動を始めるのとほぼ同時に、突然謎の失踪を遂げる。理由は不明だが、その後、彼女の姿を見た者はいないとされている。ただし、確証は取れなかったが、陰で犯罪捜査に協力しているという情報もある。

いずれにせよ、星河かぐやが表舞台から姿を消したことは間違いない。

調査の過程で見つけた気になる所見として、彼女は幼少期に精神科への通院歴があった。何らかの精神的な問題を抱えていた可能性はあるが、数回の通院で終わっているので、深刻な病気ではないようだ。

通院歴と言えば、久遠寺写楽こと沖影定理にも通院歴が見つかった。毎月一度だけ、都内某大学病院に通っていた。こちらも詳細は不明。さすがに二十年まえの故人の病歴を調べる術はないが、御歳七十を過ぎていたこともあり逆に身体のどこにも不調がないほうが不自然なようにも思える（作中でも激しく咳き込むシーンが描かれている）。

次にほかの《名探偵たち》についての記述に移る。

水守稜湖（みなもりいずこ）は高校卒業後、その探偵としての能力と高い戦闘技術を買われ、要人警護会社に就職。そこで本格的な要人警護のスキルを磨（みが）き、めきめきとその才覚を顕（あらわ）していったが、星河かぐやの失踪と時同じくして退職。その後の足取りは摑めていない。

渡良瀬鈴子は――残念ながら死亡が確認された。高校卒業を機に渡米し、ＦＢＩ捜査官になるための勉学や研修に励んでいたが、その最中、凶悪犯罪に巻き込まれ死亡した。今から十五年ほどまえのことで、残念ながらこの事件に関する詳細な資料は国内では手に入らなかった。

さらに炎上騒動についてもここに改めてまとめる。

『神薙虚無最後の事件』は、刊行からまもなくして写真週刊誌主導による捏造疑惑が浮上し、すぐに出版停止となった。捏造疑惑の論拠は、神薙虚無の非実在性にある。

これは、「神薙虚無」シリーズとは、実際には存在しない架空の名探偵を登場させた架空の物語である、という主張だ。ただし発端となった週刊誌による関係者を名乗る人物の独占記事では、神薙虚無は実在しない、という告白に終始しており、シリーズ自体の捏造疑惑は、その後ネットを中心に展開された特に物証のない状況証拠からの言い掛かりである。

なお、シリーズ自体の捏造疑惑は誤りである。『最後の事件』を例に出すまでもなく、「神薙虚無」シリーズに示された事件自体は、少なくともそのすべてが実際に発生したものであるという裏付けが取れている。無論、作中に書かれていることすべてが真実である保証はないが、それでも《怪盗王》久遠寺写楽が事件を起こし、それを《名探偵たち》と呼ばれていた高校生が解決していたことは紛れもない事実である。

だが、それと同時に神薙虚無の姿を実際に見たという者は、ついぞ発見できなかった。

つまり、非実在性に関しては、否定する材料がなかったことになる。

もちろん、戸籍がなかった点や物語ラストの展開だけを論拠としているわけではない。『最後の事件』だけを例にとっても、不自然な描写が多いという点は以前から指摘されていたようだ。

たとえば、神薙虚無に関する描写が極端に少ないこと。

彼が度を越えた人間嫌いで、かなりの無口であることは周知の事実とされていたようだが、それにしても少々気に掛かる。この件に関して御剣大は作中で、神薙虚無の発言がいつも以上に少ない、といったフォローをしていたが、あまり効果的ではなかったように思う。これはシリーズ全体にも言えることで、あるいは御剣大の筆力の問題である可能性まで否定できないが、少なくとも、実在しない人物を登場させたことによる弊害であるという、論拠の一つにされている。

またエレベータの人数問題も、実在しない人物を登場させたことで生まれた矛盾であると理解されているようだ。こちらは納得しやすい。

ほかにもネット上には、微に入り細を穿つ重箱突きの論拠が転がっていたが割愛する。

いずれにせよ神薙虚無非実在説は、突拍子もない暴論に見えて、意外としっかりした論拠による主張であることがわかった。

しかし、御剣唯が真実を追い求めている以上、神薙虚無は実在し、作中に書かれた物語はすべて実際に起きたことなのだろう。ならばなおのこと、不可能犯罪という状況が際立つといえる。


最後に。

前述のとおり「神薙虚無」シリーズは、未だに定期的にネットの話題に上る炎上案件だ。ネット上では、『御剣』や『神薙』は、虚言、妄言、詐欺、承認欲求の代名詞として使われ、もはや当たり前のように嘲弄（ちょうろう）の対象となっている。

だが、調べてみると炎上の発端には不可解な点が多く見られ、事実、神薙虚無が実在するのであれば、現在ネット上に存在する『非実在説』は、すべて単なる言い掛かりによる妄想ということになる。

仮にそうした事実が明るみに出た場合、ネットはどのような反応をするのだろうか。

新説を素直に受け入れ、今度は『非実在説』論者を叩くのだろうか。それとも新説自体を根拠のない妄想とまた嘲（あざけ）り笑うのか。

大衆とは実に愚かで怠惰で身勝手な存在だ。自分の頭で考えることをせず、ただ感情的に周囲の環境に支配されて動く無自覚な人間は、ゾンビに等しい。

リビングデッド。

生きていながら——死んでいるのと変わりない。

無論それを否定するほど博愛主義者ではないが。

一ネットユーザーとしての在り方を、改めて考えさせられる案件であった。

◆

僕は読み終わった資料を机の上に置いて、もう一度伸びをする。

是非はともかくとして、この資料が非常に役に立つのは紛れもない事実だ。いや本当にすごいな、煌さんお抱えの情報屋……。プライバシーも何もあったものじゃないが、とにかくこれで必要なデータはすべて出揃ったことになる。

あまりにも情報量が多く、また雑然としているため、どこから手を付けていいのかわからないが……何とかするしかない。

決意を新たにしたところで、鼻腔(びこう)をくすぐる芳香に気づく。とても美味しそうな匂い。

そのときドアがノックされた。長時間同じ姿勢でいたために軋む身体を引きずりながらドアを開ける。

「……先輩、その、こんばんは」

そこには——何故かメイド服を着た来栖さんが立っていた。

黒をベースとした、古式ゆかしいデザインのメイド服に身を包んだ来栖さんは、恥ずかしそうに頬を染めて身を捩りながら、上目遣いでこちらを見つめている。

なんだろう……。疲れすぎてついに幻覚でも見ているのだろうか。それほどまでに、非現実的な光景。あまりにも来栖さんに似合っていて可愛すぎる。

「あ、あの、すみません……急にこんな恰好で驚きましたよね……。実はその、先ほど煌さんが私のお部屋にやって来て、この服を置いていきまして……」

「煌さんが？」

天才か、あの人？

「これ、《使徒》モデルの給仕服なんですって」

恥ずかしそうに胸元を指さす。そこには、『リバースクラウン』の徽章が輝いていた。

「捏造騒動があっても、《使徒》モデルの給仕服は、制服界隈では未だに根強い人気があるらしくて……それでわざわざ煌さんが用意してくれたんだそうです。現物を見ることで、瀬々良木先輩が何か閃きを得るかもしれないって……。あと、疲れた男の人は、給仕服を見ると元気になるとも言っていましたけど……さすがにそれは冗談ですよね」

「そんなことないよ！　めちゃくちゃ元気になったよ！」

喰い気味に、来栖さんの両肩を掴んで力説する。昨今流行りの公序良俗に反した感じのものではなく、あくまでも控えめに、目立たず、それでいて細部にセンスの光るクラシカルなタイプのメイド服。媚びるのではなく、働く女性の強さや美しさを前面に押し出したデザインは、老若男女を問わず心惹かれるものがあるだろう。

ましてそれを、元々極上に愛らしい来栖さんが着ているのだ。そんな姿を見たら、僕は死の淵からだって生還してみせる自信がある。

来栖さんは最初戸惑っていたが、やがてため息を吐いて苦笑した。

「……些か理解を超えた思想の気配を感じましたが、まあ、先輩が元気になったのであれば良かったです」

そこでいったん、スカートを摘んでくるりと回る。

「確かにシックで可愛らしい服だとは思いますが……そこまでほかの服と違うものですかね。そもそも制服界隈で人気ってどういう意味なんですか？　アパレル業界の中でも、取り分け制服を専門に扱っている会社でもあるのですか？」

「……ん、まあ、そんな感じかな」

何と答えるのが正しいのかわからず、曖昧に返す。この子には、ずっと今のまま純真でいてもらいたい。

何かまた際どい質問が繰り出されるかと身構えるが、来栖さんは何故か不思議そうな顔で自らの胸元を見下ろしていた。

視線の先には『リバースクラウン』の徽章。どうやらピンバッジになっているようだ。現物を初めて見たが、確かに王冠をひっくり返したような不思議なデザインだった。体制への反逆を示すとされていたが……実際のところどうなのだろう。事件には無関係だろうが気にはなる。

「あの、来栖さん？　どうかした？」

「あ、いえ。何でもありません」

慌てたように彼女は視線をこちらへ戻した。

「ただちょっと何かが引っ掛かって……いえ、気のせいですので忘れてください」

気を取り直したように咳払いをして話題を変える。

「それより、お忙しいところすみません。晩ご飯、まだ作ってませんよね？」

「え、あ、ごめん、まだだ」

感動のあまり今は頭が回っていないが、そういえば今日は僕の食事当番だった。集中していて気づかなかった。

「もうそんな時間？」

「いえ、まだ六時過ぎなんですけど……」来栖さんは何かを誤魔化すように視線を彷徨わせてから、再び恥ずかしそうに目元を朱に染めた。「実はちょっと色々余計なことを考えていたら気持ちが落ち込んでしまって……。それで気がついたら気分転換にビーフシチューを作っていました。良かったら一緒に食べませんか……？」

「え、いいの？　なんか最近ずっとご馳走になってばかりだけど」

「いいですよ、私が勝手にやっちゃったことです。それに先輩は色々読むので忙しそうですし。その点、私は何もすることがない暇人ですから」

「そっか……じゃあ、遠慮なく頂こうかな。僕もちょうど資料読み終わったところだし」

来栖さんは嬉しそうにはにかんで、良かったです、と言った。

そのまま来栖さんのお部屋にお邪魔する。室内には芳（かぐわ）しい肉の香りが漂っていた。

もう少し煮込みたいので座って待っていてください、と麦茶を出してくれたので僕はちゃぶ台に着いてのんびりと待つ。

来栖さんはコンロに掛けた厚手の鍋をかき混ぜながら嬉しそうに言う。

「実は煌さんがこのお給仕の服と一緒に、お裾分けと言って高そうな和牛のバラ肉ブロックを置いていってくれたんです。瀬々良木先輩をサポートしてやれって。で、ちょうど手が空いていたので、気がついたら本能の赴くままにビーフシチューを作っていたわけです。ちなみにそのとき、午前中に御剣さんとお話ししたことを情報共有しておきました」

へえ、と僕は平静を装うが、楽しそうに料理をする来栖さんの後ろ姿を見ていたらなんだかドキドキしてきた。これではまるで、恋人を通り越して……。

料理をしてもらっているというのに、頭に浮かぶふしだらなイメージを霧散させるように首を振る。

「ねえ、来栖さん」

その小さな背中に語りかける。

「何ですか？」

「少し情報を整理したいんで、話に付き合ってもらってもいいかな」

「もちろんです」ちらりと一度振り返り、再び鍋の様子を見ながら答える。「今は何を悩んでいるんですか？」

「そうだな……やっぱり御剣さんの抱える事情のことかな」

頭の中で少しずつこれまでの情報をまとめていく。

「彼女は事件の《真相》を求めている。一方で、その真相が自らの平穏な日常を脅かすものであると恐れてもいる」

「では何故、御剣さんは平穏な日常を脅かされているのでしょう？」

「……星河かぐやに事件解決を強要されているから、かな」

「星河かぐやは、御剣さんに事件を解かせてどうするつもりなのでしょう？」

僕は少しだけ考える。

「……わからない。でも、少なくとも御剣さんは、《真相》が世に知られたら、それまでの平穏な日常がなくなってしまうと考えているみたいだね」

「つまり、彼女にとって《真相》とは、恐怖の対象であり、目を背けたいものということですね。では、彼女にとっての平穏な日常とはどのような状態なのでしょうか？」

「お父さんと二人で平和に暮らすこと、かな……？　神薙虚無とか《怪盗王》とか、そういった非日常的なものとは無縁の生活なんだと思う」

「でも、それにしては些かお父様への愛が重すぎるような気がしますよね。彼女はもう大人ですが……未だに幼少期の依存に近い愛情をお父様へ向けているように感じます」

「それは……うん、確かに」少し考えて頷く。「何でだろう？　唯一の家族だからかな？」

「理由の一つではあると思います」

来栖さんは、いったん鍋の火を弱めて、僕の前に正座する。

「彼女はいわゆる普通の幼少期を過ごしていません。物心ついたときから炎上に怯え、満足に外出することさえままならなかったことでしょう。さらには母親の蒸発――。彼女がお父様に依存し、そしてお母様を憎むようになるには十分すぎるほど過酷な体験です。でも、それだけではないように私は思います」

「……うん。何というか、もっと本質的な部分で御剣さんはお父さんに依存してるんだと思う。それこそ、父親を愛することが自身のアイデンティティだとでも言わんばかりに」

たとえば、子どものときであれば、知らない人に石を投げられる恐怖から守ってくれる唯一の存在である父親を神聖視することはあるだろう。でも今は、炎上も収まり、彼女自身も大人になった。家の外で過ごす時間も増え、父親に依存しなくても生きていけることに気づいているはずだ。

にもかかわらず、彼女は幼少期と同じように、あるいはそれ以上に父親に依存してしまっている。いったい何故……？

「そうか。ひょっとして御剣さんが《真相》を恐れるのは、そのあたりが原因なのかも」

父親への愛情を否定されるような何か。もしそれが彼女のアイデンティティに直結しているのであれば、きっと耐えがたいほどの恐怖だろう。

炎上の勢いも収まっていなかった幼い頃、彼女は星河かぐやに見放された。そのときの不安と絶望は、想像を絶するものだったはず。だから母親を憎むこと、そして父親を愛することで自我を保ってきたのだろう。

そんな自身を規定するものが揺らいでいるのだとしたら……。

「——ねえ、先輩。計算が合わないことには気づきましたか」

「え、計算？」

急に話題が変わる。

何を言っているのかわからず、芸のないおうむ返しをしてしまう。しかし、来栖さんはそれには答えずただ切なげな笑みを浮かべて、

「いえ、何でもありません」

「……？」

来栖さんは、急に元気をなくしてしまったように見える。

「どうかしたの？　何か気になることでもあるの？」

彼女は目を泳がせながら何かを言いたげに口を開き掛けるが……すぐに観念したように息を漏らした。

「——先輩に嘘はつけませんね。では、今度は私のお話に付き合ってください」

「な、なんだろう……？」

畏まって姿勢を改める。何か彼女の機嫌を損ねるようなことをしただろうか、と必死に頭を捻るが取り立ててそれらしいことは思い浮かばない。

「先輩は、先日私が言ったことを覚えていますか？」

「先日……えっと、いつのことかな」

「御剣さんと出会った日です。彼女と会う直前に話していたことを、覚えていますか?」

真剣な来栖さんの表情。彼女が何かとても大切なことを言おうとしているのがわかったので、僕も必死に記憶を探る。あのときは、確か……。

「——誰かを不幸にするだけの名探偵なんていらない」

「そうです」来栖さんは真摯に頷く。「明らかにすることで、誰かが不幸になる真実なと、永遠の闇に伏されるべきです」

何故、突然来栖さんはこんな話を始めたのだろう。僕は黙って先を促す。

「ねえ、先輩。仮に、仮にですけど……。もし『神薤虚無最後の事件』を解き明かした結果、御剣さんが不幸になる結末しか残されていなかったとしたら、どうしますか」

「——」

僕は考える。その最悪の可能性を。

御剣さんは、《真相》を恐れている。それはきっと彼女にとって面白くないものなのだろう。だから一縷の望みを懸けて、煌さんに事件の解決を依頼した。自分が怯える悪夢を振り払ってくれる奇跡を願って。

しかしその結果、彼女が危惧していたものと同じ《真相》に、僕らが辿り着いてしまったらどうする。

僕ら全員が、《真相》に屈してしまったら。

彼女は、救われない。

つまり、《真相》を明らかにすることで、御剣唯という女性は不幸になってしまう。

「私には……歳の離れた兄がいました」

来栖さんは、ぽつぽつと語り始める。

「兄はとてもお人好しだったので、いつもよそ様のトラブルに首を突っ込み、問題を解決していました。そしていつしか、兄は名探偵と呼ばれ、慕われるようになっていました」

初めて聞く話だった。僕は固唾を呑んで彼女の言葉に耳を傾ける。

「あるとき兄は、いつものようによそ様のトラブルに首を突っ込んで問題を解決しようとしました。でもその途中で、気づいてしまったのです。この問題を解決すると、どうしようもなく不幸になってしまう人がいると。平和主義者だった兄は悩み、そしてその末に──真相とともに姿を消しました。当時まだ幼かった私は、突然兄を失い……三日三晩泣き通しました」

僕は何も言えない。まさか来栖さんにそんなつらい過去があったなんて思いもしなかったから。いつもふわふわして愛らしい彼女は、きっと幸せな人生を送ってきたに違いないと、勝手に思い込んできた自分が恥ずかしい。

「……瀬々良木先輩は、そんな兄と少し雰囲気が似ているんです。優しくて穏やかで、どうしようもない……お人好し。だから、もし《真相》が御剣さんを傷つけると気づいてしまったら、兄のようにいなくなってしまいそうで……怖いんです」

いつか来栖さんは言っていた。僕は、目を離したらいなくなりそうだと。

それは、実際にいなくなってしまったお兄さんを僕に重ねていたからなのか。

名探偵とは事件を呼び寄せ、解決せざるを得ない超常的な因果を持った存在なのだと、来栖さんは言っていた。そしてそんなものは必要ないと、一言のもとに断じた。もしかしたらあのとき、僕に重ね合わせていたお兄さんの幻影を振り払おうとしていたのではないか。

不意に胸のつかえが取れた気がする。もちろん、僕に気があるわけではないというのはショックといえばショックだが、そんな彼女の優しさが、何故かとても嬉しかった。

「——話してくれてありがとう」

不安に揺れる来栖さんの瞳を見返して答える。

「もし、本当に御剣さんが不幸になるんだったら、来栖さんの言うようにその《真相》は明かすべきじゃないと思う」

「……そう、ですよね」

悲しそうに声を震わせる来栖さん。でも、と僕は続ける。

「今回の場合は少し状況が違うと思う」

え、と彼女は顔を上げる。怯えたような、期待するような、そんな視線を向けてくる。

「だって、そもそも御剣さんは、すでに自分の中で《真相》に至ってるわけだからさ。僕らが推理を明かそうが明かすまいが、結論はあるわけでしょ？　ならこの場合、どうあっても彼女は不幸になってしまうわけだ」

「それは……」

「だったらさ、見つけようよ。僕らで、彼女が幸せになる結末を」

無責任でご都合主義な僕の言葉に、来栖さんは戸惑いを見せる。

「……そんなことが、できるんですか？」

「さあ、それはわからないけど」僕は苦笑する。「でもさ、僕の所感だとこの『神薙虚無最後の事件』っていう本は、すべてが曖昧で、基本的には証拠も何一つない、いわば無数の推理を許容する想像の箱庭だと思うんだ。実際、刊行当初から、ファンの間で様々な推理が組み上げられていたみたいだしね。だから、その中に一つくらいは、御剣さんを幸せにできる真相も……あると思うんだ」

後期クイーン問題を引用するほどミステリに詳しくないけれど。

作中の探偵は、自身の解決が真に正しいものであることを作中で証明できない。

つまり逆に言えば。

そこにはまだ、新たな推理が生まれる余地が残されているということだ。

まして『神薙虚無最後の事件』では、探偵が真相を特定していない。

ならば、僕らのように無責任な外野の素人にも、チャンスがある。

「それに御剣さんも言ってたでしょ。今さら真相は藪の中だって。だったら、遠慮なく藪を突いてやろうよ。仮に蛇が出てきたとしても、そのあとに八岐大蛇（やまたのおろち）みたいな強い怪物が出てくるかもしれない。だから最後まで、僕は諦めずに頑張りたいな」

お兄さんはきっと見つかるよ、なんて無責任な気休めは呑み込んだ。

そんな言葉を、彼女は待っていないと思ったから。

「……もし、それでも、幸せな結末なんてなかったら？」

「だったら、無理矢理にでもでっち上げれば良い」胸を叩いて自信満々に言い切る。「想像の箱庭なら、それができる。もちろん、僕には荷が重いかもしれないけど」

僕は煌さんのように頭が良くない。できることなど……限られている。

だからその中で、最大限に御剣さんが救われそうな結末を選択することしかできない。

そう答えると、来栖さんは不意に笑みを零した。

「――やっぱり、先輩は変わってますね」

「変わってる、かな……？」

「ええ、とびきり」

どこか嬉しそうに、来栖さんは立ち上がった。

「すみません、急に変なこと言っちゃって。お食事、すぐに支度しますから、待っていてください」

返事も待たずに、来栖さんはキッチンへパタパタと駆けていく。

僕は何かを言おうと口を開き掛けるが、結局その小さな背中に何と声を掛ければ良いのかわからず口を噤んだ。

それからすぐに豪華な夕食と相成った。僕も彼女も、ご飯にシチューを掛けても大丈夫な派閥に属していたので、カレーライスのように白いご飯の上にたっぷりとビーフシチューを盛って食べた。

来栖さんの料理の腕もさることながら、さすが良い肉だけあってとてもやわらかくて美味しかった。シチューの美味しさにニコニコしながら、来栖さんは、精がつきそうですね！　と言ったがたぶんそれは間違いなく変な意味ではなく、明日に迫った推理発表会への活力になりますね、という意味なのであって、良からぬ期待は慎むのが紳士というもの。武士は食わねど高楊枝的なアレ。

いつもなら食後はお茶を飲みながらしばらく来栖さんと談笑を楽しむのだが、さすがにまだ推理らしい推理もできあがっていなかったこともあり、早々に僕は自室へと戻って頭を働かせることにした。

取っ掛かりはある。それに御剣さんを傷つけない自信もある。

推理なんて初めてのことなので四苦八苦しながらも、少しずつ丁寧に論理を固めていく。

幸いなことに、屁理屈による論理武装には多少の才能があったようだ。

わずかに東の空が白み始めた頃には、何とか一通りの問題を解決してくれそうな推理を用意することができた。

推理発表会は夕方から。

すでに明け方だが、こんな調子では講義に出てもどうせ頭などろくに働かないだろう。

言い訳がましく、早々に自主休校を決め込んで布団に潜り込んだ。
目を閉じるとすぐに睡魔が襲ってくる。
抗えない衝動に身を委ねながら、それでも意識を失う直前、神に祈った。
——どうか、彼女にとって平和な結末を。

第5章

解き放たれた《真実》

1

「――このまえは『毒チョコ』を引き合いに出したが、どちらかというとこれは『黒後家蜘蛛の会（ブラックウィドワーズ）』に近いな」

放課後の《名探偵倶楽部》部室にて。金剛寺煌（こんごうじきら）さんはテーブルを囲んで座る全員の顔を順番に見回して、そんなことを言った。部屋には、僕、煌さん、来栖（くるす）さん、雲雀（ひばり）、そして、どこか緊張した面持ちの御剣（みつるぎ）さんがいる。

この空間の中では一番煌さんの奇行に慣れている雲雀が、自分で淹れた玉露を一口啜ってから、彼女の戯言（たわごと）に応じる。

「どちらにせよアームチェアディテクティブの一種ではありますけど。でも、やっぱり『毒チョコ』のほうが近いんじゃありませんか？　御剣さんはゲストというわけでもありませんし」

「いやいや。確か一度だけ依頼人が飛び込んできたことがあったろう。だから『黒後家蜘蛛の会（ブラックウィドワーズ）』で合っている。ゆえにここは、慣例に倣（なら）い御剣くんにこう尋ねざるを得ない。『あなたは何をもってご自身の存在を正当となさいますか』――とね」

不敵な笑みを浮かべて、煌さんは御剣さんを見やる。御剣さんは、その視線を真っ向から受け止めながら、胸に手を当てて自信満々に言い切った。

「――この身が、《観測者》御剣大の娘であるという事実によって」

その言葉に煌さんは満足そうに頷いた。

「よろしい。では、時間も惜しいから早速始めるとしようか」それからこの場にいる全員を順番に見回す。「さて、では誰から推理を披露するかね？　私は最後がいいぞ」

「……さり気なくいい順番取らないでくださいよ」

僕は、そんな一応の突っ込みを入れてから、一度室内の全員の顔を見やり、改めて御剣さんに向き直った。

「では、僭越ながら一番手は、この僕、瀬々良木白兎が務めさせてもらおうかな。正直言うと、ほかのみんなの推理のあとだとハードルが上がりすぎてつらい」

コホンと少しわざとらしく咳払いをしてから、推理を語り始める。

「『神薙虚無最後の事件』において、解決しなければならない謎というのがいくつかある。一つめは『全員が二階にいたにもかかわらず開かれた久遠寺写楽の寝室』、二つめは『定員オーバーのエレベータ』、三つめは『久遠寺写楽の寝室の密室』、四つめは『何故、館は燃えたのか』――どうだろう？　ほかにも何かあるかな？」

努めて気持ちを落ち着かせて、全員の顔を見回す。

「表面的には、その四つだな」煌さんは腕組みをした。「ほかにも、遺体が電気毛布で温められていたこと、凶器が見つからなかったことなど、謎とまでは言えないまでも気になる要素は数多く残されている。きみの推理はそれらすべてをクリアするのか？」

「まあ、たぶん」曖昧に頷く。「ではまず、これらの謎を解決する推理を語り始めるまえに、僕の推理の前提である、一つの仮定について説明させてもらおうかな」

「前提とは、何ですか？」せっかく淹れてもらったお茶に手も付けず、真剣な表情で御剣さんは尋ねる。

「その前提とは――久遠寺写楽は二人いるってことだ」

いきなりの反則技に戸惑いを見せる一同。しかし、煌さんだけはその可能性も考慮していたようで、落ち着いた様子で切り返してくる。

「そう考えた根拠は？」

「久遠寺写楽が起こした事件、偉業の一つに『衆人環視の中で突然煙のように消え失せた直後、何キロも離れた別の地点に現れた』というのがあるそうですね？」

四日ほどまえに聞いた記憶をさらいながら僕は続ける。

「世界でも屈指のとあるマジシャンが似たような瞬間移動マジックを行ったことがありますが、そのときは双子トリックを用いたと言われてます。というか逆に、それ以外では瞬間移動なんて奇跡、物理的に再現できないんです。しかもこの場合、双子である必要すらない。何故なら、久遠寺写楽はその素顔を黄金のマスクで常に隠し、ボイスチェンジャーで声を変えていたんですから」

マジックとしては本当に単純なトリックだが——逆に、シンプルなほうが気づかれにくいと聞いたことがある。特にマジックを好む人間は『騙されたい』という欲求が強いから。

「だから、証拠はないけど、可能性として十二分にあると考えました。少なくとも背恰好が近い人間であれば、誰でも《久遠寺写楽》という世界的大怪盗を演じられるというのは事実です。もちろん、計画を考える彼の天才的頭脳があって初めて《久遠寺写楽》たり得るのですが」

「……確かに、現実的にありえない話ではありません。いえ、むしろ十分に考えられる仮説です」御剣さんは僕の言葉を十分に熟考してから頷く。「それであなたは、その前提のもとでどんな推理を構築したのですか？」

試すような視線でこちらを見る。僕はその視線をしっかりと受け止めて頷く。

「では、早速本題に入ろう」

お茶で口を湿らせてから、推理の続きを話し始める。

「事件当夜、オルゴール館の内部にはもう一人の人物が存在した。彼が、久遠寺写楽の影武者だ。登場人物表に出ていない人物を勝手に登場させるのは気が引けるけど……あるいは《久遠寺写楽》というのが個人名ではなく一つのチームを表しているとすれば、ぎりぎりフェアと言えなくもないかな」

エラリイ・クイーンもバーナビー・ロスも二人組だし、何なら両者は同一人物だ。今さら《久遠寺写楽》が実は二人組だったと仮定したところでアンフェアと憤るミステリファンはあまりいないだろう。たぶん。まあ、眉くらいは顰めるだろうけど。

「とりあえず、名前もわからないので今後は便宜上彼を《影武者氏》と呼んでいく。影武者氏は、《名探偵たち》に気づかれないようずっとオルゴール館に潜んでいた。もちろん、本物の久遠寺写楽はこのことを知っている。仕事上のパートナーであるわけだからね。しかし《名探偵たち》はこのことを知らない。では《使徒》はどうだろうか。久遠寺写楽のサポートをする彼女たちなら知っていてもおかしくないけど……僕は知らなかったと思う。もしも知っていたなら、事件後に何らかの反応を示しそうなものだし、そもそもこんなクリティカルな秘密をそれほど大勢の人に教えるとも思えないからね。とりあえず、以後その前提で話を進める」

なるべくわかりやすく伝えられるよう、頭の中で要点をまとめていく。

「仕事上のパートナーとして、オルゴール館にはもう一人の人物が住んでいた。そうすると当然、影武者氏の私室も用意されていると考えるのが自然だ。おそらく久遠寺の趣味の部屋と紹介されたどこか……たぶん寝室の隣がその部屋だったのだと思う。そして、久遠寺の寝室と影武者氏の私室を隔てる壁には隠し扉のようなものが設置されており、双方は自由に行き来することができた。犯罪計画の打ち合わせなどで話し合いが深夜に及ぶこともあっただろうし、その都度両部屋の行き来の際、館中にオルゴールの音を響かせるのはスマートではないからね。久遠寺写楽であれば、その程度の細工は簡単だったはずだ」

「多少強引だが、まあ、納得できないほどではない」煌さんは眉を吊り上げて腕を組む。「久遠寺自身も館に隠し通路などが存在する可能性は否定していなかったしな。それで？その前提がどう生きてくるのだ？」

煌さんのアシストに感謝して、ようやく事件の詳細に入っていく。

「まず、御剣氏が久遠寺の寝室から立ち去ったあと、影武者氏は隠し扉から寝室へ入りました。おそらく例の《催し》の準備や最終確認などを行うためでしょう。しかし、ここで想定外のことが起きてしまいました。何らかの理由により口論が発生し、その結果――影武者氏は衝動的に久遠寺写楽を刺殺してしまったのです」

「衝動的に……？　つまり、計画殺人ではない、ということですか？」

どこか不満げに口を曲げる御剣さん。僕は頷く。

「うん。僕の推理ではそう考えないと上手く話が繋がらないからね。まあ、とりあえず落ち着いて話を聞いてくれると嬉しいかな」

微笑みかけてから、また話を戻す。

「さすがに影武者氏は焦ったはず。あの世界的な《怪盗王》久遠寺写楽をうっかり殺してしまったのだから。しかも間の悪いことに、今オルゴール館には《名探偵たち》などという厄介な存在もいる。仮に今すぐ大急ぎで逃げ出したとしても、部屋の扉を開けた瞬間、音楽が館中に流れて三階で何かがあったことは《名探偵たち》にも知られてしまう。だから、エレベータを呼びつけて一階まで降りたとしても、正面玄関へ向かう途中で《名探偵たち》に捕まってしまうのがオチだ。唯一のアドバンテージは、自分の存在がおそらくまだ彼らに知られていないことだ。ならばそれを利用して逃げ出すのが上策。影武者氏は、久遠寺の遺体をベッドに寝かしてから、自室へ戻り、作戦を考えながら室内に残る自身の存在痕跡を消していった。遺体を電気毛布で温めたのは、死亡推定時刻を誤魔化すことで偽装工作を見抜かれないようにするためだ。きっと、実際には発見の一時間以上まえに久遠寺は殺されていたはずだ」

衝動殺人だったために、どうしても殺害後に偽装工作のため時間を割く必要があった。

「凶器を持ち去ったのも同じような偽装工作だ。本当なら、凶器を残しておいて自殺に見せかけるのがベストだけど、衝動的な犯行だったために、自前のナイフを犯行に使ってしまったのだろう。下手な証拠を残して、《使徒》たちにそれが久遠寺の私物ではないと見抜かれては、自身の存在に気づかれてしまうおそれもある。あるいは、何かほかのものを凶器に見せかけようと考えたのかもしれないけど……。現場には都合の良いものが何も無かったために、結局持ち去るしかなかったという事情もあるのだと思う。とにかく諸々の不自然な状況は、影武者氏の突発的な犯行であると仮定すれば、思いのほかすんなり解決するんだ」

少しだけ興が乗ってきた。身体の熱を感じながら、僕は推理語りを続ける。

「さて、自分が存在した痕跡のあらかたを消し終えた影武者氏は、午前二時過ぎ、久遠寺写楽の寝室から廊下へ出た。このとき館中に『エーデルワイス』が響き渡った。これがさっきの謎その一『全員が二階にいたにもかかわらず開かれた久遠寺写楽の寝室』の答えだ。《久遠寺写楽》が実は二人組だったとするだけで、いともあっさりとこの謎は消失する」

全員の顔を一度見回す。全員が黙って頷く。ここまでは何も疑問ないようだ。

「寝室を出た影武者氏は、あらかじめ用意していた合い鍵を使って扉を施錠した。仕事上のパートナーである影武者氏であれば、合い鍵を持っていたとしても不思議はないからね。これが謎その三『久遠寺写楽の寝室の密室』の答えだ。難しいことは何もない」

「そこまでは、な。だが、問題はその先だ」

腕組みをして話を聞いていた煌さんは、挑戦的な視線を向けてくる。

「廊下に出たその影武者氏は、どこに身を隠したんだ？　まあ、きみの推理なら影武者氏は寝室以外にも合い鍵を持っていた可能性があるわけだから、隠れようと思えばどこにでも隠れられたはずだが」

「いえ。犯行後どこかの部屋に身を潜めた可能性は完全に否定できます」

予想された疑問だったので、落ち着いて切り返す。

「神薙虚無らが久遠寺写楽の寝室に到着したとき、まだ『エーデルワイス』は館中に鳴り響いていたと書いてあります。そして、この防犯装置はドアの開閉後、三分間優先的に作動することが久遠寺写楽によって明示されています。つまり、この『エーデルワイス』が鳴り響いている間は、どこのドアも防犯装置のことを気にすることなく自由に開閉できたことになります。これは、一見すると今煌さんが言った、寝室以外の部屋に隠れた可能性を示唆しているようにも思えます。確かにそのとおり、実際この間ならばどこにでも隠れることはできたでしょう。条件とも矛盾はしません。しかし——現実にはありえないんです。だって、隠れることはできても、出ることはできないんですから」

あっ、と。僕の向かいで御剣さんが声を上げた。どうやらそこには気づいていなかったらしい。僕は口元にわずかな笑みを浮かべて続ける。

「このあと、神薙虚無らは、久遠寺写楽の寝室を出て食堂へと向かうわけですが——そこから先、火災警報が鳴るまで館の防犯装置が作動したことは確認されてない。つまり、仮にどこかの部屋に隠れたとしても、そこから脱出することはできないんです。もちろん、ドアからではなく窓から逃げた、というのも論外。館の三階部分に存在するすべての部屋の窓ははめ殺しであったことが、客観的に確認されています。ドアを開けることができたのであれば開けたままにしておく、つまり、ドアに何かを挟み込み完全には閉じないようにすれば再び開けても館中に音が鳴り響くことはないので、これらの問題をクリアできるようにも思えますが、残念ながらそのアイディアも無理です。何故なら、確かにその方法ならば館中に音が鳴り響くことはないのですが、それでも一般ルール——つまり、ドアを開けるとその部屋に音楽が流れる、というルールは適用されてしまうからです。ドアはわずかなりとも開かれているわけですから、三階の廊下にいるとき、神薙虚無らは何かの旋律が聞こえてくることに気づくはず。エレベータから久遠寺の寝室へ向かうまでにすべての部屋の前を一度通ることになりますからね。これでは、ここに誰か隠れていますよと主張するようなものです」

一歩ずつ、丁寧に、論理を重ねていく。

「あと可能性としては、火災警報により神薙虚無らが館の外へと退避するのを確認したあと、ドアを開けて脱出した、ということも考えられますが、出火元が三階であり、神薙虚無らが脱出した時点ですでに三階が火の海だったことを考慮すると、現実的ではありません。まあ、それでも影武者氏が久遠寺写楽とともに心中し、遺体すら残らずに燃え尽きてしまった可能性までは否定できませんが……今はそれは捨て置きましょう。とにかく、これで少なくとも久遠寺写楽の寝室から出て密室を構成した犯人が、どこかの部屋に潜み隠れることはほぼ不可能であったことが証明されました。もちろん、廊下にいたらすぐにでも神薙虚無らによって発見されてしまう――これは困った」

そこでいったんみんなの考える時間を設けるため言葉を切る。

そう、実はこれは――壮大なフェイク。

今回の事件に関して密室構成法などが特に思いつかない人間は、真っ先にこの推理に飛びつく。架空の犯人を作り上げることで、現象を理解したつもりになるのだ。

だが、この事件はそんな幻想、妄想の入り込む余地を残してあるように見せかけておきながら――実は、初めからそんな余地などほとんどありはしないのだ。

あらゆる可能性が否定できないような印象を受けても、その実、非常に雁字搦め(がんじがら)めに限定されており、安直な推論では太刀打ちできないようになっている。

この場合、マスターキー的なものを持つ架空人物による犯行、と推理した場合、今言ったように、部屋を出て密室を構成したあと、どこに消えてしまったのか、という問題をクリアしなければならない。これはむしろ、登場人物の誰かを犯人に仕立てることよりも難しい。

「では、影武者氏はどこに隠れたのか。ここが僕の推理の最大のポイントになるんですが……もう結論を言ってしまいましょう。影武者氏は、エレベータシャフト内のカウンターウェイトに乗ることで、神薙虚無らをやり過ごしたんです」

わあ、と隣に座る来栖さんから感嘆の声が漏れる。僕は嬉しくなり上機嫌に続ける。

「カウンターウェイトというのは、エレベータのかごを吊り下げている金属板のことです。このカウンターウェイトの質量を利用することで、つるべ式のエレベータは昇降できます。そして、このカウンターウェイトは、エレベータのかごが下にあるときは上に、かごが上にあるときには下に行く。これほどエレベータに乗ってやって来る人をやり過ごすのに適した隠れ場所は、ほかにない。これが謎その二『定員オーバーのエレベータ』の答えです」

「ちょ、ちょっと待ってください。あの、もう少し具体的にお願いできますか」

さすがに端折りすぎたためか、御剣さんは悲鳴を上げた。一度頷いて僕は説明する。

「積載人数が二人、頑張っても平均的な体重の人が三名までしか乗れないはずのエレベータに、事件当夜四名もの人間が乗っている――この謎をクリアする唯一の答えが、カウンターウェイトの増量なんだ。言い換えるなら、重りを増やすことで、相対的にかごを軽くした。つまり神薙虚無らが、エレベータのかごに乗り込んだ時点で、すでにヒト一人分の重量がかごから引かれていたわけだ。そして神薙虚無ら四名がエレベータに乗ることができたという事実が、どうしようもなく第三者がカウンターウェイトの上に乗っていたことを証明している」

「――なんて、ことなの」

これにはさすがに開いた口が塞がらない様子の御剣さん。まさかこんな型破りな解法が存在したなんて、予想もしていなかったことだろう。エレベータの問題と密室の問題を同時に解決する荒技。個人的には会心の推理である。

「あとは簡単。上に行くかごと反対に一階へと降り立った影武者氏は、準備のときに用意しておいた五十キロ前後の重りでカウンターウェイトを割増しておく。こうしないと、三階へと上った神薙虚無らが同じ人数で下へ降りてくることができなくなり、トリックがバレてしまうおそれがあるからね。それから、館の一階にいる渡良瀬鈴子（わたらせすずね）らに気づかれないよう館を脱出した。その後、館が炎上したのは時限式の発火装置のようなものをあらかじめセットしていたから。証拠はないけど、その程度であれば細工は容易だしね。謎その四である『何故、館は燃えたのか』だけど、これはやはり影武者氏が存在したという証拠をすべて消し去りたかったからと考えるのが妥当かな。指紋などもすべて燃やしたほうが、

都合がいいだろうし。……以上が僕の推理になります。拙い推理に耳を傾けてくださって
ありがとうございました」
有終の美を飾るように恭しく頭を下げてから、全員の顔をゆっくりと見回して尋ねる。
「何か、質問はありますか？」
真っ先に反応したのはやはりというか、煌さんだった。
「いや、見事だ。ここまで立派な推理を用意してくるとはさすがに想定外だった。だが、
きみのその推理には二つほど詰め切れていない点があるぞ」
「……どこでしょう？」思わず身構える。
「《久遠寺オルゴール》だよ。きみのその推理では、《久遠寺オルゴール》の存在について
上手く説明ができていない。何故、久遠寺写楽はオルゴールを《名探偵たち》に託したの
か。オルゴールの中には何が隠されていたのか……。まあ、本筋と関係ないと言ってしま
えば関係ないのかもしれないが、まったく触れないというのはどうにも気持ちが悪いな」
鋭い指摘だった。そしてそれは、僕自身が気になっていながらも詰め切れなかった点。
「ついでに、御剣氏に語った久遠寺写楽の最後の言葉――『あのお嬢さんはきみが守って
やるんだぞ』という言葉の意味も説明しきれていないな。神薙虚無は、御剣氏からその話
を聞いて何らかの真相に達したのだから、その言葉には少なからずヒントが隠されている
と考えるのが自然だろう」
容赦ない指摘に、さすがに僕は両手を挙げて降参する。

「――そう、なんですよね。この推理だと、どうしても《久遠寺オルゴール》《久遠寺写楽の最後の言葉》という二つのピースが余ってしまいます」

少なくとも《久遠寺オルゴール》の中には、御剣さんが恐れる《真相》が隠されているので、どうにかして推理に絡めたかったが、僕の閃きにそのピースは嵌まらなかった。つまりこの推理は、御剣さんが恐れていた《真相》とはまったく異なるものだ、ということになる。《真相》自体が見えていないので、これが彼女を救うことになるかどうかはわからないけれども……でも、僕の推理は誰も傷つけない。

ならば、そんな平和な解決が一つくらいあっても許されるのではないか。

「二つのピースは、この推理の展開上もう入る余地もないので、単純に久遠寺写楽が行おうとしていた《催し》に関連するもので、本筋とは無関係と見なしていました。やっぱり、まずいですかね？」

「まずくはないが、ピースが余るのはあまり美しくないな」煌さんは苦笑して肩を竦めた。「まあでも、本筋として矛盾はないし、推理としては十分及第点だろうね」

煌さんは御剣さんを見やる。御剣さんは、腕組みをして、検討するように人差し指でリズムを刻んでいる。

「――そう、ですね。かなりいい線いっていると思います。少なくとも、今まで私が聞いたことのある『最後の事件』の推理の中ではトップクラスによくできた代物です。特に、エレベータのトリックが秀逸ですね。まさか、そんな方法で第三者犯人説をここまで現実的なものにするとは思ってもいませんでした」

　そこでようやくお茶を一口啜る。

「確かに、今、金剛寺さんが指摘したとおり、まだ詰めは甘いかもしれませんが、この推理を土台にして、今の問題点を解消していけば、より素晴らしい推理にもなるでしょう。それこそ、私の中の《真相》を超えたものにさえ昇華するかもしれない。――あなたのおかげで少し希望が見えました。ありがとうございます」

　御剣さんはどこか晴れ晴れとして言った。それを見て、ひとまず胸をなで下ろす。

　僕にはこれが手一杯だけど……希望を残せたのであれば、頑張った甲斐があった。

　ちらりと隣の来栖さんを窺うと、彼女もまたこちらを見上げており、目が合った瞬間にこりと微笑んでくれた。最高のご褒美（ほうび）だった。

「さて、これで助手の第一の推理は終わったわけだが……。次はうんじゃく、いけるか」

　煌さんの言葉に雲雀は少し緊張した様子で、ハイ、と答えた。

2

「――こういうことの作法はよくわからないから、僕も瀬々良木くんの推理をなぞっていきたいと思うよ。ただしさっきの四つの問題点にプラスして、謎その五『《久遠寺オルゴール》の秘密』と、謎その六『久遠寺写楽最後の言葉』についても言及していくね」

どうやら雲雀の推理は、僕の推理の問題点を補うものらしい。この文学青年然とした友人がどのような推理を展開するのか予想もできないだけに、興味津々で彼の言葉に耳を傾ける。

「僕も、瀬々良木くんと同じく第三者犯人説を採用したよ。ただ、瀬々良木くんのように上手くアンフェアを回避していない。つまり、本当に登場人物表にいない人物が犯人であり、そしてそれは、本当に久遠寺写楽や神薙虚無らと無関係の人物であるとした」

「……?」

雲雀が何を言わんとしているのかわからない。僕だけではなく、皆訝しげな表情で雲雀の口元を見つめている。しかし、お構いなしといった様子で、雲雀は平然と続ける。

「犯人の正体は追々説明するとして、今は名前もわからないので便宜上Xさんとしておこう。では、早速始めようか。と言っても、犯行自体はとてもシンプルなものなんだけど――」

そこでいったん言葉を切り、雲雀は穏やかに微笑んだ。

「結論から言ってしまうと、犯行時このXさんは、久遠寺写楽の寝室のステンドグラスを割って、内部に侵入して犯行に及んだんだ」

「ちょ、ちょっと待ってください」御剣さんは少し慌てた様子で雲雀を止める。「いくらなんでもいきなりそれは暴論すぎます。第一、久遠寺写楽の寝室は三階なんですよ。そんな高さまでどうやって上っていったんですか」

「質問は後ほど」雲雀は落ち着いた様子で御剣さんを制する。「これからその詳細について説明していくね」

意外なほど場慣れした様子の雲雀は、冷静な口調で続ける。

「まずこのXさんは、ステンドグラスを割って内部に侵入した。確かステンドグラスの大きさは、五十センチ四方と記載されていたね。よほど大柄な人でない限り、十分に潜り抜けられる大きさだ。侵入後、Xさんはベッドの上で眠っていた久遠寺写楽を殺害する。ナイフで腹部を一突き。侵入に比べたら楽な仕事だ。それから急いで割ったガラス片を片づける」

ここまではかなりの暴論だが、どうやってこの先『理不尽さ』を払拭するつもりなのか。

「では、続けようか。久遠寺写楽の殺害という最大目的を終えたXさんの次なる目的は、以下の三点『久遠寺写楽の寝室を家捜しすること』『速やかに現場から逃げ去ること』『訪れている《名探偵たち》に犯行を気づかれてはならないこと』。一点目は、後ほど補足するから今は気にしないで。二点目は簡単に達成できるね。入ってきたのと同じ場所から脱出すればいい。でも、問題は三点目だ。このXさんにはどうしても《名探偵たち》に犯行を気づかれてはならない理由があった。もちろん、時限式発火装置を仕掛けてあるから、最終的にすべて焼き払う予定だったんだろう。でも、少なくとも犯行後しばらくは自分の存在に気づかれてはならず、また事件後《名探偵たち》には不可能犯罪であったという証言もしてもらわなければならなかった。《名探偵たち》が館を訪れているとき犯行に及んだのは、彼らを証言者として利用するためだ。Xさんはそのためにいくつかの細工を施した。そのうちの一つが、エレベータを一階へ向かわせておくことだ」

「いい加減にしてください！」抽象的な説明に、御剣さんは怒りだす。「あなたの推理はまったくもって的外れです！　三階へどうやって侵入するのかもわからなければ、ここでエレベータを一階へ向かわせる理由もまったくわかりません！　説明するつもりがあるのなら、もう少しわかりやすく説明してください！」

怒鳴りつけられ萎縮しているかと思いきや、雲雀は落ち着いた様子で、首を傾げた。

「御剣さんは、疑問に思わなかったのかな？」

「な、何がですか……？」

「御剣氏は少し気にしていたみたいだよ。オルゴール館に、シャンデリアがないことを」

確かに、館へ到着した際、シャンデリアに関する描写はあったが、この状況でそれが登場するのはよくわからない。雲雀はその事実からいったい何を読み取ったというのか。御剣さんも来栖さんも、僕と同じように不思議そうな表情で雲雀に目を向けている。

雲雀は、口元で手のひらを合わせ、柔らかく微笑む。

「僕は、父の仕事の関係で小さい頃、ヨーロッパの国々を数多く巡ったことがあるんだけど……。少し大きなお屋敷には、必ず一つはあったんだよね、シャンデリアが。玄関ホール、食堂、来賓室——多く人の目に触れそうな場所には必ず、天井から吊り下げられた豪奢なシャンデリアがあった。どれだけ落ち着いた内装のお屋敷でも、落ち着いたなりのものが天井からぶら下がっていたんだ。だから、いくら久遠寺写楽の趣味とはいえ、洋風建築であるオルゴール館にそれがないのが、僕には不思議でならなかった」

その観点は、雲雀ならではのものだ。そして、先日『世界の建築』という本を読んでいたのは、そのことを確認するためだったのか、と今になって気づく。

「逆に、どれだけ内装が洋風で豪奢であっても、シャンデリアがない場所も存在する。どこだかわかるかな？」

答えがわからず戸惑う僕ら。見かねたのか、煌さんが助け船を出す。

「――ズバリ、客船だな」

「そのとおり」満足そうに雲雀は頷く。「もちろん、何事にも例外はあるけど、客船には基本的にシャンデリアなどの吊り下げ式の照明器具は取り付けられない。だって、揺れたら危ないでしょう？」

ようやくここに来て、雲雀が言わんとしていることが理解できた。理解できてしまった。

ああ、なんて壮大で馬鹿げた推理――っ！

僕の理解を察したらしく、雲雀はとても嬉しそうに続ける。

「ほかにも列車や飛行機――移動するもの、動くものにシャンデリアは取り付けられない。つまり逆に言えば、このオルゴール館にシャンデリアが取り付けられていないのは動くからではないか、と僕は考えた」

「オルゴール館が……動く？」

理解できないのか、御剣さんは眉を顰める。きっとそんな馬鹿なことは考えたこともなかったはずだ。雲雀は御剣さんの自問のような言葉にも、丁寧に頷いた。

「そう、オルゴール館は動くんだよ。上下に――まるでエレベータのように」

「……っ！　そんな、まさかっ！」

御剣さんも気づいたらしい。驚愕に目を見開いて雲雀を見つめた。

「そのまさかさ。より正確に表現するなら、オルゴール館自体が巨大なエレベータそのもの、って感じかな。つまり、この館ではエレベータと建物の役割がまったくの真逆なんだ。エレベータのかごは、実際には地面に固定されていた。だから、重量制限とか人数制限とか、本当は何の意味もなかったんだよ。だって、エレベータのかごは動かないんだから。では、この前提のもとで、もう一度初めから詳しく話していこう。真犯人Xさんが、久遠寺写楽の部屋に侵入したとき、エレベータは三階にあった――つまり、館の三階は実質的には館の一階分の高さしかなかった。これが《三階にある久遠寺写楽の寝室にどうやって侵入したのか》という問いの答えだ。一階の窓を割って中に押し入るくらい、特別な技術がなくとも楽にできる」

開いた口が塞がらないというふうに静止する御剣さん。気持ちはわかる。そんな馬鹿みたいに壮大なカラクリ、まともな人間には思いつきもしないだろうから。

「さて、久遠寺写楽の寝室へと侵入し、諸々の作業を終えたXさんは、寝室を出てエレベータのかごを一階へと向かわせた。理由は二つ。一つは寝室から廊下へと出ることで館全体に『エーデルワイス』を流し、犯行を《名探偵たち》に気づかせるため。もう一つは、一刻も早く《名探偵たち》を現場にやって来させることで、密室を完成させるためだ。一つめの理由は簡単だね。もし仮に、Xさんが寝室のドアを開けないまま現場を脱出してしまったら、火の手が上がるまで誰も久遠寺写楽の死に気づけない。それでは、Xさんは困る。どうしてもXさんには、《名探偵たち》に久遠寺写楽の死を知ってもらい、そしてそれが密室であったということを、後々証言してもらわなければならなかったんだから。その理由については後ほど説明するとして、問題は二つめ。Xさんにとっては《現場が密室であった》ということはとても大きな意味をもつ。そのためにはどうしても、犯行時点では三階にあるエレベータのかごを一階へ運んでおかなければならなかった。何故なら、そうしなければ、密室が開かれてしまうからだ」

「……悪い、ちょっといいか?」僕は話に割って入る。「エレベータのかごを一階に運んでおくことがそんなに重要なのか? 結局は館の一階から三階まではエレベータでしか繋がってないから、一階エレベータ前に着いた神薙虚無たちは仮にかごが三階にあったとしても、ただ呼びつけて乗り込むってだけの話じゃないのか?」

「瀬々良木くん、自分の推理を忘れちゃ駄目だよ。さっき自分で言ってたでしょ。第三者犯人説を採用するのであれば、犯人がどこへ消えたのかを検討しなければならない、って。そして、隠れられるけど出られないという事実を、クリアしなければならない、って」

確かにそれは僕自身が言ったことだ。言葉に詰まり、眉を顰める。

「さっきの瀬々良木くんの推理でも引き合いに出されたように、もしも第三者犯人説を採用するのであれば、どこか別の場所に隠れることはできても出ることはできない、という状況を覆さないといけない。逆に言えば、その状況を覆すことができてしまったら第三者犯人説は一気に信憑性を増すことになるわけだ。だが、Xさんはそれでは困るんだ。久遠寺写楽は完全な密室の中で死亡していた。不審な点は多少あるが、密室を破れない以上、彼は自殺だった——そう警察に結論づけさせることが目的だったんだからね」

「そこまではわかるよ。実際、現場はほとんど完全な密室で、事実、警察捜査でも自殺と断定されている。つまり、犯人の狙いどおりの結末になったわけだ。でも、それとエレベータのかごを一階へ運んでおくことの関係がわからない」

「簡単な算数だよ」

雲雀はあくまでも優しく語る。

「この問題のヒントとなる描写がいくつか散見しているね。たとえば、御剣氏が初めてエレベータに乗ったとき、『ゆっくりとした動きだ』と評しているところ。具体性のない発言だけど、主観的にそう感じる速度であった、という事実は重要だね。ちなみにこのとき『上昇感をまったく感じなかった』とも書いてある。僕はこれをエレベータ自体が動いていないことの傍証としたよ。ほかにヒントとなる描写としては、事件発生時、『エーデルワイス』を聞きつけた神薙虚無らは大急ぎで久遠寺写楽の寝室へと向かうわけだけど、寝室の前までやって来たときにはまだ『エーデルワイス』が鳴っていたとも書かれている。これはつまり、館の二階から一階へ下りて、エレベータに乗り込み三階へ上り、そこから久遠寺写楽の寝室へと辿り着くまでが三分以内で完了することを意味する。では次に、当て推量ながらこの時間をちょうど三分と仮定したときの内訳について考えてみよう。まず、『エーデルワイス』が鳴り始め、全員が自室から廊下に飛び出し、行動の方針を定めて動きだすのに一分、館の二階から一階エレベータ前まで全力疾走で三十秒。三階到着後エレベータから降りて久遠寺写楽の寝室をマスターキーで開くのに三十秒と考えると――エレベータが一階から三階へと上るまでに要する時間は約一分と考えられる。これはかなり余裕をもった値だから、実際には一分強だと思うけど……。わかりやすいように、一分ということで話を進めるね。ここまでは、大丈夫かな？」

記憶を整理するように小難しい表情でこめかみを叩きながら、御剣さんは頷く。

「では、続けよう。とにかく、都合良くそのような感じで事が進んだけど……計算すると実際にはかなりぎりぎりだったことがわかる。でも……もしも、エレベータが三階で止まっていたとしたら、どうかな？　さっき瀬々良木くんは、エレベータを一階に呼び付けて乗り込むだけだ、って言ってたけど……とんでもない。そんなことをしたら、エレベータが三階から一階へと下りてくる時間――一分も時間を余計に使わなければならないことになる。つまり、呼び付けたエレベータに乗り込んで三階へ向かう途中で、『エーデルワイス』は停止してしまう」

「——なるほど。第三者犯人説の不可能性が崩壊するために、自殺という結論には至らないというわけですね」

ようやく理解に至った様子の御剣さんを見て、雲雀は満足そうに微笑んだ。

「そのとおり。一度、『エーデルワイス』が停止してしまえば、神薙虚無らが久遠寺写楽の寝室に踏み込む際、もう一度三分間、館中に『エーデルワイス』が鳴り響くことになる。そしてその間は、どこの部屋のドアでも自由に開閉することができる。つまり、隠れることはできても出ることはできない、という第三者犯人説を採用する上で避けては通れない条件が崩れることになる。『犯人は久遠寺写楽の寝室に鍵を掛けて抜け出したあと、三階の別室に身を潜め、神薙虚無らをやり過ごした。その後再び「エーデルワイス」が鳴り響き、彼らが現場の調査をしている隙を狙って別室から抜け出し、エレベータを使って一階へ下りてそのままオルゴール館から逃げ去った』——そんなシナリオも十分に描けるわけだね。Xさんは、何が何でも久遠寺写楽は自殺だったと、そう警察に結論づけてもらわなければならなかった。だから、エレベータを一階に向かわせておいたんだ」

何という、論理の暴力。

雲雀は非常に強引で非現実的な結論を、圧倒的な論理と屁理屈で押し通し正当化してしまったのだ。さすがとしか言いようがない。

しかし、まだその論理は完結していない。

「だが、だとしたらあの密室はどうなる？　仮に雲雀の推理が正しかったとしても、第三者犯人説の条件、『隠れられても出られない』っていう問題があるのは変わらないだろ？」

こちらを見てニコリと微笑み、雲雀は話を進める。

「では、Xさんがどうやって密室を構成したのか、という話に移ろう。寝室のドアを開き《名探偵たち》に犯行を気づかせた上で、エレベータを一階へと向かわせたXさんはそのまま急いで、久遠寺写楽の寝室へと戻った。そしてドアに鍵を掛け、そのまま入ってきたときと同じステンドグラスが嵌められていた穴から外へ出たんだ。このとき、エレベータはすでに一階へ向かっている——つまり、館全体が上昇を始めているから、急がないと下りられなくなっちゃうけど、速度自体はゆっくりとしたものだから、高くても脱出する時点では五メートルくらいだろう。その程度ならば、怪我をせずに飛び降りることも容易なはずだよ」

「確かに、脱出すること自体は難しくないと僕も思うけど……。問題はそこじゃないだろ？　神薙虚無たちが寝室に踏み込んだとき、ステンドグラスは割られていなかった。というか、割られていたら密室でも何でもないことになるだろ。でも、実際おまえの推理だとすでにステンドグラスは割られている——この問題をどう解消する？」

そう、それが雲雀の推理の最大の問題。覆水は盆に返らないし、零れたミルクもまたコップには戻らない。しかし、それでは現実に観測された事象と反することになる。

この問題をどう解消するのか。固唾を呑んで次の言葉を待つが、しかし雲雀は何も問題ないといったふうに平然と答える。

「簡単だよ。脱出が終わったあと、あらかじめ用意してあった五十センチ四方のステンドグラスを、外から空いた枠に嵌め込めばいいだけさ」

「……いや、ちょっと待て」あまりにも単純な回答だったためさすがに突っ込む。「確かに、論理的にはそうかもしれないけど、現実的には無理だろ。だって、神薙虚無たちが丁寧に現場検証してるんだぞ。そんなのすぐに気づかれるだろ」

「そうかな？ ステンドグラスが枠にキッチリと収まって、なおかつ軽く押した程度では動かないように瞬間接着剤なんかで固定されていたとしたら、そう簡単にはバレないと思うけど。そもそも神薙虚無らは、久遠寺写楽の寝室に初めて入るわけだし、館の仕掛けだって知らないんだから、まさかそんな三階のステンドグラスを割って犯人が出入りをしたなんて、それこそ夢にも思わないんじゃないかな」

「でも、そのあと警察が来て、もっと精密な捜査をしたらそんな簡単な仕掛けすぐに——」

「いやだなあ、瀬々良木くん。だから、オルゴール館を炎上させたんじゃないか」

驚きのあまり言葉を呑む。そうか——そこでそう繋げるのか。

「このXさんは別に長期的に捜査を攪乱（かくらん）するつもりなんて微塵も持ち合わせてはいなかった。久遠寺写楽の遺体が発見されてから館が炎上するまでの間だけ、《名探偵たち》の目を誤魔化すことができればそれで良かったんだ。仮にその後、真相を言い当てられたとしても、すでに証拠なんて残ってないんだから」

「……そこまではわかりました」

腕組みをしながら熱心に話を聞いていた御剣さんは、そこで話を遮った。

「最初はただの暴論とも思いましたが、なかなか論理的に聞こえてきました。本当にすごいことだと思います。でも……だとしたら、そのXさんとやらはいったい何者なんですか？　久遠寺写楽にも、神薙虚無にも無関係の人間が、何故ここまで複雑に入り組んだ理屈の上で行動しなければならないんです？　いったい、このXさんは何が目的なんですか。いい加減、そのあたりのことも説明してください」

「ごめんね。少し遠回りをしすぎた。でもこれで、さっき挙げた四つの疑問『全員が二階にいたにもかかわらず開かれた久遠寺写楽の寝室』、『定員オーバーのエレベータ』、『久遠寺写楽の寝室の密室』、『何故、館は燃えたのか』にはすべて答えたことになる。これでようやく準備が整った。いよいよこれから、犯人Xさんの正体について言及していくよ」

雲雀はゆっくりと室内を見回し、それから至極真面目な顔つきで言い切った。

「Xさんの正体は——政府が秘密裏に雇った暗殺者だよ」

…………。

「……はい？」

さすがの御剣さんもまさかの展開に、惚けた顔で何とも間の抜けた声を上げた。

声こそ上げなかったが、僕も戸惑う。ここまで来てそのオチはいったい……？

　不信感丸出しで雲雀を見つめる僕らだったが、しかし雲雀は真顔のまま続ける。

「いや、その反応もごもっとも。政府陰謀論なんて荒唐無稽の極みと思うだろうけど、こう考えれば都合良く色々と説明がつくんだ。たとえば事件のあとで、警察があっさりと『久遠寺写楽自殺説』に飛び付いたのは何故か？　一見すると、ちゃんと捜査をした上での結論みたいになってたけど、本当にそうかな？　証拠はすべて焼失し、生存者の証言のみから事件を捜査したとはいえ、そんなほかに方法が考えられないから自殺、なんて消極的な結論で本当に許されるのかな？　まして、被害者は世界的大犯罪者の久遠寺写楽。きっと、世界中でたくさんの人から恨みを買っているはず。ならば真っ先に疑うべきは、やはり暗殺なのでは？　にもかかわらず、あえて最も高い可能性には目を瞑りつつ、無難で妥当な自殺という結論を採用したのは何故か。それは、そうしたほうが都合の良い人間がいたからだ。おそらく、政府は警察に何らかの圧力を掛け、この無難で妥当な結論を強引に採用させたんだろうね。ましてそれが不可能犯罪ならば——安直に飛び付きたくもなる、という狙いもあった。そして、結論の出た事件は解決した、と見なされもうそれ以上詳しく捜査されることもなくなり、やがて憶測ばかりが幅を利かせ始めて真実が仮説に埋もれて希薄になる——。これはまさに、この現実が辿ってきた歴史そのものなのでは？」

　そう自信ありげに言われてしまうと、上手く反論できない。

　確かに、あれだけの疑問点を残していながらも、自殺説を採用した警察の結論は少々強引だったと言えなくもない。少なくとも——第三者犯人説をもう少し真剣に検討しても良かったのではないか、とは思う。しかし、報告書によると（報告書だけでは判じられないが）、そのあたりにはさらりと触れただけで、あとは真っ直ぐ自殺説へ進んでいったような印象を受けた。

おまけに久遠寺は世界的な大犯罪者であり、そのアジトが判明したのであれば、何としてでも捕らえ、必要に応じて暗殺しよう、と考える勢力が現れることも一概には否定できない。

すべて証拠のない机上の空論であるが——それゆえに、否定材料も存在しない。

まさしく、この事件が生み出した亡霊とも呼ぶべき推理だ。

「先ほど保留にした、Xさんの目的その一『久遠寺写楽の寝室を家捜しすること』は、割ったステンドグラスの片付け後、速やかに行われたものと考えられる。目的はもちろん、政府にとって都合の悪い情報が隠されていないかを確認するためだ」

久遠寺は義賊だったらしいので、何かしら政府の弱みを握っていたとしても不思議はない。

「また政府が関与しているなら、施工業者に確認を取って同じステンドグラスを事前に準備しておくことも容易だろう。それに、捏造疑惑による炎上が政府主導によるものなのだとしたら、同時に目障(めざわ)りだった《名探偵たち》を社会から抹殺するための工作だったと考えれば都合が良い」

炎上騒動にまで推理を絡められたらもう何も言えない。

「あと残っているのは細かな疑問だけだ。あえて急所を外して腹部を一突きにして凶器を持ち去ったのは、不可能性の補強だね。少なくとも《名探偵たち》には、館が燃え上がるまでの間、本質とは異なる部分で頭を悩ませておいてもらう必要があった。これがたとえば、心臓を一突きで凶器も残しておいたとしたら、謎が大幅に減って思考のリソースを都合の悪い部分に割かれるおそれがあるからね。そして作中で渡良瀬が推理したように、自分を刺したあと久遠寺自ら凶器を隠した可能性という逃げ道を残しつつ、久遠寺の人間性から自殺説を補強できればもう文句はない。電気毛布の件も、瀬々良木くんと同様の理由で説明が付く」

雲雀は、再び全員をゆっくりと見回して、大きく息を吸い心地の好い澄んだ声で言った。

「結論。久遠寺写楽は、政府の陰謀により暗殺された。実行犯であるXは、真実を闇へ葬り去るために、様々な細工を施して現場を去った。そして《名探偵たち》は計画に利用され、その後社会から抹殺された——。以上が僕の推理です。ご清聴ありがとうございました」

そして立ち上がり、恭しく頭を下げるのだった。

知らず知らずのうちに、御剣さんを除いた僕ら三人は、雲雀に拍手を送っていた。

タイミングを見計らったように、煌さんは言う。

「いやはや見事だ。今までも冗談半分に政府陰謀論を唱える輩（やから）はいたが、ここまで真っ向からこの問題に取り組む人間はいなかったはずだ。論理性といい、インパクトといい、申し分なし！　素晴らしいぞ、うんじゃく！」

「そうですか……？　照れますね」

　雲雀は恥ずかしそうに眼鏡のつるを押し上げる。普段控えめであまり前に出ないタイプだから、こうして注目を浴びて褒められることに慣れていないのかもしれない。

　それから煌さんは姿勢を正して、雲雀に問い質す。

「ところで確かきみは、推理の最初に『《久遠寺オルゴール》の秘密』、それから、『久遠寺写楽最後の言葉』についても言及すると言っていたが、あの話はどうなったんだ？」

「すみません。大事なところを忘れていましたね」雲雀は慌てた様子で答える。「久遠寺写楽は、政府に不穏な動きがあることを察していたんだと思います。いくら秘密裏に計画を企てていたとはいっても、彼は世紀の天才です。危険察知能力は抜群に高かったはず」

「それは、そうかもしれないな。大胆であると同時に慎重でもなければ、あれだけの数の犯罪を警察に捕まることなく行うなんて、とてもできなかっただろう」

「だとしたら、です。今際の際に、最後の賭（か）けをしたとは考えられないでしょうか？」

「最後の、賭け？」煌さんは首を傾げる。

「ですから、難解な秘密箱の中に《真実》——つまり、自身を殺したのが政府である、というメッセージを隠して、それを《名探偵たち》に託したんです」

「つまり、遺言ということか！」煌さんは指を鳴らす。

「そう言い換えても差し支えないでしょうね。何故なら、そのメッセージを残さなければ、自身の死の真相は政府によって永遠に闇の中へと葬り去られてしまうわけですから。もちろん直接的ではなく、きっと何らかの暗号か比喩的な表現でそれは書かれていた。直接的に書いてしまったらその存在がどこかへ漏れたとき、《名探偵たち》まで政府に命を狙われてしまうかもしれません。だから、その逃げ道としてぼかした《言葉》を残した。それでも、神薙が最初、久遠寺は一縷の望みを託した。それがどのような意味を持つのか理解できなかったのはそのためです。あるいは、自身に匹敵する頭脳を持つ神薙虚無にならば、このメッセージが伝わるかもしれないという想いを込めて、《久遠寺オルゴール》を託したんです」

雲雀はどこか悲しげな表情を浮かべて言葉を濁した。

もしそうであったならば、やるせない。直接神薙たちに助けを求めたら、彼らを道連れにしてしまうかもしれないし、何もしなければ、真相は永遠に闇の中。そこで苦肉の策としての《久遠寺オルゴール》か。なるほど、心理的にも十分納得がいくし、御剣大が《久遠寺オルゴール》の存在を隠したのも、自分たちの身を守るため、と考えれば筋が通る。危険を冒してまで《久遠寺オルゴール》を現存させたのは——久遠寺への敬意ゆえか。

その後の炎上騒動で反論を挙げなかったのも、下手なことを言っては自分たちも命を狙われるかもしれないと考えたからか。

　煌さんもその説明で満足したように次の質問へと移った。

「館自体が巨大なエレベータになっている、という説は壮大で非常に面白いものなんだが……そもそも、何故久遠寺はそんな仕掛けを作ったんだ？」

「それはもちろん、《名探偵たち》を館に招いて驚かせるためでしょう」事もなげに雲雀は答える。「エンターテイナーですからね。誰かを驚かせ、あるいは楽しませるためであれば労力を惜しまないでしょう。おそらく久遠寺写楽が食事のときに言っていた《催し》というのは、この館の構造を利用した何らかのトリックだったんだと思います。そして『久遠寺写楽最後の言葉』は、遺言というか彼なりのお節介で、おそらく久遠寺写楽は御剣氏の星河かぐやに対する仄かな恋心に気づいて、それとなく発破を掛けたのでしょう」

「ふむ。あの《怪盗王》ならば十分にありうるか」

　煌さんは口元に手を添えて呟き、今度は御剣さんに話を向ける。

「どうだろう御剣くん、この推理は。少し非常識すぎて、お気に召さないかな」

「――いえ」御剣さんは、どこか余裕のある含み笑いを浮かべる。「むしろ、先ほどの瀬々良木さんの推理よりも個人的には気に入ったくらいです。瀬々良木さんの推理は、非常に論理的かつ現実的であり、それゆえに外連味には欠けるものでしたが、今の雲雀さんの推理は、本当に荒唐無稽で馬鹿馬鹿しくてあり得そうにないのに、逆にそれが妙な説得力になっていて、とても私好みです」

そこまで言って、今度は雲雀に視線を移す。

「でも、一つだけ気になることがあります」

「なにかな?」雲雀は首を傾げる。

「瀬々良木さんの推理で、瞬間移動は影武者がいなければ成立しない、というような話が出たと思うのですが、あなたの推理ではその影武者に該当する人間がいませんね。どうやって久遠寺写楽がそれらの奇術を使ったのか——何か、考えはあるのですか?」

「根拠のない仮説だけど、一応。久遠寺写楽は、小柄な老人であった、という記述が作中にあったと思うけど——小柄であったのならば、《使徒》の誰か、つまり女性でも十分に影武者たり得たんじゃないかな。そう考えると、無理に新しい協力者を生み出さなくても、こと足りると思うんだ。何せ久遠寺写楽は、黄金マスクで顔を隠し、さらにはボイスチェンジャーで声まで変えているくらいだから」

それもそうですね、と御剣さんは頷いた。

「お見事です。これで今のところ疑問はすべて氷解しました」

「良かった、お気に召したようで何よりだよ」

文学青年然とした雲雀は、控えめに喜ぶ。

「でも大したものだな」僕は雲雀に賞賛を送る。「最初は何を言い出すんだこいつって思ったけど、強引に納得させられた気分だ。パワー系推理というか、論理で殴るというか」

「ね、本当にすごいです!」来栖さんも嬉しそうに賛同する。「雲雀先輩、やっぱり頭が良いんですね！　それに常識に囚われない発想が素晴らしいです！」

「ありがとう、でもそんな手放しに褒められるようなものでもないんだ」

　雲雀は照れたように頰を搔く。

「初めからインパクト重視で推理をしていたからね。エレベータのトリックを思いついたら、あとはそれっぽく屁理屈を付け足していった感じかな。まえに御剣さんも言ってたけど、二十年もまえの事件なんて今さら真相は藪の中だよ。ならとびきりトリッキーな推理をプレゼントしようって思ったんだ」

　堅物なのかと思いきや意外とエンターテインメントがわかっているのだな、と新たな一面を知って驚く。そういえば、忘れがちではあったが、こいつは広報サークルの一員なのだった。ならば、そのくらいのサービス精神は持ち合わせていて然るべき、か。

　何だか室内が和やかな雰囲気になってきたところで、御剣さんは軽口を飛ばす。

「これならあと一つまだ推理が残っているとしても、私は十分満足ですね。何なら、もう帰ってもいいくらいです」

「おや、帰るのかい？　まだメインディッシュたる私の推理が残っているが」

　煌さんはどこか不気味に微笑みながら言う。

「まあ、真実に向き合う勇気がないというのであれば、止めはしない。きみの自由さ」

「――なかなか面白いことをおっしゃいますね」

　どこか剣吞な様子で煌さんを見返し、冷めたお茶を一気に呷って御剣さんは言う。

「あなたの推理は、今の推理よりも優れたものなのですか、金剛寺煌さん？」

挑発するような言葉に、しかし煌さんは戯けたふうに肩を竦める。

「なあに、うんじゃくの推理と比べたら、インパクトに欠けたつまらない推理だよ。しかし——往々にして、真実とはそういうものだと思わないかね？」

その言葉に、僕は眉を顰める。

いったいこの人は何を言い出すつもりなんだ……？

不穏な空気が室内に満ち始める。

「今まで二つの推理が出てきたわけだが、助手のものも、うんじゃくのものも非常によくできていたと思う。正直私は素直に感心した。甲乙付けがたいとはまさにこのことだ。しかし……どちらの推理にも穴がある。たとえば、助手の推理では、影武者が久遠寺の寝室の合い鍵を持っていたというのが怪しい。だって影武者は、私室から隠し扉を通じて自由に久遠寺の寝室を行き来できたわけだろう？　ならば、私室の鍵さえ持っていればそれだけで事足りる。わざわざ久遠寺の寝室の合い鍵を持っている理由がないのだ。合い鍵がないとすると現実的な動きとして影武者は、久遠寺の寝室のドアを開けて『エーデルワイス』の旋律を館中に鳴り響かせた後、ドアを閉めて施錠し、隠し扉を通じて自室へ戻ってから廊下に出たことになるけど……。そんな余計な動きをしていて、本当に神薙たちがエレベータに乗り込むまでにカウンターウェイトへ辿り着けるものかな。加えて助手の推理では、そのとき影武者は五十キロくらいの重りも運んでいたのだろう？　助手の推理が現実的に可能だったとは到底思えないよ。超人的な運動能力を持つ私にだって多分無理だ。つまりこの仮説は机上の空論ということになる」

容赦なく、煌さんは僕の推理を否定した。

「そして、うんじゃくの推理はもっと簡単だ。もし本当にオルゴール館全体がエレベータのように上下するのであれば、オルゴール館の地下には巨大な空洞が広がっていることになる。そんなわかりやすいものを——後の捜査で警察が見落とすとは考えにくい。仮に実際には見つかっていたが、政府主導による箝口令で表に出ていなかったのだとしても、こんな大事を隠し通すことなんて不可能なはずだ。捜査員は大勢いただろうし、なにより人の口に戸は立てられないからね。さらに言うなら、肝心のエレベータは事実上、御剣氏と沖影が最後に使ったときのまま一階で止まっていたはずだ。使用後にわざわざかごを三階へ運んでおく必要性はない。ならば、犯人Xは如何様にしてエレベータを外部から操作してかごを三階へ、つまり三階部分を地上階へ移動させたのだろうか。この推理は、三階部分が地上階になっていることを大前提としているのに、どうやったってそれが説明できない。だから残念ながらこの仮説も真実ではありえない」

淡々と煌さんは、すべてを否定する。

「それに二人の推理には、どこか私見が入っているよう私には思えた。それは二人とも外部犯説を採用したからだ。きっと登場人物の誰かを、名前のわかっている具体的な誰かを疑うことに、無意識の嫌悪感を覚えたのだろう。だが、推理に私見を挟むと、真実を見誤る。何故なら、真実とは必ずしも人に優しいものとは限らないからだ。いや、むしろ真実なんてものは往々にして過酷で苛烈(かれつ)で醜悪で、人を傷つける。だから人は真実から目を背ける。そして、安息の希望に縋りつく。それはある種の自己防衛本能だ。過酷すぎる真実は——ときとして、自己をも喪失させる。だから私はそれを否定しない。逃避するのも自由だし、幸せな妄想に耽溺(たんでき)するのもまた個人の自由だからだ。しかし、それでも。どれだけ傷つく真実であっても、それを望むものには——真実を与える。どれだけ過酷で苛烈で醜悪な真実であっても、私はあらゆる知力と努力を惜しまずそれを探し求め、与える。それが《名探偵》としての私の矜持(きょうじ)で、それが私の《高貴さは義務を強制する(ノブレス・オブリージュ)》だ」

　煌さんの言葉に、僕は思わず唾を飲む。その迫力に、気圧(けお)される。特に御剣さんは、今にも泣きそうなくらい、眉を歪めていた。

「……まさか」来栖さんも不安そうに唇を噛む。

　空気が重くなる。そして煌さんはそれさえも掌握して語り続ける。

「初めに言っておくが、私は優しくない。個人にも物質にも、そして真実にさえもだ。私はあらゆる事象に対して、客観的かつ平等に接していく。そして客観的に事件を俯瞰(ふかん)し、観測し、推理し——私はある一人の人間を真犯人と断定した。そして、それはもちろん、登場人物表に載った、名のある人物だ」

　何を言おうとしているのか僕にはわからないが、それがとんでもないものであることだけは理解できる。鳥肌を立てる僕をよそに、煌さんは朗々と告げた。

「私は、《名探偵》神薙虚無こそがこの事件の真犯人であると、ここに明言する」

3

「さて──まずは久遠寺写楽の《催し》について話をしようか。久遠寺写楽は《名探偵たち》をオルゴール館に招いて、ある《催し》を行うつもりだった。具体的に言及されている箇所もなく、警察にもこの本を読んだ読者にも、その内容はわからず終いだったわけだが……。物語全体を俯瞰すると、ある一つの仮説が浮かび上がってくる。そしてその内容こそが、この事件を理解する上で極めて重要なファクターとなる」

不安のため僕の鼓動は速まっていく。煌さんは淀みなく、よく通る澄んだ声で続ける。

「久遠寺写楽の企てた《催し》とは、簡単な推理ゲームだった。たとえば、皆が寝静まった深夜、突如鳴り響いた防犯装置の旋律に導かれるまま現場に向かうとそこは密室で、中では館の主が死亡していた──そんな、ありきたりの推理ゲームだったんだよ」

「待ってください。それってもしかして……」

戸惑いを見せる雲雀にちらりと視線を向け、煌さんはニヤリと笑う。

「そうだ。観測された事象、発生した事件そのものが、久遠寺写楽の計画した《催し》だったんだよ。もちろん、久遠寺の計画では単純に『死んだふり』をするというものだったのだろうが──神薙虚無はその《催し》を巧みに利用し、不可能犯罪を演出したんだ」

御剣さんの様子を窺うと、彼女はわずかに俯いて唇を噛みながら、小さく震えていた。これが彼女の恐れていた《真相》なのか……？

「まず久遠寺は、彼以外の全員が館の二階にいる頃合い、つまり深夜を狙って自ら寝室のドアを開くことで、『エーデルワイス』を館中に響き渡らせ《名探偵たち》を三階の寝室まで誘導した。そしてすぐにドアを閉めて鍵を掛け、ベッドの中に潜り込む。それから寝室までやって来た神薙虚無に《死亡宣言》をしてもらえば、あら不思議。不可能犯罪、密室殺人事件の完成──と、久遠寺の計画はざっとこんな感じだったはずだ。もちろん、この計画は《名探偵》側の人間に協力してもらわなければならないんだが……。とある理由から、神薙虚無はこの計画に協力せざるを得なかった。その理由については後ほど話すが、とにかく神薙虚無はこの計画に協力するふりをして、久遠寺写楽を殺害する犯罪計画を思いついたんだ」

煌さんは冷めたお茶を啜った。

「では、神薙虚無は久遠寺の企てた計画をどのように利用したのか。利用とは言っても、ごく単純。彼が自ら取った行動は、久遠寺写楽の殺害というただその一点のみであり、それ以外はすべて久遠寺の計画に沿っただけだがね。必要最低限の行動で最大限の効果を得る、なんて神薙虚無らしいじゃないか」

「ですが煌さん。神薙虚無はいつ、どうやって久遠寺写楽を殺害したんですか？」

不安げな面持ちで尋ねる雲雀に、しかし煌さんはあからさまな落胆を向ける。

「おいおい、うんじゃく。さっきまでの切れはどうした。そんなもの、自明の理じゃないか。密室の中で人が死んでいて、実はそれが死んだふりだったのなら——最初に遺体に近づいたやつがどさくさに紛れて殺害したに決まってるだろ」

　そんなとんでもないことを、煌さんは至極当然のように宣(のたま)う。

「そう、それが密室の真相だ。神薙は、久遠寺の計画に則って寝室開放後、真っ先に久遠寺へ駆け寄り、様子を窺うふりをして——その一瞬の隙に、久遠寺の腹部にナイフを突き刺して殺害した。神薙としては、本当は心臓を刺して即死させたかったのだろうが、久遠寺が腹部に血糊(ちのり)を付けてしまっていたのだから仕方がない。相手は体力の低下した高齢者。腹部への一撃でもすぐに死ぬだろうと見込み——そして幸運の女神は神薙へと微笑んだ。久遠寺は暴れることもなくすぐに絶命した」

「待ってください。さすがにそれは無茶がすぎます」すかさず雲雀は割り込む。「星河や御剣氏たちの目の前で殺害するなんて、リスクが高すぎて現実的ではありません。うめき声の一つでもあげられたらその時点でアウトなんですよ」

「当然の疑問をありがとう。たしかにリスクは大きいが、それに見合うリターンもある。たとえば、腹部の傷は一見すると即死しそうには思われないから、たった今殺したという事実のカモフラージュになる、とかね。そしてうめき声の指摘だが、これは自らの機転によって容易に回避された。何だかわかるかな?」

　試すように僕らを見回すが、誰も何も答えない。つまらなそうに肩を竦め、煌さんは自分で答えを言う。

「……『エーデルワイス』だよ。作中に書いてあっただろう？　神薙の指示で捜査中、久遠寺の寝室のドアを開けたままにしておいたと。それはつまり、捜査をしている間、室内にはずっと『エーデルワイス』が鳴り続けていたことになる。神薙は、仮に久遠寺がうめき声を上げたとしても、この『エーデルワイス』によってそれを打ち消せると踏んだのだ」

　ああ……この人は、何と恐ろしいことを言うのだ……。

「電気毛布が使われたのは、遺体を温め死亡推定時刻を誤魔化すためでもない。遺体が冷たくないことを悟らせないためだ。何せ、当初の予定では、ただの狂言殺人だったわけだからな。神薙以外の誰かに触れられでもしたら、すぐに狂言だとバレてしまう」

　赤裸々に、一枚ずつ丁寧にベールが剝がされていく。

「こんなもの、何てことはない有名な古典の二番煎(にばんせん)じでしかないわけだが……。しかし、神薙が賢かったのは、それと久遠寺の《催し》を融合させることで自身の絶対的なアリバイを確保すると同時に、犯行の不可能性をも増大させたという点だ。『エーデルワイス』を館中に響かせたのは久遠寺だが、ほかのみんなは久遠寺の身に何らかのトラブルが発生したのだと認識していたわけだから、その時点で屋敷の二階にいた全員に犯行は不可能。加えてあの密室殺人――。あれは少なくとも、事件後の数時間《名探偵たち》が頭を悩ませるには十分すぎるほど難解な謎だ。館が炎上するまでの時間稼ぎにしては、些か豪勢なディナーだな」

「――机上の空論ですね」いつの間にか気力を回復させた御剣さんは、不機嫌そうに言う。「推理どころか、そんなものただの妄想じゃないですか。それは確かに、その方法ならば密室の問題も、全員が二階にいるとき三階の寝室のドアが開かれた問題もクリアできますが……それだけです。エレベータの問題も、館が燃えた問題も解決しません。さらに言うのであれば、神薙虚無に久遠寺写楽を殺害する動機もないですし、ましてや敵である久遠寺の計画した《催し》に荷担しなければならない理由もありません」

ほう、と煌さんは、どこか愉しげに息を漏らす。

「即興のわりには随分と細かいところまで突いてくるね。まるで、以前にも同じ推理を思い浮かべて、その問題点を自問したことがあるみたいだ」

御剣さんは無言のまま煌さんを睨みつける。しかし、当人は特に気にした様子もなく軽く肩を竦めるだけだった。

「頼むからそんなに睨まないでくれ。私はこう見えて気が小さいものでね。きみが望まないのであれば、これ以上はやめても良いのだよ。ただし、今のきみの疑問のすべてに答える用意はできている。帰るのはそれを聞いてからでも遅くはないのではないかな」

しばしの沈黙。僕は本能的に理解する。それが嘘でもハッタリでも何でもないと。そして、この仮説が正しいならば――きっと本当に、この先には絶望と救いのない現実しか残らない。

引き返すなら今しかない。今ならばまだ。まだ、引き返せる。

にもかかわらず御剣さんは、精いっぱいの虚勢を張って不敵に微笑んだ。

「――いいでしょう。あなたのすべての推理を聞かせてください。どうせならいっそ、それくらい徹底的にやってもらったほうが清々しいわ」

ああもう。本当に何だってそうやって自分から不幸になりたがるのか……。

内心で頭を抱えている間に、煌さんによる『神薙虚無最後の事件』の解体ショーが始まる――。

「まずは、簡単なエレベータの問題から片づけようか。久遠寺写楽による当初の《催し》の計画では、『久遠寺写楽が密室の中で死亡している』という状況を誰かに観察させる必要があった。それはそうだろう。神薙虚無が一人で現場に行って『久遠寺写楽が死んでいた』と証言したところで信憑性には欠けるからな。さて。その場合、最低何人の人間が現場に向かわなければならないか。まずは、《死亡宣言》を出す協力者――神薙。ツーマンセルで現場を確認する《名探偵》がもう一名。それに、密室の鍵を開ける《使徒》十六夜と《観測者》御剣氏も絶対に必要。つまり、最低でも四人の人間が必要ということになる。しかし、先ほど助手が言ったように、このエレベータはどれだけ頑張っても三人までしか乗ることができない。では、このエレベータに四人もの人間を乗せるにはどうすればいいか。答えは簡単。かごの中身を軽くすればいい」

「……それは、そうでしょう。その程度ならば小学生でもわかることです。問題はどんなマジックを使ってそれを実現したのか、ということです。その方法がわからなければただの妄想ですし、証拠がなければただの妄言ですよ」

挑発的に突っかかる御剣さん。しかし、煌さんは容易くそれを受け流す。

「事件発生時、エレベータに一同が乗った際、こんな描写があった。『かごの奥の壁に背を預けて腕組みをしていた星河が、呆れたように言う』。記憶力のいいきみたちなら覚えているはずだ。しかし、だ。その数時間まえ、十六夜と御剣氏が二人でエレベータに乗った際にはこんな描写があった。『かごの奥には、大きめの鏡が張り付けられている』。おかしいな、これは大変おかしい。確かにここで御剣氏が言っているように、エレベータの奥には車椅子の久遠寺のために鏡が設置されていたはずだ。だが、事件時には『鏡』ではなく『壁』という表現に変わっている。何故か。理由は簡単。事件時に鏡は取り外されていたのだ」

「鏡くらい何ですか！　そんなものあってもなくても、重さなんて大して変わりません！」

「鏡を馬鹿にしちゃいけない。あれはガラス板だからな。見た目よりもよほど重いぞ」

激昂する御剣さんをいなすように、煌さんはすらりと長い人差し指を立てた。

「よし、それでは簡単な算数だ。エレベータの入り口幅が一メートル、高さが二メートルだったか。ガラスの厚みを一センチと仮定して鏡の重さを計算してみよう。ガラスの密度は$2.5g/cm^3$だから、$100cm \times 200cm \times 1cm \times 2.5g/cm^3 = 50000g$、つまり五十キロだ。鏡一枚取り外すだけで、人間一人分の質量を確保することができたな。さあ、これでエレベータに必要な人材四名を乗せることに成功した。問題は一つ片づいたぞ」

余裕をもった態度で御剣さんを見やる。御剣さんは悔しそうに下唇を噛みながらも、果敢に煌さんに挑んでいく。

「……確かに、それが正しいとすれば、エレベータに四人乗ることも可能でしょう。ですが、根本のところで考え違いをしています」

「ほう。どこかね？」

「先ほど金剛寺さんがおっしゃったように、確かに久遠寺写楽の最初の計画――いわゆる、狂言殺人を実行するに当たっては、寝室の鍵を持つ《使徒》一名と、《観測者》である御剣大が必須（ひっす）でしょう。しかし、《死亡宣言》をする神薙虚無以外の《名探偵》を一人同行させることを許容する、というのはいかがなものでしょう？　実際、久遠寺が死亡したから良かったものの、当初の計画どおり狂言殺人だったのであれば、その同行した《名探偵》には、すぐに生きていることを見抜かれてしまいます」

「確かにそれはそうだ」煌さんは、御剣さんの指摘をあっさりと認める。「もし、当初の計画どおり狂言殺人だったのであれば、神薙に同行した水守（みなもり）なり渡良瀬なりにすぐ見抜かれていたことだろう。しかし、久遠寺にはわかっていたんだよ。神薙に同行するのが水守でも渡良瀬でもなく星河かぐやであり、星河かぐやであればたとえ狂言殺人に気づいても何も言わないと、確信していたんだ。そしてそれは神薙も同じだ。自身に同行するのが星河であると確信していたし、星河ならばたとえ事件の真相に気づいても何も言わないと——確信していた」

「ど、どうしてそんなことが言えるんですか！　何を根拠に！」

身を乗り出してテーブルを激しく叩く御剣さん。テーブルに載った五つの茶碗が一瞬だけ浮いて音を鳴らす。しかし、興奮する御剣さんとは裏腹に、煌さんはどんどん冷静で冷徹な口調になっていく。

「そう考えないと辻褄が合わない。何故ならば——その確信の根本こそがこの事件の動機だからだ」

「意味がわかりません！　いい加減回りくどい説明は止してはっきり言ってください！」

御剣さんの悲鳴のような声が響き渡り、直後にしんと静まりかえる。物音一つしない室内。煌さんは口元に手を当てて、何かを見定めるように御剣さんに視線を向けていたが、不意に、ふむ、と気のない声を上げてあっさりと沈黙を破った。

「それがきみの望みであれば、しっかりはっきり余すところなく宣言してやろう」

「あ、あの、煌さん。もう少しその、穏便に——」

これまで黙って話を聞いていた来栖さんが諫めるように手を伸ばす。しかし。

「邪魔をしないで！」

来栖さんの気遣いは、御剣さんの一喝によってはね除けられた。驚いて、びくりと跳ねる。

御剣さんは、来栖さんを睨みつけながら――とても悲しそうな声で言った。

「もしも、私が思い至った《真相》と、今、金剛寺さんが話してくれようとしている《真相》が一致したら……それはもう真実と断定していいものだと思わない？　だって、十年以上も私が魂を削って見出した《真相》と、名探偵と名高い金剛寺さんの推理が、偶然一致するなんて奇跡――起こるはずがないもの。つまり、それは偶然ではなく必然ということ。必然ということは……それは真実であるということ。これは、私と、私の運命との勝負なの。だからお願い……邪魔を、しないで……」

昨日、僕は気づいてしまった。

御剣さんが、《真相》に至っていることに。ということは、そもそもすでに星河かぐやからの《久遠寺オルゴール》を巡る手紙の条件を満たしていることになる。

にもかかわらず、煌さんに解決を依頼した理由――それは名探偵・金剛寺煌ならば自身が見出した《真相》を超える何かをもたらしてくれるかもしれない、という微かな希望に縋ったから。

しかし今、煌さんは御剣さんが恐れる《真相》を突きつけようとしている。

そして対する御剣さんは、真っ向からそれを受け止め、現実を受け入れようとしている。

この世界に希望などないことを、身をもって証明しようとしている。

僕は何も言えない。来栖さんも、つらそうに目を伏せるだけだ。

自ら傷つきにいっている彼女を、止めることすらできない。

「――推理を中断させてしまってすみませんでした。どうぞ続きを話してください。私の覚悟は、できています」

煌さんは、そうか、と無表情のまま一度頷いて、推理を再開した。

「それでは、事件の動機について話をしよう。この先はもう後戻りはできないから、改めて覚悟をしておくように。今回の事件の動機――それはある人物の存在に集約できるんだが、誰だかわかるか？」

急に問い掛けられ、僕も雲雀も首を横に振る。来栖さんは目を伏せたままだ。

ゆっくりと全員の顔を眺めてから、煌さんは低い声で言った。

「ある人物――まだこの世に生を受けていない、後に『唯』と名付けられる少女が、事件発生時に星河かぐやの胎内に宿っていたこと――それが、この事件の動機だ」

「ちょっと待ってください！」勢いよく立ち上がり、雲雀は声を荒らげる。「どうして、御剣さんが事件発生時点ですでに星河かぐやに宿っているんですか！　御剣大と星河かぐやが結婚したのは事件から二ヵ月後なんですよ！」

「落ち着け雲雀。生真面目で優しいおまえには受け入れがたいかもしれないが、たとえ未成年だとしても婚前性行為なんて別に珍しいものじゃないし、婚前妊娠だって決して違法なものじゃない。両者が性的に十分成熟しており、また両者の合意の上でのものであれば何も問題はない。ごく一般的に言っても、これはよくある話だ。現実から目を逸らすな、雲雀。人間は、確かに文化的で高尚な生き物ではあるが、生物という軛（くびき）からは逃れられない。あるいは、本能的な性衝動に理性が負けることもあるだろう」

冷たい言葉に気圧されたようにソファに座り直しながらも、雲雀は黙りこくる御剣さんに代わって反論に出る。

「それはそうかもしれませんけど……。でも、どうしてそんなことが断言できるんですか」

「そう考えないと計算が合わないからだ。人間の妊娠期間は凡（おおよ）そ二百六十日前後。事件発生の日付と、御剣くんの誕生日を比較してみるといい。資料によると事件発生は一九九九年十月二十五日、そして御剣くんの生年月日は二〇〇〇年五月二十一日だ。半年ちょっとしか離れていないだろう。もしも、事件後に星河かぐやが妊娠したとするならば、その半年後に生まれた御剣くんは未熟児として生を受けることになるが、資料によればそれを否定するように彼女は立派な成熟児として誕生している。ゆえに、この仮説は絶対的な真実であったと断言できる。事件発生時、星河かぐやは妊娠していた、と。……しかし、問題はそこではない。真に重要なのは――星河かぐやの胎内に宿っていた子の父親は誰かということだ」

「――っ！　駄目です！　煌さん、それ以上はいけません！」

雲雀が何か事の重大さに気づいたように声を上げるが、煌さんは、それよりも早く、答えを口にした。

「結論——星河かぐやは神薙虚無の子を宿しており、そのことを久遠寺写楽に知られてしまった。それゆえに神薙は口封じのため久遠寺を殺害したんだ」

それが……彼女が恐れていた最悪の《真相》なのか。

頭が真っ白になり言葉が出てこない。雲雀も同じように口を噤んでいた。

来栖さんは——今にも泣き出しそうな顔でつらそうに俯いている。

煌さんは感情をともなわない声色で淡々と続ける。

「御剣くんが星河かぐやと神薙虚無の娘である、という前提の下で、今回の事件を見直してみよう。二人がいったいいつ頃から親密な関係になったのかは定かではないが……確かにそういう前提のもとで物語を俯瞰すると、所々で二人の親密さが表現されている。たとえば第一章で神薙を呼び出したのが星河だったりな。二人の関係がただならぬものであると考えるのは決して早計とは思えない。全体的に見ても、星河は神薙に対し、世話焼き女房のようにべったりだ。まあ、そのあたりは想像の域を出ないからこれ以上の言及は避けるが……とにかく、久遠寺のパーティが行われることになった時点で、すでに星河の胎内には神薙の子どもが宿っていた。そして久遠寺は独自の調査により、そのことを知っていた。久遠寺は、憎き商売敵である《名探偵たち》のリーダーである神薙虚無の弱みを握ったわけだな。そこで、早速《名探偵たち》を自身の隠れ家に呼び込んで——神薙を脅迫した。それがあの《久遠寺オルゴール》の正体だ」

「《久遠寺オルゴール》の、正体……？」

雲雀のおうむ返しに、煌さんはちらりと視線を向けて頷いた。

「そうだ。オルゴールの中にはおそらく脅迫状が入っていたのだろう。秘密をバラされたくなければ自分の指示に従え、というふうにな。神薙を手玉に取ろうと考えたのは、そのほうが仕事をする上で都合がいいと思ったからだ。もちろん、単純に二度と関わるな、と排斥しても良かったが、神薙たちは大切な自分の引き立て役だ。逃すには、少々惜しい。そこで久遠寺は、手始めに軽いゲームのつもりで行う《催し》のアシスタントとして動くよう神薙に命令した。神薙がどの程度駒として役に立つか確認しておきたかっただろうし……それに、神薙という存在を本当に飼い慣らせるのかどうかという確認も取っておきたかったに違いない。何せ、神薙にスパイのようなことをやらせるわけだからな。下手をすると逆に命取りになりかねない。だから、そのためにも久遠寺は慎重に動いた。オルゴールを非常に複雑な秘密箱として作ったのもそのためだ。万に一つでも、神薙以外の人間に手紙を見られるわけにはいかないからな。神薙以外の人間には決して解けないよう、難解に組み上げたわけだが……その慎重さを神薙は利用したんだ。久遠寺の指示に従うふうを装って、逆に久遠寺を殺害する計画を企てた。それが、さっき話した事件の全貌だ」

煌さんはそこまで言って口を噤む。皆の理解を待つために間を置いているのか、冷めたお茶を渋そうに啜る。

組んだ手を口元に当てて考え込んでいた雲雀が、不意に口を開いた。

「……でも、何故それが動機になるんです？」

「何故、とはどういう意味だ？」

煌さんは茶碗をテーブルに戻して尋ねる。雲雀は言いにくそうに御剣さんのほうを窺うが、御剣さんは聞いているのかいないのかわからない様子で、俯いているだけだった。

仕方ない、とどこか諦めた様子で、雲雀は再度、口を開く。

「御剣さんの前でこういうことを言うのは憚られますが……。仮に、星河が、その、神薙の子どもを身籠もっていたとしても、それほど問題ないのでは？　公表されれば多少はスキャンダルになるかもしれませんが、それはどちらかというといいニュースでしょう？」

そんな雲雀の愚直なまでの純朴な言葉に、煌さんはどこか寂しげに微笑んだ。

「確かに雲雀の言うとおり、ちょっとしたスキャンダルにはなるかもしれないが、基本的には良いニュースだろう。二人が愛し合い、愛を育み、そしてその結果、子どもを授かったのであれば、それは大変喜ばしいことだ。しかし——こうは考えられないだろうか。神薙虚無は星河かぐやを愛しておらず、子どもなどできても困るだけだった、と」

雲雀は驚愕に目を見開いて言葉を呑む。

努めて穏やかな口調で、煌さんは続ける。

「落ち着いて聞け、雲雀。だからこれは初めから、人々を魅了する幻想的で血湧き肉躍る物語なんかじゃないんだ。もっとこの上なく現実的で、そして反吐が出るほど醜い人間の、非常に身勝手で利己的な私的争いにすぎないんだよ」

不意に右腕に温かい感触。いつの間にか来栖さんが腕に縋りついていた。彼女は切なげな視線で僕を見上げて、今にも消え入りそうな声で、「せんぱい……」と呟く。まるで、幼子(おさなご)が親の温(ぬく)もりを求めるような仕草に胸が締めつけられる。

煌さんの語る過酷な現実が耐えられないのだろう。抱き締めてあげたい衝動に駆られるが……僕は我慢する。来栖さんを抱き締めても、御剣さんの苦しみは癒(い)えないのだから——。

しばし煌さんを睨みつけていた雲雀だったが、彼女に文句を言ったところで意味などないと気づいたのか、喉元まで出かかった言葉を飲み下したように黙り込む。しかし、両の拳は力強く握り締められ、その手は小刻みに震えていた。雲雀は御剣さんのために、本気で怒っている。

そんな優しい雲雀を置いて、煌さんはどんどん話を先に進める。

「総合的な描写から見て、星河かぐやと神薙が深い仲だったことは間違いない。《久遠寺オルゴール》だってそうだ。誰も疑問に感じていなかったようだが、神薙が解いたというオルゴールが、何故星河の部屋にあったのだ？　つまり、あの夜二人は一緒にいたのだ。年頃の男女が一つの部屋で二人きり。それだけでも、二人が親密な関係であったことが窺える」

それは……正直少し気になっていた。でも、単純に神薙がオルゴールを星河へ渡しただけなのだと、そう思い込んでいた。

「しかし、それにしてはどこを見ても、神薙が星河に想いを寄せている、大切にしているという描写は見当たらない。いくら《名探偵》と呼ばれる神薙でも年頃の男だ。絶世の美女とまで評される星河が自分を慕い、ずっと側にいたのであれば、つい手を出してしまうことだってあるだろう。そしてその結果、星河は妊娠した。おまけに彼女は迷うことなく子どもを産むことを決断した。星河からそのことを聞かされたとき、さすがに神薙は焦ったはずだ。何せまだ学生の身で、将来的にも色々やりたいことはあったのだろう。子どもなんてできても——こういう言い方は悪いが、邪魔になるだけだった。一時の気の迷いで星河と関係を持ったばかりに、後の人生設計が崩れるかもしれない。今まで完璧（かんぺき）な人生を送ってきた神薙には、耐えがたいことだったろう。神薙は、悩み鬱屈した日々を送っていたはずだ」

煌さんの言葉が重く胸に突き刺さる。

しかし、どうしようもなく利己的なその思考は、驚くほど容易にトレースできた。

「そんなとき、久遠寺のパーティに呼ばれ、気晴らし程度にはなるだろうと思って参加したところで、久遠寺から秘密箱のオルゴールを渡された。自室に戻り、難解なパズルに取り組むのは良い気晴らしになったことだろう。そして、どれだけの時間が掛かったかはわからないが、とにかく神薙は見事秘密箱を解いた。中には、例の手紙が入っていた。それを読んだ瞬間、神薙の脳髄（のうずい）には電撃のような衝撃が走ったことだろう。これを利用すれば、すべてから解放されるかもしれない、と。《名探偵》とまで呼ばれた頭脳だ。精神的に幼い身勝手な子どもだったとしても、保身の計算は速かったはず。即座に久遠寺殺害計画を企て、そして最終的に——館が炎上するよう細工を施した」

「……あの、ちょっといいですか」さすがに堪えきれなくなって僕は口を挟む。「久遠寺写楽の殺害計画までは、まあその、心理的には理解しがたいものの状況的には理解できたんですが……最終的に館を炎上させたのは何故なんです？」

そんな僕の質問に、煌さんは冷酷な現実を突きつける。

「館を炎上させた理由は単純。星河かぐやとそれから彼女の胎内に宿る自分の子どもから逃げ出すためだ。つまりね、神薙は火事に巻き込まれて自分が死んだように見せかけ、こっそりとすべてから逃げ出すことにしたのだ。性根の曲がった、ただのどうしようもない子どもだよ。まあ、それでも運は良かったと思う。当初の予定では適当な理由をつけて、炎上する館に引き返してそのまま姿を消すつもりだったのだろうが、偶然にも沖影が逃げ遅れたために、再度炎上する館に飛び込む立派な理由ができたわけだからな。それに、星河を火事の館に引き戻す口実もできた。上手くやれば星河も逃げ遅れたことにして殺せると考えたのかもしれないが……しかし、それは失敗したようだ。恋する乙女とは言っても、星河も《名探偵》と呼ばれた器だからな。きっと直前に神薙の企みに気づき、はぐれたふりをして彼から逃げたのだろう」

煌さんの推理には、本当に夢も希望もなかった。

「これで、神薙のすべての目的は果たされた。事情を知る久遠寺を殺害し、面倒な星河から逃げ、ついでに《名探偵》なんて下らない称号からも卒業できた。あとはどこか遠くの町で、のんびり大人しく過ごせばいい。幼なじみであるはずの御剣氏や星河にだって本名を告げていなかったほど狡猾な男だ。その程度ならば、容易いことだろう。まして、メディア嫌いで本名も顔も割れていなかった神薙ならば、他人になりすます必要もないしな」

僕は何も言えなかった。腕に縋りついて小さく震えている大切な女の子を励ますこともできない無力な存在だ。

「《久遠寺オルゴール》が星河の手元にあったのは、きっと保険のためだろうな。彼女があの館で中の手紙を見たとまでは思わないが、《名探偵》としての直感で、その中身がきっと神薙や自分にとってろくでもないものであると理解していたのだろう。中身について頑なに語ろうとしない神薙も怪しい。だから万が一自分が捨てられたときのために、オルゴールを自分で管理することにしたのだ。部屋に置いてきた、と言ったのも神薙を油断させるための嘘だった。なかなかにしたたかな女だよ、星河かぐやというのは。とにかくこうして、神薙虚無はごくごく自然に表舞台から姿を消し、そして御剣氏の誤解のおかげで、伝説となった。――これが、この事件の全貌だよ」

その宣言とともに、かつて世紀の難事件とまで呼ばれ、人々の心を魅了した物語は、終わりを告げた。過酷で醜悪で身勝手な、神薙虚無という一人の少年の犯罪が暴かれるという最悪の形で――。

「そして最後に、『久遠寺写楽最後の言葉』だが……。あれはきっと将来的に神薙が星河を捨てることを予見してのものだったのだろうな。だから経済的に安定していた御剣氏にそれとなく、気まぐれに伝えたんだ。その話を御剣氏から聞いた神薙は、すべてが久遠寺に見透かされていたことを知りそれがおかしくて笑ったんだ。ああ、やはりこのタイミングで久遠寺を殺害しておいて良かったな、という安心感から笑ったんだ。そしてそれを誤魔化すために、いつもの決め台詞を吐いたんだ。どうせ何を言ったところで、すぐに館は燃え始めるのだから――もうどうでも良かったんだろうな」

この上なく現実的に、この上なく残酷に――事件は解体された。

重たい沈黙が満ちる。

誰も何も言わなかった。否、何も言えなかった。

御剣さんは、黙って俯いたまま、小刻みに肩を震わせている。泣いているのか。

何か言葉を掛けてあげないと、と考え始めたところで、ふらりと御剣さんは音もなくソファから立ち上がり――突然、哄笑した。

「あはははは！　傑作、本当に傑作です！　さすがは金剛寺さん。私が十年もの間、誰よりも弛まず思考を続けた末に辿り着いた結論とまったく同じものに至っています！　私が――御剣大の娘ではないという結論に！　瀬々良木さんのものも雲雀さんのものも、推理としては面白かったのですが、先ほどの金剛寺さんご指摘の矛盾点もあるので《真相》とはし難い。ならばやはりこれが、紛れもない真実ということです！」

目元に涙さえ浮かべて哄笑しながら、しかし御剣さんはどこか虚ろな表情で続ける。

「事件のあと、星河かぐやは父さん——つまり、御剣大に言い寄りました。それはそうです。自分のお腹の子どもの父親が蒸発した上に、まだ学生の身分である自分には、お腹の子どもを育てるだけの収入がなかった。だから、お人好しで経済的にも安定している手近な男に、無様にも縋りつくしかなかった。それが、御剣大だった。御剣大は、星河かぐやを心の底から愛していたし、またその境遇にも同情したのでしょうね。だからあっさりと結婚した。でも、そこに愛はなかった。少なくとも、星河かぐやは御剣大のことなど愛していなかった。星河かぐやは神薙虚無のことしか頭になかった。だから、子ども——つまり、私が生まれてある程度大きくなったら、あっさりと私と父さんを捨てて、家を出ていった。きっと、適当にその辺で見つけた男からお金でももらいながら、今もどこかで生きているはずの神薙虚無を捜しているのでしょうね。本当に滑稽だわ。でも、それならそれで構わないんです。父さんはあの女が出ていって悲しかったみたいだけど、私はむしろ清々しているぐらい。あんな人、血が繋がってるだけの他人です。もう二度と私と父さんに関わることなく、迷惑も掛けないのであれば、どこで何をしようが知ったことではありません。だから、この二年は……本当に、幸せでした」

「この二年、というと、御剣氏が事故で記憶を失ってからという意味か」

「さすがは金剛寺さん。すべてご存じのようですね」

素直に煌さんに褒め言葉を投げ掛け、御剣さんは心ここにあらずといった様子で続ける。

「二年まえ、父さんが事故で記憶を失ってからの生活は、本当に穏やかで幸せなものだった。それまでの生活だって十分幸せだったけれども、心の不安は決して消えなかった。だって、私が十八歳の誕生日になったら、《真相》を父さんの口から直接聞かされることになるのだから——。もちろん、その頃はまだこの《真相》に気づいていたわけじゃないけど……子どもながらに本を読んで感じた不安はあった。だって、本の中の星河かぐやは、神薙虚無にべったりで、父さんのことなんて全然相手にしていなかった。だから、もしかしたら父さんは私の本当の父親じゃないのかもって、ずっとずっと不安だった。十八歳の誕生日に、私と父さんの絆が消えて他人になってしまうかもしれないと思ったら——頭がおかしくなりそうだった」

本を読み、無意識に感じていた不安が、母親の蒸発によって増大していった。だからこそ、その不安を否定するように父親に依存していったわけか……。それこそ、自分が御剣大の娘であるということを己のアイデンティティとしてしまうほどに。

「でも、父さんはその約束のことも忘れてしまった。つまり過去の呪縛(じゅばく)から解放されたの。これはとても素晴らしいことだわ。あの神薙とかいう幻想ペテン師のことも、星河とかいう性悪女のこともすべて忘れられたのだから。それからは何も余計なことを考えない平穏な毎日を送ることができた。でも、そんな些細な平穏さえ、あの女は父さんと私から奪おうとした！」

「なるほど。《久遠寺オルゴール》を餌に、星河が再びコンタクトを取ってきたわけだな」煌さんは呟く。

「そうです。星河かぐやは、私と父さんに嫌がらせをしている。何が目的かなんてわからないけど……でも、それは明らかに悪意のある行動。だって、そうでしょう? 幸せに暮らしている父娘二人に、おまえらの関係などただの家族ごっこにすぎない。《久遠寺オルゴール》に隠された《真相》一つで吹き飛ぶ幻想にすぎない、とせせら笑っているのだから……。でも、仕方ないわ。これが現実、これが真実なのだから……。私はこの《真相》を受け入れます。もう、ありもしない希望に縋るのはやめて、星河かぐやに挑みます。そして《久遠寺オルゴール》を受け取って――燃やします。そうすればこの《真相》は、永久の闇に葬られる。私と、星河かぐやだけが真実を知り、世間の人間は、『神薙虚無』シリーズはすべてが虚言と捏造の物語であると、相変わらず信じ込む。それで――良いのです。それだけがもう、私の望みですから……」

御剣さんは俯いて、痛みに耐えるように口を噤む。

いくら歯を食いしばったところで、心の痛みは決して和らがないというのに。

誰も何も言えなかった。

一人ですべての《真相》を背負い込もうとする、想像を絶する彼女の覚悟など、誰にも理解できるわけがなかったから。

それでも。

それでも、来栖さんは、彼女に尋ねた。

「――御剣さんは、それで幸せなんですか？」

その問い掛けに、御剣さんは崩れかけた笑みを向けて答える。

「どういう、意味かしら？　私は幸せだわ。これからも何もなかったように父と暮らせるのだから……」

「幸せなら、どうして御剣さんはそんな悲しそうな表情で涙を流しているんです？」

「――え？」

その言葉に。きょとんとして御剣さんは自分の頬に手を当てる。

涙で濡れそぼった頬に触れ、御剣さんは戸惑いを浮かべた。きっと自分でもその感情の変化に気づいていなかったから。

「ど――どうして――？　嬉しいのに――。嬉しい、はず、なのに――」

自問のような呟き。来栖さんはあえて答える。

「それは、御剣さんの望んだ結末ではないからです」

「わ、私の、望んだ結末ではない……？」

「だって、そうでしょう？　さっきも、御剣大の娘であることが自身を正当化する最大の理由だと言っていましたし、それに昨日だって言っていたじゃないですか。《真相》なんて残酷なだけだから知りたくない、って。今、あなたは自分が恐れていた仮説が、第三者によって追認されたことで、それを《真相》だと認めざるを得なくなった。あなたが恐れる最大の《真相》は、真犯人が神薙虚無である、というところではなく、御剣大が自分の父親ではない、という部分ですよね？　だからその肝心のところを肯定され、自分を規定できなくなってしまった。そんな結末――あなたは本心から望んでいないはずです」

「ならどうすればいいのよ！」御剣さんは、もう涙が流れることも構わずに、感情的に叫ぶ。「私にはもう、父さんしかいないの！　でも、父さんとは血の繋がりがないの！　赤の他人なのよ！　なら、私はこれ以上どうすれば良いのよ！　私は……私は、もうこの世界に一人きりになってしまったのに……！」

　御剣さんは泣き崩れる。室内には彼女の嗚咽だけが木霊する――。

　あまりにも痛ましい嗚咽に、胸が引き裂かれそうに苦しくなる。何とかしてやりたい。言い掛かりでも、でっち上げでも、彼女を救う仮説を聞かせてやりたい。

　でも――何も思い浮かばない。何故なら僕は、《名探偵》ではないから……。

「先輩……何か、何かありませんか……御剣さんを救う方法が……」

　来栖さんは縋るような目で僕を見る。彼女の期待に応えたい。でも……何もない。

「……ごめん。やっぱり僕には……荷が重すぎたよ」

「そんな……」大きな瞳を一際潤ませる来栖さん。「何でも良いんです……気づいたこと、気になったこと、よくわからないこと、何かありませんか……？」

　そんなこと言われても……。僕は最後の最後に、もう一度だけない知恵を絞る。

　それでも、都合良く起死回生の逆転アイディアなどは出てくるはずもなく。

つくづく自分は、物語の主人公のようにはいかないのだと思い知らされる。

しかも最後に脳裏を過ぎったのは、昨日の来栖さんの愛らしいメイド服姿という始末。

本当にもう――凡俗すぎて死にたくなる。

「……ごめん、来栖さん。やっぱり何も思いつかない」素直に謝る。「僕のためにメイド服まで着てくれたのに……役に立たなくて本当にごめん……」

「メイド服……？　ああ、昨日の給仕服のことですか」急に的外れのことを言われて多少の戸惑いを見せながらも彼女は苦笑する。「いえ、あれは私が勝手にやったことですし。それに私も《使徒》モデルの給仕服を着たことで新たな発見が――」

そこまで言って。突然、来栖さんは表情を凍りつかせた。

「……来栖さん？」

不審に思い声を掛けるが、彼女はこちらの声など聞こえていない様子で、限界まで目を見開いていた。

「まさか……いや、そんな……でも、これならば……っ！」

急に元気を取り戻したように、彼女は勢いよく顔を上げた。その顔はまるで持久走を走り終えた後のように紅潮している。

「――先輩」耳元で、僕にだけ聞こえる声で来栖さんは囁く。「ありがとうございました。やっぱり先輩は、最高に素敵です」

え、と聞き返そうとしたところで、来栖さんはソファから勢いよく立ち上がった。

「——一人ではありません」

泣き崩れ、嗚咽することしかできなかった御剣さんに、来栖さんは唐突に告げる。

「あなたは一人なんかじゃない。私がこれから披露する第四の推理で、それを証明してみせます」

御剣さんはゆっくりと顔を上げ、縋るような目を来栖さんへ向ける。

「だ、第四の、推理……？　で、でも、あなたは、推理発表会には……」

「ええ。参加していません。参加しないつもりでした。でも、本を読んで、資料を読んで、私も密(ひそ)かに事件の真相を推理していました。そして——ついに見つけたのです。たった今、この絶望的な推理を覆す、とんでもない《真相》を。それはもう驚天動地で抱腹絶倒、荒唐無稽で国士無双な推理です。しかし、この推理は、絶望的な《真相》を超え、希望に満ちた《未来》という結末をあなたにもたらすでしょう。だから、あなたに是非聞いてもらいたい。私は——あなたと、そして煌さんが組み上げた論理を、根底から打ち壊す！」

普段大人しい来栖さんからは考えられないほど、力強く宣言する。

「突然何を言い出すのだ、来栖くん」

煌さんは困惑したように……いや、どこか楽しげに、それどころか、まるでその反応を待っていましたとばかりに喜色に顔を染めて反論に出る。

「私の推理は完璧だったはずだ。それゆえに、御剣くんの推理とも一致した。それなのにきみは、たった今思いついたばかりの推理で、それを覆そうというのか？」

「はい」

はっきりと、来栖さんは断言した。

御剣さんは、零れ落ちそうな涙を必死に堪えながら、来栖さんを見上げる。

「――ほんとうに？　ほんとうに、希望は――救いは、あるの――？」

また泣き出しそうなか細い声に、来栖さんは力強く胸を叩いて答えた。

「当然です！　救いのない結末がお望みならば、中学生の書いた鬱日記でも読んでいればいいんです！　ご都合主義上等！　私は、誰もが幸せになる、そんな夢みたいな結末しか認めない！　誰もが不幸になる推理しか披露できない名探偵なんて必要ない！　だから、私がそんな不甲斐ない名探偵に代わって、最高のハッピーエンドを、最高の推理をあなたに提示してみせます！　名探偵などではなく、ただの平和主義者で脳天気な女子大生であるこの私が！　さあ、幸せになる覚悟は十分ですかっ！」

朗々と。来栖さんはそう叫んだ。

4

「飛び入りで申し訳ないのですが、黙っていられなくなったので、来栖志希、急遽参加させていただきます、よろしくお願いします。さて――今までに三つの推理が語られました。二十年もまえの事件です。証拠なんて何も残っていませんので、理屈さえ通っていればあらゆる可能性が否定できません。でも、瀬々良木先輩のものも雲雀先輩のものも、先ほど煌さんによって否定され、そして煌さんのものもこれから私に否定されることになるので、つまり私がお話しする第四の推理こそが《真相》であると、ここに改めて明言します」

突然の幸福宣言をした来栖さんは、流麗な口調で語り始める。

「まずはいくつかの情報を整理しましょう。初めは、そうですね。事件当時、すでに星河かぐやが御剣さんを身籠もっていたというのは、これはもう疑う余地のない絶対的な事実です。次に、事件発生時にエレベータ内の鏡が取り外されていたのも、事実と見ていいでしょう。それによって、エレベータのかごは実際よりも軽くなっていたわけですが——しかし、先ほどの煌さんの推理ではここの解釈が強引でした」

ほう、と煌さんは何故か嬉しそうに反応する。

「いったいどう強引だったんだ？　計算式は正しいはずだが？」

「理学部の煌さん相手に、計算で勝負を挑もうなんて思いませんよ」来栖さんは肩を竦める。「ただ、結果ありきで計算式を作ったのでしょう。鏡の寸法に少々問題があります。確か、一メートル掛ける二メートルで厚さが一センチでしたか。まあ、この程度ならエレベータに入るとは思いますが……でも、冷静に考えるとこの寸法はおかしいですね。だってこの鏡は、車椅子の久遠寺が乗り降りする際、背後の安全確認をするために取り付けられているんですよ？　つまり、久遠寺が車椅子に座っている状態の目線ということになります。ならば——背後の安全を確認するためだけに二メートルの高さは必要ありません。その半分、一メートルもあれば十分です。それに、厚さ一センチというのも少し分厚すぎです。通常、鏡に用いられるガラス板の厚さは五ミリ。質量を制限しなければならないエレベータに載せるものであることを考えると、やはり極力軽くあるべきです。ゆえに、実際載せられていたであろう鏡の質量は煌さんが計算した五十キロの四分の一、十二キロ強程度だったと考えられるわけです。これでは——ヒト一人分の質量を確保することはできなくなります。つまり——やはり実際、事件当夜エレベータに四人もの人間は乗ることができなかったのです。そしてたったそれだけの事実により、煌さんの推理はただの机上の空論として棄却できます。第一、久遠寺は御剣氏に、これが最後の事件になる、と明言していたのですよ？　その点だけ鑑みても煌さんの、神薙をスパイに仕立てようとしていた、という仮説は論外ということになります。ならば、まだ御剣さんが幸せになる目は残されているということです」

　それを聞いた煌さんが口の端をわずかに吊り上げる。

「確かにきみの言う説も一理ある。しかし、だからといって鏡の寸法が、先ほど私が計算したものではないという証拠はない。まして、実際に四人もの人間が乗ってるんだ。ならば一般論ではなく、現実を遵守(じゅんしゅ)した解釈をし、推理を展開していくべきではないのか？」

　その言葉を受けて、来栖さんも笑みを返す。

「そうですね。確かに煌さんのおっしゃるとおりです。でも――それでも、あえて私は、事件当夜エレベータには四人もの人間は乗ることができなかったと主張します」

その揺るがない主張に、煌さんはますます楽しそうな笑みを浮かべる。

「ふむ、それは面白いな。では、どのようにエレベータ問題をクリアした？　いや、エレベータ問題だけじゃない。きみの前にはまだ数多くの謎が残されている。さらにその謎に対しきみは、すでに解き明かされた三つの方法論以外の解釈を講じなければならない。そんな超ウルトラCの奇跡が、本当に可能なのか？」

「当然です。すべての謎に対し、新たな解釈をご覧に入れましょう。そうして、この救いのない物語を、見事ハッピーエンドで終わらせてみせます」

きっぱりと宣言してから、来栖さんは話を元へ戻す。

「ほかにも『エーデルワイス』が館中に響き渡った時点で、事件関係者が全員館の二階部分にいたこと、久遠寺の寝室が密室であったこと、それに神薙虚無という名前が偽名であることなども事実として見ていいでしょう。少なくとも、私の推理ではそれらは事実として扱います。よろしいですか？」

全員の顔をゆっくりと見回す。皆、思い思いに頷いて理解を示す。

「さて。では、早速私の推理をお話ししたいと思うのですが――そのまえに一つだけ。大前提となる仮説のお話をさせてもらいます。その前提とは――そもそも殺人事件など起こっていないというものです」

「殺人が……起こっていない……？」

僕は首を傾げて来栖さんを見やる。ほかの二人も同じような反応だ。

対して、煌さんだけはますます嬉しそうに腕を組みながら問う。

「つまりきみは、この本に書かれている一連の出来事は、やはりすべて御剣氏の創作だったと、そう言うつもりなのか？」

「いえ、そうではありません。本に書かれていることはすべて実際に起こったことなのでしょう。ただ『最後の事件』に関して言うなら、少々特殊な事情に基づく特殊な物語が展開されたと言えるでしょう。まあ、広義の意味では殺人事件になってしまうのでしょうけれども」

来栖さんは唄うように言う。

彼女の言葉は曖昧で、要領を得ない。

「では、いったい何が起こったのか。結論から述べましょう。久遠寺写楽に刃物を突き立てたのは、《第零使徒》沖影論理です」

いきなりの本丸。

さすがに困惑してみんな言葉を失う中、煌さんだけが興味深そうに両手を摺り合わせながら身を乗り出していた。

「なるほど、そう来たか……！　だが、来栖くん。沖影論理を含めた《使徒》には、全員にアリバイがあるぞ！　それに沖影論理は寝室の合い鍵すら持っていなかったはずだ。ならば、どのような奇術を用いて、斯様な奇跡をなし得たというのだ！」

穏やかな笑みを浮かべて、来栖さんは答える。

「合い鍵なんて必要ありませんし、アリバイもさしたる意味を持ちません。何故なら、沖影論理が久遠寺写楽を刺したのは、零時よりまえなのですから」

「で、でも来栖さん」ようやく沈黙の呪縛が解けた僕は尋ねる。「零時直前まで久遠寺写楽は御剣氏と話をしていたはずだ。つまり、そのあとに久遠寺は殺されたと……？」

「そのあと、というのは少し違います」来栖さんはあっさりと答える。「沖影は、御剣氏が久遠寺の寝室を出た直後に、久遠寺を刺したのです」

「それは暴論だよ！」慌てて反論する。「確かに、作中には御剣氏に数秒遅れて、沖影が寝室から出てきたと書かれているけど、実際には不可能だよ！　刺された瞬間、久遠寺がうめき声を上げるかもしれないし、そもそも沖影が寝室を出たあと、久遠寺は自ら部屋を施錠してる。もしも沖影が久遠寺を刺したなら、どうしてそのときすぐ近くにいた御剣氏に助けを求めなかったのさ」

「それは、そもそも久遠寺写楽には助けを求めるつもりがなかったからです。それに、刺された瞬間うめき声を上げてしまったとしても、ドア開閉の際のオルゴールに掻き消されてしまったことでしょう。そこは煌さんの推理と同じです。つまり、不可能性はありません」

「で、でも……だとしたら、ドア付近で絶命したはずの久遠寺の遺体をベッドまで運んだのはいったい誰なんだ……？」

「誰も運んでいませんよ。久遠寺写楽はドア付近で沖影に刺され、彼女たちを見送ってからドアを施錠しました。そしてその後、自ら電動車椅子を操って移動し、諸々の偽装工作を終えた後にベッドに潜り込んでそこでようやく絶命したのです」

「い、意味がわからないよ、志希ちゃん」雲雀も困ったように唸る。「きみはいったい、何を言っているんだい……？」

「つまりですね——」

　来栖さんは、そこで一度みんなの顔を見回してからそれを告げた。

「久遠寺写楽は、自らの死で不可能犯罪を演出したのです。そしてそれこそが——彼が計画した《催し》の正体だったのです」

　来栖さんの言葉を噛み締めるように、沈黙の帳(とばり)が落ちる。

　すべてが……久遠寺の計画だった……？

　ぞくりと、背筋が冷たくなった。まさか僕らは……ずっと久遠寺の手のひらで踊らされていたのか……？

「しかし……久遠寺写楽は、御年七十歳過ぎと高齢だ」煌さんは眉を顰めて反論に出る。「腹部に致命傷を受け、大量の出血をしながらも様々な偽装工作を施し、その後自らベッドへ潜り込むなんて芸当が、本当に可能だったんだろうか？」

「絶対にそれが可能だった、という確証はありません」来栖さんは素直に反論を認める。

「ただ室内の移動に関しては、電動車椅子に乗っていたので大きな負担にはならなかったと思います。それに今回の《催し》に関して言ってしまえば、刺された後、とにかく最低限部屋の施錠さえできれば及第点だったはず。出血から急激な血圧低下による意識障害が発生し、当初の計画どおりベッドへ向かうことが困難であると久遠寺が判断したのであれば、そのまま書き物机あたりに向かってそこで絶命するのでも、事件の不可能性自体は十分保てますから」

そうか。久遠寺がベッドで息絶えていたのはあくまで結果的に、の話であって、実際には様々な状況に応じた計画が用意されていたのだとしたら、それほど無茶なものとも言い切れないのかもしれない。

渋々納得したのか、煌さんは頭を無造作に掻きながら続ける。

「そこまでは……まあ良い。密室や、犯行時刻と事件発覚がズレたことの説明にもなっているからな。だが、《使徒》たちが皆、久遠寺の《催し》を知った上で立ち回っていたというのは、どうにも現実的ではない気がする。騙し通す相手は、あの百戦錬磨の《名探偵たち》だぞ?」

「沖影以外の《使徒》たちは、本当に《催し》の内容を知らなかったのだと思います。彼女たちは何も知らされていないフラットな気持ちで、久遠寺写楽の死を悼んでいたのでしょう。一応《使徒》の誰かが、久遠寺写楽を殺害したのが《名探偵たち》だ、と早合点して流血沙汰に発展する危険性も十分にありましたが、そこはメイド長にして《第一使徒》

十六夜の機転で何とかなる、という信頼と確信があったのだと思います」

実際に物語がそのように展開している以上、煌さんも上手い反論が思いつかないようだ。

「……沖影を犯人とすることで、多くの謎が消えるのは確かだ。だが、肝心の『エーデルワイス』はどう説明する？　実際の犯行時刻が、御剣氏との面会直後なのだとしたら、なおのこと事件発覚時点で二階にいた沖影に『エーデルワイス』を鳴らすことは不可能だったはずだ。まさか、今さらここで、実は好きな時刻に好きな音楽を流せる仕組みがあったとは言うまいな？」

煌さんは鋭い視線を向ける。来栖さんは真っ向からそれを受け止めて微笑んだ。

「むしろ逆なのです。事件発覚時点の午前二時過ぎに、館中に『エーデルワイス』を鳴り響かせることができたのが、沖影論理だけなのです。何故なら——沖影論理の部屋に宛がわれていた音楽こそが、『エーデルワイス』だったからです」

「ま、待ってよ来栖さん！」たまらず僕は割って入る。「言ってる意味がわからないよ！　どうして沖影論理の部屋に『エーデルワイス』が宛がわれてるのさ！」

「簡単なことです」来栖さんは澄まし顔で告げた。「事件発覚時点で、沖影論理は久遠寺写楽の名を継いでいたんですよ」

「…………」

さすがに二の句が継げなくなる。あまりと言えばあまりにも乱暴な仮定。

眉を顰めながらも、煌さんが続きを引き継ぐ。

「何を根拠に、そんな荒唐無稽な主張をしているんだ？　まさか、唯一の血縁者だからか？」

「まさか」来栖さんは両手を振る。「根拠は二つ。一つは、『リバースクラウン』の徽章です」

「徽章が？」雲雀が不思議そうに首を傾げた。

「はい。これは想像というかほとんど妄想に近い推測ですが……。あの徽章は《使徒》であることを示すためのものではないのです。おそらくですが、『久遠寺写楽』の名を継ぐに相応しい後継者候補を示すための印だったのだと思います」

「意味が……わからないわ」苦しそうに御剣さんが呻いた。「あなたはさっきからいったい何を言っているの……？」

「皆さんが複雑に考えすぎているこの物語を、わかりやすく、シンプルに解きほぐしているだけですよ」

安心させるためか、来栖さんは驚くほど穏やかな笑みを御剣さんに向けた。

「御剣さん、『リバースクラウン』の形をもう一度よく見てください。クラウン、つまり王冠を逆さまにすることで体制への反逆を表していると作中には書かれていましたが、そんなつまらないことを久遠寺写楽がすると思いますか？」

「それは……」

御剣さんは言い淀む。確かに……言われてみれば、《怪盗王》としてすでにやりたい放題で体制に反逆しているのに、それを誇示するようにわざわざ《使徒》たちに身に着けさせるというのは、どうにも久遠寺写楽という人物像に合っていない気がする。

「この徽章はもっと素敵なものです」

来栖さんは、本を開いて『リバースクラウン』が図解されたページを開く。ただジッと僕らはそのページを見つめる。すると来栖さんはおもむろに本をひっくり返した。

「ほら、よく見てください。王冠なんかじゃなくて、もっと見慣れたものに見えてきませんか？」
諭（さと）すような優しい口調で来栖さんは問う。見慣れたもの……それはいったい……？
「まさか、肉球……？」
不意に、雲雀がそんなことを呟く。肉球——確かに言われてみればそんなふうに見えなくもない。

「さすが雲雀先輩、正解です」

どうやら肉球で合っているらしい。だが——意味がわからない。ますます僕は困惑するが……そこで突然、煌さんが意味ありげな笑みを浮かべながら言った。

「なるほど——エーデルワイスだね？」

「ご明察」

来栖さんは嬉しそうに言った。

「エーデルワイスは、学名を『高山に生まれたライオンの足』というそうですね。ライオンはネコ科なので当然肉球をもちます。おそらくそのあたりの発想から、久遠寺写楽は『リバースクラウン』のデザインを思いついたのでしょう。普段はそれを逆さまに付けさせて、真に久遠寺が後継者を決めたとき、自らの手で徽章を正位置に戻して、次なる『久遠寺写楽』を継承させる——。これは、初めからその儀式のために用意されていたのですよ」

「じゃ、じゃあまさか……事件当夜は……」

放心したように呟く御剣さんに、来栖さんは微笑みかけた。

「そうです。唯一、徽章を逆さまに付けていた者——すなわち沖影論理こそが久遠寺写楽であり、その名を受け継ぐと同時に、『エーデルワイス』の旋律をも受け継いでいた。だから彼女はあの夜、自室のドアを開けるだけで、館中に『エーデルワイス』を鳴り響かせることができたのです」

荒唐無稽、と言い捨てることのできない、不思議な説得力があった。

作中で、確かに沖影論理が徽章を逆さまに付けているという描写があった。だが、そんな細やかな描写だけで、来栖さんはこの仮説を導いたというのか……。

元々頭の良い娘だとは思っていたが、さすがにこれは常軌を逸している。これがまさか、昨日言っていたお兄さんの——《名探偵》の血なのだろうか。

「そして根拠の二点目は、この『神薙虚無最後の事件』そのものです」来栖さんは朗々と語る。「執筆者である御剣大氏が、作中で誤った《記述》をしないよう心掛けていたというのは皆さんご存じかと思います」

確か、事件直前のエレベータ内でのシーンにそんなことが書いてあった。

「これは御剣氏の信念のようなもので、読者へのフェアネスの証として、そのあたりは特に拘り、注意しながら作品を執筆していたのだと思うのです。では、その上で皆さんに質問があります。先ほど述べたとおり、沖影に刺された後、久遠寺は、《久遠寺写楽》という名を、沖影へと継承しました。執筆時点で、当然御剣氏はこの事実を認識していたはずですが……ならば、《久遠寺写楽》を継承し終えた老人——沖影定理のことを、作中で《久遠寺写楽》と記述してしまうのはアンフェアだと思いませんか？」

来栖さんの問いに、僕らは困惑する。代表して煌さんが答える。

「それは……一概には言い切れないが、人によっては、それをアンフェアと取ることもあるだろうな。叙述トリックではよく、記述者が誤った事柄を認識していたとして、それを事実として認識していたのであれば、地の文に事実ではないことが記述されていたとしても問題ないという寛容派と、たとえそうであったとしても読者を意図的に騙すような記述は避けるべきだという厳密派による論争が巻き起こったりする。ミステリ作家でも意見が割れるくらいだから、答えらしい答えはないのだろうが、それでもアンフェアだと感じる人が少なからずいるのは間違いないね」

「詳しいご説明ありがとうございます」来栖さんは律儀に頭を下げる。「今、煌さんからお話があったとおり、叙述トリックに関しては様々な持論を持った方がいるため、使用する際には細心の注意を払う必要があるわけですが……御剣氏もこの例に漏れず、最大限注意を払っています。しかも御剣氏は、今のお話で言うところの厳密派の方のようです」

「……というと？」

首を傾げる僕。来栖さんは、合わせた両手を頬に添えて得意げに告げる。

「実はこの本、久遠寺の寝室を辞して以降、地の文では一度も沖影定理のことを久遠寺写楽とは記述していないのですよ」

「そんな馬鹿な……っ！」

慌ててテーブルの上に置かれていた『最後の事件』を開く。

すると……確かに事件発生時から終わりまで、ベッドの上で亡くなっていた沖影定理のことを《久遠寺写楽》とは記述していないことに気づく。

老人、主人、好敵手、世紀の大天才――実に様々な呼称を代名詞的に使用しているものの、徹底して、不自然なまでに沖影定理を《久遠寺写楽》と記述することを避けていた。

意図的にそうしているのだと、言わんばかりに。

「この叙述は、あくまでも事件の外側にあるものなので傍証でしかありませんが、御剣氏がすべてを知った上でこの物語を書いていた、という事実がある以上、記述の不自然さから、『沖影論理が《久遠寺写楽》を継承していた』という仮説の根拠を見出す行為は、それほど妄想的な言い掛かりではないように思います」

反論は上がらない。彼女から紡がれる論理に、圧倒的な説得力を感じてしまったから。

「……志希ちゃんの言うことは、理に適ってると思う」雲雀がどこか腑に落ちないという様子で割って入る。「でも、久遠寺に関する記述が志希ちゃんの主張どおりなんだとしたら、曲目に関する記述はどうなるんだい？　あれによると沖影論理だけ一人に対して二曲が宛がわれていることになる。さすがにこれは看過できないレベルのアンフェアだよ。自分の記述に絶対的な拘りを持っていた御剣氏が、この部分だけアンフェアを許容するとは思えない。それに徹底したフェアネス精神でここまでやってきたはずの久遠寺もまた、《名探偵たち》の了承を得ず、そんな暴挙に出るとは考えがたいけど……」

「さすが、鋭いですね、雲雀先輩」来栖さんはあくまでも穏やかに返す。「確かに一見するとアンフェアなようにも思えます。事前に提示されていたルールに抵触するおそれのあるトリックなのですから。でも、ならばこうは考えられないでしょうか？　実は事前に

《名探偵たち》に確認を取りしっかりと了承を得ていたのではないか、と。そしてそれゆえに、《名探偵たち》は、一人に対して二曲が宛がわれるという特別ルールを許容していた、のだとしたら？」

逆に問われて、雲雀は閉口する。確かにそれなら意見は分かれるかもしれないけど、一概にアンフェアとは言い切れなくなるだろう。でも、少なくとも作中にはそのような描写はなされていなかったはずだ。つまりは来栖さんの想像でしかないわけで……。彼女はいったい何を言おうとしているのだろうか。

「では、そろそろそのあたりのお話もしていきましょうか。先ほど、私が推理を語り始めるまえに、いくつか客観的に考えて事実であろうと思われる情報を整理して挙げていきましたね。その中で一つだけ、あえて避けた事実があります。それが——御剣さんが神薙虚無の娘であるという事実です」

「——っ！」

その言葉に、御剣さんは口元に手を当てて息を呑む。ショックのためか言葉を紡げない御剣さんに代わって、雲雀が反論に出る。

「でも！　もしそれを事実と認めたら、どうやっても御剣さんは救われない！」

御剣さんが真に求めているものは、事件の真相などではなく、御剣大との確かな親子の絆だ。それなのに来栖さんは、残酷にも真っ向からそれを否定している。

責めるような雲雀の言葉に、しかし来栖さんはゆっくりと首を横に振る。

「雲雀先輩、勘違いをしてはいけません。私は、観測された情報から客観的に断定できる事実を提示しているだけです。事実をねじ曲げて都合の良い解釈をしても、本当の意味では誰も救われないんですから」

「そ、それはそうかもしれないけど……でも！」

「『でも』はなしです。理由はこれからお話ししますが、とにかく御剣さんが星河かぐやの娘であること、そして神薙虚無の娘であるということは——事実と見ていいでしょう」

「そ、そんな……」

落胆を見せる雲雀。きっと、雲雀は御剣さんが救われる何らかの一発大逆転を望んでいたのだろう。来栖さんはそんな雲雀をじっと見つめて言う。

「雲雀先輩は、御剣さんを救うためには、御剣さんが神薙虚無の娘であることを絶対的に否定しなければならないと、そう思ってるんですよね？」

雲雀は悔しそうに頷く。しかし——。

「でも、実はその発想が根本から間違っているとしたらどうします？」

僕らは呆気にとられる。鳩(はと)が豆鉄砲を食ったような、という慣用句があまりにもぴったりと当て嵌まる状況。

そして、来栖さんは——更なる驚きを与えるとっておきの仮説を投下する。

「そして仮に——神薙虚無なんて人物が存在しないとしたら、どうします？」

「あ、あの来栖さん。いったいどういうこと？　御剣さんと神薙虚無の血縁を肯定したかと思ったら、今度は今さら神薙虚無の存在そのものを否定するなんて……」

　僕は恐る恐る尋ねる。神薙虚無の非実在説は、当時から話題だった仮説だ。そもそもその仮説のせいで、炎上したといっても過言ではないものを、このタイミングで引き合いに出すなんて、いったい何を考えているのだ……？

　ますます混乱する僕を、片手を上げて制してから、来栖さんは説明を再開する。

「今、先輩が言った二つの条件は決して背反するものではないんです。神薙虚無なんて人物は初めから存在しなかった。それはもうこの一連のシリーズが始まった当初から存在しなかった。ある意味では、神薙虚無というのは架空の人物と言えるでしょう。ゆえに、戸籍が存在しなかった。戸籍が存在しないがために、偽名だと認識され、事故後に失踪したと考えられた。しかし、それは大きな間違いです。そもそも存在していないのだから、偽名ですらなく、存在していないから失踪すらできません。ネットや週刊誌で騒がれていた仮説は偶然にも事実を言い表していたわけです」

「いい加減にして！」御剣さんは立ち上がり、髪を振り乱して大声で叫んだ。「意味のわからないことを言って煙（けむ）に巻くのは止してちょうだい！　結論を言って！　それじゃあ、私はいったい誰なの！　私はいったい何者なのよ！」

「ですから、初めから言っています。あなたは、星河かぐやの娘であると同時に神薙虚無の娘でもあり、しかし神薙虚無なんて人物は実在しないと」

　御剣さんの悲痛な声とは裏腹に、来栖さんは至極冷静に言う。

「この一見背反する事象を一切の矛盾なく受け入れる方法は一つだけです。それは――」

　全員の顔をゆっくりと見回してから、彼女はそれを言った。

「それは――『神薙虚無』と『星河かぐや』が同一人物であるという結論のみです」


　あまりにも突拍子がなかったためか一瞬室内の空気が静止する。直後、その空気を破るように煌さんは重々しく呟いた。

「つまり――星河かぐやは二重人格だったということだね」

　にっこりと笑って来栖さんは応える。

「――そのとおり」

　これが――。

　これが来栖さんの持つ、絶対無敵最強の武器。《真相》を超えた《真実》なのか……！

「論理的に言って、この結論しかあり得ません。星河かぐやは二重人格――いわゆる、解離性同一性障害であり、もう一人の人格として『神薙虚無』という天才的な人格を保持していた。御剣さんのお父様は、その『神薙虚無』という人格を、あえて星河かぐやと分離させて記述することで、読者に両者が別人であると誤認させていたんです」

「ちょ、ちょっと待って！　じゃあ、もしかしてこっちも叙述トリックだったってこと？」

　雲雀の的確な指摘に、来栖さんはにこりと微笑みかけた。

「そういうことです。まあ、こちらは叙述というよりもまさかノンフィクションの、しかも私小説で叙述トリックなんて使わないだろう、という思い込みの裏をかいた心理トリックとも言えるかもしれないですけど」

　なんてこったと言わんばかりに、雲雀は顔に手を当てて天を仰ぐ。

　でも、確かに言われてみれば——至るところにそのヒントが隠されていた。

　最初の招待状のやり取りにしても、久遠寺との問答にしても、むしろ気づいてくれと言わんばかりに不自然な描写が多かった。

　それに以前、雲雀が『装飾過剰なわりに、あまりキャラクタを前面に押してこない』とこの作品を評していたのも当然といえば当然だ。下手なことをして致命的な記述をしてしまったら、すべてが台無しになってしまうのだから。つまり、どこか違和感の残る文体は、意図的に演出されたものということになる。

「一般的に、解離性同一性障害は、幼少期の虐待などが原因となって別の人格を作り出すものとされていますが、希に虐待などを経験していない非常に頭の良い子どもが複数の人格を持つ例が記録されています。多重人格というよりは、自分の身体を共有しているイマジナリーフレンドのようなイメージなのかと思いますが。彼女の場合、主人格は星河かぐやで、彼女の中には非常に頭の良い神薙虚無という人格が共存していました。主人格が星河さんなので、神薙虚無は自由に表へ出てこられません。だから必ず、彼の人格が表に出てくるときは、星河さんの許可が必要だった。誰かに話し掛けられた場合も、きっと内々で星河さんの許可が出ていたのでしょう。それゆえに、星河さんは神薙虚無にべったりしているように見えたのです。まるで姉が弟を気遣うように、ね」

言われて初めて思い当たる描写の不可解。さっき煌さんは、世話焼き女房のようだ、と言っていたが、そうではなかったのだ。星河かぐやは——ただ世話焼きな、姉だったのだ。

神薙の口数が少なかったのも、主人格が星河かぐやであったために、おいそれと喋ることができなかったからと考えれば筋が通る。

そして、先ほど来栖さんが言っていた、一人に対して二曲が宛がわれることを《名探偵たち》が許容していた、という強引な仮説も納得せざるを得なかった。何故なら実際に星河かぐやという一人に対して、神薙虚無の分の曲まで宛がわれていたのだから。おそらく、ホストである久遠寺写楽が《名探偵たち》の寝室を用意する際、神薙虚無と星河かぐやのどちらの人格が表に出ていても、フェアに寝室に寝泊まりできるよう二人分を用意しておいたのだろう。

すべてが——久遠寺写楽のフェアネス精神の表れだったというのか。

衝撃の事実に言葉を呑む僕らとは対照的に、御剣さんは状況がよく理解できていない様子で狼狽えていた。

「ちょ、ちょっと待って。つ、つまりどういうことなの？」

「つまりですね」来栖さんは柔らかい口調で答える。「御剣さんのお母様、星河かぐやさんの別人格である『神薙虚無』という人格を、御剣大氏はさも実在の別人物のように取り扱い、物語を描いていたということです。御剣氏が何故そのような記述をしたのかまではわかりませんが、自分の大切な幼なじみを主役とした探偵譚を書くに当たって保険をかけたというのはあるでしょうね。星河さんを前面に押し出したら、何かあったとき彼女に危険が及ぶかもしれませんし。もしかしたら、御剣氏なりの愛情表現だったのかも」

来栖さんは照れたようにはにかんだ。

「それに純粋な好奇心から、読者を驚かせたかったというのもあるでしょう。物語に介入しない《観測者》だからこそ使える反則すれすれの超絶技巧——面会の際、久遠寺写楽も言っていましたが、まさに最高のエンターテイナーと呼ぶに相応しい見事な仕事ぶりです」

そこでようやく来栖さんの話を十分に理解したらしい御剣さんは、口元に手を当ててその双眸に大粒の涙を浮かべながら、震える声で呟いた。

「ご、ごめんなさい……ちょ、ちょっと混乱してしまって……。お、お願い……か、確認させてもらいたいことがあるのだけど……それはつまり、神薙虚無は私の父ではあり得ないということ、なのかしら——？」

「そうですね。論理的に、あるいは生物学的に言ってあり得ません。強いて言うのであれば、あなたの『お母様』ということになります」

「じゃ、じゃあ、私の本当の父親は――」

御剣さんの心の底からの問い掛けに、来栖さんはわざとらしく肩を竦める。それからことさら優しい口調で、《真実》を告げた。

「御剣大氏に決まっていい、いるじゃないですか。初めからわかりきっていたことでしょう？」

目を丸くして閉口する御剣さん。様々な想いが込み上げてきて混乱しているのだろう。

「神薙虚無が解いたオルゴールを星河かぐやが持っていた理由、でしたっけ？　そんなもの、二人が同一人物なのであれば悩む必要すらありませんよね」

来栖さんは優しく御剣さんに語りかけるが、煌さんは空気も読まず楽しげに割り込んだ。

「しかしだ、来栖くん。仮にきみの推理どおりだとしたら、この事件はどう解釈するんだ？　そもそも御剣氏による叙述トリックは、物語のいわば『外側』に位置する仕掛けだろう？　事件そのものには直接影響しえないと思うのだが」

「煌さんの言うとおり、本来この叙述トリックは物語の『外側』つまり、私たち読者側に向けて仕掛けられたものだったはずです。しかし、『最後の事件』だけは違うんです。何故なら、久遠寺写楽はこの御剣氏の気まぐれとも言える叙述トリックを逆に利用して、『神薙虚無』という幻想の名探偵をこの世から消失させる途方もない計画を企てていたのですから」

さすがに論理が飛躍しすぎて理解できない。来栖さんはどこかハイテンションに続ける。

「――では、これよりあらためて、久遠寺写楽の計画の全容を明らかにしていきたいと思います。さあ、クライマックスですよ」

僕は姿勢を正して、彼女が紡ぐ物語の結末を拝聴する。

「久遠寺写楽が、最高のトリックスターだった、という点に異議を唱える人間はいないはずです。生憎と私はそのことを知らなかったわけですが、義賊的な犯行や芸術的なまでの手口は常に人々を魅了し、いつしか彼は《怪盗王》として世界中の人々から愛されるようになりました。そして人々の想いに応えるように、ますますもって刺激的な犯行を繰り返してきた――」

僕らの世代では知っている人のほうが圧倒的に少ないだろうけど、煌さんの話によると当時はかなりの数の人が、久遠寺写楽の紡ぐ芸術的犯罪に熱中していたという。

「それはそれで彼も楽しかったことでしょうが、いくら義賊的とはいえ犯罪は犯罪。警察に迷惑を掛けてしまうことを心苦しくも思っていたはずです。しかし、彼はトリックスター だから人々の気持ちに応えないわけにはいかなかった。彼はがむしゃらに大多数の人々を楽しませ続けました。警察への迷惑には目を瞑って――。まあ、このあたりの事情は実際のところよくわかりません。ただ作中の数少ない会話から、優れた知性を持っているだけでなく、意外なほどの人格者でもあるところなどが垣間見えたので、そのように推察しました。違っていても文句は受けつけませんし、私の勝手な推理ということでこのまま話を進めます」

断りを入れてから、来栖さんは続ける。

「さて、そんな一見矛盾した想いを胸に抱きながら活動を行っていた久遠寺に、一つの転機が訪れます。それが、《名探偵》神薙虚無らとの出会いです。《名探偵たち》の登場により、自らの犯行がただの犯罪から、《名探偵》との《対決》という形へとシフトし、よりいっそう人々を魅了させる構図へと昇華したのです。この変化をもたらした最大の功労者はやはり御剣大氏でしょうね。彼が《観測者》として、《怪盗王》と《名探偵たち》の対決をより魅力的な物語として描き、それを広く一般の人に向けて公開したことで、久遠寺の活躍はより多くの人々の知るところとなりました。これにより、不本意ながらも今まで辛酸を舐め続けてもらってきた警察に花を持たせることもでき、また犯行が失敗してもそれは《名探偵たち》との知略の限りを尽くした結果になるため、よりいっそうのエンターテインメントを世に提供できることになる。世紀のトリックスターである久遠寺写楽にとっては最高の展開だったはずです。さらには、神薙虚無という自らの知力の限界を振り絞ってなお、ぎりぎりの駆け引きができる、文字どおりライバルと呼べる凄まじい頭脳の持ち主とも出会うことができました。彼の喜びと、そして《名探偵たち》に対する感謝の気持ちはそれこそ計りしれないものだったはずです」

そこで来栖さんはいったん言葉を切る。さすがにこの長広舌では舌が回らなくなるのか。冷えた玉露を美味しそうに呷ってから話を続ける。

「望みの環境を手に入れた《怪盗王》久遠寺写楽ですが……その代償のためか、彼の身体は病魔に冒されてしまいました。久遠寺写楽の通院記録も残っていますし、実際作中では、激しく咳き込んだシーンも描かれています。その内容までは定かではありませんが、高齢であったこと、そしてその後の展開から考えて不治の病であったのでしょう。もうあまり長く《怪盗王》として活動できないかもしれない。そして将来有望なうら若き《名探偵たち》にも、あまり長く迷惑を掛けるわけにはいかない。それに現在の奇跡的な構図もいつまで続くかわからない。いずれは《名探偵たち》も嫌気がさすかもしれませんし、それ以前に世間の人々に飽きられてしまうかもしれない。それだけは、久遠寺は避けたかった。絶対的に、ある種の強迫観念的にそれだけは避けたかった。これはもうある種の病気です。《天蓋症候群》という人々を喜ばせたいと願う病——。とにかく、この奇跡を奇跡のまま完結させる、そんな史上最高のトリックを久遠寺は考え出さなければならなかった。当然、そんな都合のいいものがすぐに思い浮かぶはずもなく、さしもの《怪盗王》も少なからぬ時間、頭を悩ませ続けたことでしょう」

トリックスターであるがゆえの、ある種矛盾した苦悩。

「さて、そんなある日。久遠寺は偶然か必然か、神薙虚無——つまり星河かぐやの妊娠を知りました。これ以上彼女たちを《名探偵》として活動させるには限界があります。次の事件がおそらく最後の《対決》となるだろうと予感し……そして知略の限りを尽くして、最後に相応しいある一つの壮大な計画を考えつきました。自分の目的も完遂し、《名探偵たち》も解放し、世間の人々にも楽しんでもらえるであろう——完全無欠の最高傑作を」

いつの間にか、みんな来栖さんの語り口に引き込まれるように身を乗り出していた。それに気づいたらしい来栖さんは、いっそう気合いを入れて言葉を紡ぐ。

「当初の計画では、彼は寝室で自殺をすることで、すべての片を付けようとしていたのだと思います。『決して人を傷つけない』という鋼鉄の誓いはありましたが、あくまでもそれはエンターテインメントのためであり、自らの死がそれを効果的に演出できるのであれば、自分を傷つけることには、躊躇がなかったのでしょう。しかし、その最終段階で一つだけ懸念事項が生じてしまいました。それが、自殺という結末の是非です。『密室における他殺に見せかけた自殺』というのは、本格ミステリにおいてほとんど禁じ手と認識されています。もちろん、絶対的な禁止事項というわけではありませんが、《怪盗王》と《名探偵》に纏わる最後の事件のオチとしては、あまり美しくありません。ゆえに《他殺》であり、かつ《名のある真犯人》が必要だった。だから仕方なく——最愛の孫娘を次なる後継者と定め、この計画へ引き入れることにしたのです」

先ほど、来栖さんの推理を聞いたときからずっと疑問だった。

そもそも何故、久遠寺は自殺を選ばず、沖影に自らを刺させたのだろうかと。

その理由が今ようやくわかった。

久遠寺写楽は――エンターテインメントを徹底するために、自殺を選べなかった。だからあえて、より過酷な選択をした。

「さすがに沖影も最初は拒絶したでしょう。でも、病魔に冒され余命幾許もなく、日々病の進行に苦しんでいる祖父を見ていた彼女は、応じざるを得なかった。初めに私が、殺人事件は起こっていなかったと言ったのはこのためです。沖影は、殺意をもって久遠寺を刺したのではなく、久遠寺の生に確かな意味を持たせるために、彼の死を幇助したにすぎなかったのですから。そして、腹部を刺された久遠寺は、強靭な精神力で残されたわずかな命を全うするように、ドアを施錠し、沖影の部屋の音楽を『エーデルワイス』に変更して『久遠寺写楽』を完全に継承させ、その後に自らベッドまで移動して――息を引き取ったのです」

思わず全身が総毛立つ。

そのあまりにも気高い精神に――ただただ心酔してしまう。

「ちなみにこのとき、腹部を刺されたタイミングで、久遠寺は沖影の『リバースクラウン』を自らの手で外して正位置に付け替える儀式を行いました。しかし、痛みに耐えてのことだったために指先が震え、手元が狂ってピンで指を刺してしまった。遺体の人差し指に刺し傷があったのはこのためです」

「――エレベータの中で、御剣氏が『リバースクラウン』が逆になっていることに気づいたのは、まさにそのときに付け替えられたからだったのか」

ため息が出る。何という、大胆不敵な犯行か。

「そして《久遠寺オルゴール》の中には、おそらく《催し》の計画書のようなものが隠されていたのでしょう。最終的に神薙虚無を解放するためにも、彼の協力は不可欠ですからね」

久遠寺の死を悼むように、そこで一度言葉を切り、彼女は締めに入る。

「これが――この物語の真相です。久遠寺写楽は、《名探偵たち》を労い、最後の晩餐を共にし、御剣大氏にずっと言いたかった礼を伝え、そして最後に自分の人生に満足しながら――逝ったのです。死後のことは、沖影にすべて託しました。彼女は、祖父の死に胸を痛めながらも、偉大な祖父より授かった《久遠寺写楽》という称号を全うしました。最後、炎上する館に居残ったのは、当初の計画ではなく彼女の独断だったと私は思います。もし、初めから星河さんと沖影の二人でシェルターに入ることを想定していたのだとしたら、一人用シェルターではなく複数人用のものを用意していたはずだからです。《催し》の計画書の中には、何かしらの理由をつけて神薙に燃え盛る建物の中へ引き返すよう、指示がされていたのでしょうが、沖影は自らの意思でその『理由』となったのです。たぶん、沖影は最後死ぬつもりだったのでしょう。鋼鉄の誓いを破り、祖父を傷つけた自分には、《久遠寺写楽》である資格がないと――そう考えたとしても不思議はありません。しかし、久遠寺写楽はそんな沖影の決断さえ読んでいました。神薙虚無なら、星河かぐやなら絶対に沖影を救ってくれるという確信があった。そしてその読みどおり、星河さんは半ば強引に沖影をシェルターの中へ引きずり込みました。そのおかげで、一人用のシェルターに二人も入ったため二人は酸欠になった、というその後の星河さんの記憶と証言が曖昧になっても違和感がない状況を整えられたのです。おそらくシェルターにはちゃんと空気が循環するよう細工がしてあったはずで、実際のところ星河さんは、記憶障害など起こしていなかったのだと思います。しかし、神薙虚無失踪部分についてはどうしても詳細な証言ができなかったために、彼女は久遠寺写楽の狙いどおり、酸欠で記憶を失った振りをしたのです。まあ、このあたりは想像でしかないのですけどね。かくして、久遠寺写楽と神薙虚無は表舞台から姿を消し、人々を魅了してやまなかった物語は、最後に相応しいカーテンフォールを迎えたのです」

本当にすべて——久遠寺写楽の目論見どおりに。

「久遠寺写楽最後の言葉の意味ですが、あれもそのままの意味です。事件後の星河さんを守れる人間なんて、この世に御剣大氏しかいませんからね。単純にそのことを念押しするだけの……遺言だったのでしょう。その話を聞いて神薙虚無が大笑いしたのも、すべてを見透かしていた久遠寺写楽に対する賞賛のためでしょうね」

そして来栖さんは、不安げな面持ちで瞳を揺らしている御剣さんに向けて言った。

「総括。謎その一『全員が二階にいたにもかかわらず開かれた久遠寺写楽の寝室』の真相は、久遠寺写楽の名を引き継いだ存在を想定することでクリアできる。

謎その二『定員オーバーのエレベータ』の真相は、神薙虚無と星河かぐやが同一人物であると仮定することでクリアできる。なお、本当に鏡が取り外されていたとすれば、それは耐荷重に余裕を持たせるためと考えられる。

謎その三『久遠寺写楽の寝室の密室』の真相は、刺されたあと久遠寺写楽が自ら施錠したと仮定することでクリアできる。

謎その四『何故、館は燃えたのか』の真相は、《神薙虚無》と《久遠寺写楽》という二つの虚構存在を消失させるためと仮定することでクリアできる。

謎その五『《久遠寺オルゴール》の秘密』の真相は、神薙虚無にのみ《真相》を伝達するための装置だったと仮定することでクリアできる。

謎その六『久遠寺写楽最後の言葉』の真相は、《神薙虚無》という虚構存在を消失させたあとの星河かぐやのことを、その恋人たる御剣氏に託す旨の遺言であったと仮定することでクリアできる。

ちなみに、『リバースクラウン』、そして『御剣氏による叙述』の二点を論拠として沖影論理を犯人と断定しましたが、その傍証として事件当時のアリバイを確認してみましょう。まず、御剣氏と沖影が寝室を出たのが、午前零時の四分ほどまえ。それからエレベータで一分掛けて一階へ下り、食堂で十六夜と空峰の姿を目撃しています。その後、遊戯室では水守と渡良瀬、そして秋山と月見里が目撃されました。そして最後には星河さんの姿も確認しました。御剣氏らが寝室を出た以降に出会った人々には、時間的にも犯行が不可能なことがわかりますね。唯一、姿が確認されていないのは、神薙虚無のみですが、彼が実在しないことは前述のとおりです。つまり、事件当夜館にいたすべての人間には、久遠寺写楽を殺害することが不可能なのです。ただ一人——最後に寝室を出た沖影論理を除いては。

さらに何点か。雲雀先輩の推理で指摘されたシャンデリアの件は、単純に最後の火災の際、危険なため取り外されただけでしょう。凶器が現場に残されていなかったのは、それを残しては犯人が一発でわかってしまうからです。この状況で考えられる凶器——それは、沖影論理の象徴武器である超音波振動小刀《落日供物(ラスト・ジャッジメント)》でしょうね。

電気毛布が使用されたのは、実際の犯行時刻を誤魔化すため。あと瀬々良木先輩の推理で話題になった瞬間移動の件は、雲雀先輩の推理どおり、《使徒》であれば誰でも対応可能ということで何も問題になりません。斯様にこの物語はごくごくシンプルな原因と理由に分解できるわけです」

来栖さんは満足げに微笑んでから恭しく頭を下げた。

「さて、これで誰も傷つけることなく、絶対不可侵(ふかしん)の神聖なる《王の宝物庫》は、開かれました。閉ざされていたパンドラの箱には、しっかりと《希望》が残されていたでしょう?」

そんな彼女の言葉に、わずかな逡巡を見せてから、御剣さんは口を開く。

「た、確かにあなたの推理が正しいなら、私の望んだ以上の《真実》と言えるかもしれないけど……。でも、あなたは観測された結果から、無理矢理その仮説を捻り出しただけなのでしょう……？」

「そうですね」来栖さんはあっさりと頷く。「私の推理のほとんどは、希望的観測に基づく妄想で構成されています。証拠なんてまったくありません」

「じゃ、じゃあ、やっぱり依然として、私が抱える推理が正しい可能性は否定できないじゃない！　仮にエレベータのトリックが崩されたとしても、瀬々良木さんや雲雀さんの推理のように別の方法でそれが実現できた可能性までは否定できない！　結局何が《真実》かなんてわからないじゃない！」

「それはそうです。そんなこと初めからわかりきっていることでしょう？」

感情的に叫ぶ御剣さんとは対照的に、来栖さんは冷静に対応する。

「これは私の想像でしかないのですが、御剣さんは星河かぐやが提示しようとしていた《真相》を、上書きできるような推理を探し求めていたのではありませんか？　星河かぐやの提示する《真相》が必ずしも正しいものとは限りませんが、少なくともあなたはそれを上回る推理さえ手にしていれば、星河かぐやの挑戦に勝利した、という自己満足を得られるはずです。そして、私たちは今日その可能性を提示しました。あとは星河かぐやからオルゴールを受け取り、その後はあなたの好きなようにすれば良いのです。何度も言うように、二十年もまえの事件なのですから、何が真実かなんて今さらわかるはずもありません。要は、それを認識する人間がどう判断するか、というだけの問題です。勘違いをしてはいけません。《真相》はどうあっても、あなたの中にしかないんですよ」

「し、志希ちゃん、それはちょっと言いすぎじゃ……？」

肩に触れて止めようとする雲雀を、来栖さんは手で軽く制する。

確かに……誰が何と言おうと、これはどうしようもない事実だ。来栖さんの推理が正しければ最高のハッピーエンドだが、煌さんの推理が絶対に間違っているという証拠もないし、あるいは雲雀の推理どおり、館全体がエレベータのように動いたという可能性だってゼロではない。

究極的な話――やはり、当人の問題ということになる。どう認識し、どう納得し、どう決着をつけるかという、ただそれだけの問題。

御剣さんは来栖さんの言葉に打ち拉がれたように俯き、涙をボロボロと零す。

「わかっているけれども……そんなことは、初めからわかっていたけれども……。でも結局、どんな推理だって、それは真実ではなくて……。なら私は一生、自分の父が本当の父ではないかもしれないという恐怖に震えながら、生きていかなければならないじゃない！」

「お父様に聞いてみる、というのが一番手っ取り早い方法なのですけどね。事故で記憶を失われているそうですし、それも難しいでしょう。ならやはり簡単で確実なのはＤＮＡ鑑定でしょう。とりあえず、それで御剣さんの抱える問題だけはクリアできます」

「そ、そんな怖いことできるはずないでしょう！」

御剣さんは、周囲の目を憚ることなく泣き叫ぶ。まるで、子どものように。

今になってようやく気づいたが――この人は今、迷子なのだ。

父親がいなくて、母親がいなくて。

すぐ目前には父の面影を残す男性が背を向けて立っているが、しかしその背中に手を伸ばすことは叶わない。もしもそれが父ではなく赤の他人であったなら――その先には絶望しか残されていないから。

泣き崩れる御剣さんに、来栖さんは優しい口調で語りかける。

「確かに御剣さんの言うように、事件に関しては、何一つとして証拠が残っていない以上、今提示された四つの推理のどれが正しいか、あるいはこれ以外の第五、第六の推理が正しいのかは誰にもわかりません。何を信じるかはあなた次第で――そしてあなたは、何を信じるべきか迷っている。だから、私にできることは、あなたが信じたいものを信じられるようになる、おまじないを教えてあげることだけです」

「……おまじない？」涙声で御剣さんは復唱する。

ええ、と穏やかに微笑んで来栖さんは告げる。

「――実在しない仮想人格の《名探偵》神薙虚無。彼は、自ら《欠陥探偵》と名乗る程度には、自身の存在に自覚的だったはずです。肉体を欠いた意識だけの欠陥存在――ゆえに彼は、自身の名を『虚無』としました。存在しないはずなのに確かにそこに存在するという大いなる矛盾。――これ、何かに似ていると思いませんか？」

来栖さんはゆっくりと全員を見回す。そして最後に目が合った僕は、何となく思いつついたことを恐る恐る口にする。

「……もしかして、般若心経？」

「そのとおりです」にっこりと来栖さんは妖精のように笑う。「そして作中でも言及されていますが、まさしく星河かぐやが——御剣さんのお母様が、御剣さんに伝えたかったのはこのことなのだと思います」

「どういう、こと……？」放心したように尋ねる御剣さん。

「すでにご存じかとは思いますが、一応説明しますね」来栖さんはあくまでも穏やかな口調で言う。「般若心経とは、簡単に言うと『存在が存在することの意味』について説いたお経のことです。存在というものを突き詰めると、行き着く先はすべてただの認識でしかなく、あらゆるものに実体は存在しない、ということになります。まあ、細かい部分は省きますけれども……とにかく重要なのは作中でも言及された『色即是空、空即是色』のところ。これはつまり、あらゆるものの本質は『空』であり、また『空』であるがゆえにあらゆるものは存在する、というような意味で、神薙虚無が好んで使っていたフレーズでもあります。きっと神薙虚無は、実在しないという自身の特色と般若心経の教えを重ね合わせていたんだと思います。そしてそのことに、御剣大氏も気づいていた。だからすべてが終わってから、神薙虚無が実在したという確かな証を残そうと考えた。それが——あなたです、御剣唯さん」

「私が……証……？」

「ええ。仏教において――まあ、流派にもよるのですが、この『空』、つまり虚無という概念は大体において基礎みたいなものなのですね。ただし、あらゆるものに実体がない、としてしまうとそもそも認識さえもないことになってしまいます。それでは都合が悪いのでは、と考えた人たちが、認識だけは実在する、という新しい理論を作ったのです。この『空』――虚無から生まれた新しい理論を、『唯識』と言います」

「唯識……？　ま、まさか……っ⁉」声を震わせ、驚愕に目を見開く御剣さん。

「ええ、そのまさかです」来栖さんはにこやかに笑う。「つまり、それが御剣唯さん、あなたなんですよ。星河かぐやさんと御剣大氏が確かに愛し合って生まれた子どもだからこそ、実在しなかったはずの神薙虚無の存在をあなたに重ね、その証として『唯』という名前を授けたんです。要するにどうしようもなく――あなたという存在そのものが、私の推理が正しいことを証明してしまっているんです」

もちろん状況証拠ですけどね、と来栖さんは戯ける。

「だから、私からあなたに伝えることは一つだけ。『些末なことは気にするな』です」

神薙虚無の言葉でそう締めて――来栖さんは愛らしく小首を傾げたのだった。

確かにそれは、物証など何もないただの理想の物語だ。

だからこそ、迷子のような御剣さんの背中を少し押してあげるくらいの効果しかなく。

結局は、御剣さんが自分で決めて自分で行動するしかないわけだが。

それでも御剣さんは、止めどなく熱い涙を零しながら、ありがとう、と何度も呟いた。

こうして。

長きにわたった推理発表会はようやく終わりを迎えたのだった。

エピローグ

翌日は、一日中ぼうっとして適当に過ごした。

ここ数日、極限まで脳細胞を酷使していたその反動で——と言えば聞こえはいいかもしれないけど、冷静に考えてみると今回の一件以前の状態に戻っただけだった。

まあ、それはさておき。

昨夜突然、SNS界隈で『神薙虚無最後の事件』がトレンド入りしたことを切っ掛けに、ネット掲示板でも神薙虚無関連の話題がまた盛り上がりを見せ始めた。『神薙虚無最後の事件』のスレッドも複数立てられ、事件に関する討論が今まで以上の熱気を見せ始めている、ということを今朝、偶然大学の廊下で会った煌さんから聞かされた。

これで久遠寺写楽生存説を唱える輩もまた増えるのではないか、と煌さん。確かに焼死体を見たら別人だと思え、というのはミステリの常套句だが——。警察の捜査でしっかりと歯型照合がなされているものの、あの《怪盗王》ならばその元データにさえ細工を施すくらいやりかねない、というのが大多数の意見とか。いやはや、人間の無責任な想像力とは凄まじいものである。

御剣(みつるぎ)氏の名誉は、回復の兆しを見せていないけれども、神薙虚無実在説は未だに根強い人気があるのでそれほど心配する必要はないのではないか、と煌さんは結んだ。

そんなこんなで慌ただしい一日をどうにか無事に終え、あとはバイトだけだ。僕はいつものように、《樽渓庵(だるたにあん)》のレジカウンターに頬杖を突いて、来ない客を待ち続ける苦行に勤(いそ)しんでいた。

こんなに静かで心安らぐ時間は久しぶりな気がする。ともすれば眠ってしまいそうなほど穏やかな時間をのんびりと満喫する。

そのとき、ドアベルが鳴った。

条件反射的に、いらっしゃいませ、と告げてからドアのほうへと視線を向ける。

そこには――金曜日ここにやって来た、不思議な二人組が立っていた。

この世のものとは思えないほど美しい和装の女性と、漆黒のスーツにサングラスを合わせた小柄な女性。

何となく嫌な予感を覚えていると、和装の女性のほうが静々とこちらに向かって歩いて来る。カウンターの前で立ち止まると、女性は柔らかく微笑んだ。

「――このたびは我が不肖の娘がご迷惑をお掛けいたしました」

そう言って、彼女はとても美しい所作で頭を下げた。

突然のことに僕は戸惑う。こんな綺麗な女の人に謝罪される理由がまったく思い当たらなかったからだ。きっと誰かと勘違いをしているのだろう。そう告げようとしたところで、女性はゆっくりと頭を上げた。

そうして、改めてその立ち姿を眺めた瞬間、すべてが繋がり思わず息を呑んだ。

乳白色の着物に身を包み、お辞儀で肩口から絹のような長い黒髪が流れる様は、まるで絵本の世界から飛び出してきたお姫様のよう。

しかし、驚きに息を呑んだのはその美しさからではない。

絹のような黒髪、細筆で描いたような眉、そして穏やかな笑みを湛えていながらもどこか強い意志を感じさせる切れ長の双眸——その姿にどうしようもなく、ある人物の面影を見てしまったからだ。

僕は、女性の顔を直視しながら、無意識に呟いていた。

「あ、あの……まさか、星河、いえ、御剣、かぐやさん、ですか——？」

その言葉に女性は目を細めて、

「まさしく。ようやくご挨拶ができましたね、瀬々良木白兎さん」

……ああ、なるほど。

この人は——確かに《探偵姫》星河かぐやに相違ない。そういえば、写真をネットで調べようと思っていたのをすっかり忘れていた……。

呆気にとられる僕をよそに、その女性——星河さん、否、御剣さん……いや、かぐやさんは洗練された優雅な動作で、再び深々と頭を下げた。

「初めまして。御剣かぐやでございます。娘が大変お世話になったようですね。娘に代わりまして、厚く御礼申し上げます」

「い、いいえ、そんな、お母様に頭を下げられるほどでは――」

慌てて彼女のお辞儀を制して、頭を上げてもらう。

改めてお顔を拝見するが、やはり御剣さん――唯さんにとてもよく似ていた。惚ける僕の様子に、かぐやさんは口元に着物の袖を当てころころと上品に笑った。

「やはり思ったとおり、面白い方ですね。その何ともいえない摑み所のなさ――《観測者》御剣大を思い起こさせます」

どうにもやりにくい相手だ。しかし、彼女があの極限まで混沌とした状況を意図的に作り出し、放置していたのは間違いない。

そう思うと。唯さんの気持ちを思うと――ついつい僕は不機嫌な口調になってしまう。

「……どういったご用件でしょうか？　そもそもどうして僕のことをご存じなんですか？」

「あなたのことを存じ上げている理由ですか？　それは単純に調べたからです。私には諜報のプロフェッショナル水守稜湖がいますから」

そう言って、ちらりと入り口に立つ黒衣の女性に視線を向ける。黒衣の女性は、こちらの様子に気づくとサングラスを掛けたまま軽く会釈をした。

まさかあの人が、《名探偵たち》のひとり《守護者》水守稜湖なのか。物語の中の人物だとばかり思っていた存在と、こうして連続で出会うというのは何とも不思議な気分だった。

「別にあなたをいじめにきたわけではありませんので、そう身構えないでください。ただ、あなたにお話ししたいことがあっただけなのです」

「お話、ですか」

かの高名な《探偵姫》星河かぐやがわざわざ出向いて、僕に何を話すというのか。

「――ですがそのまえに、あなたのほうから私に言いたいことがたくさんありそうですね。いいでしょう、遠慮なく文句なり不満なり、思いの丈をぶつけてください」

確かに言いたいこと、聞きたいことは山のようにあったが――手のひらで踊らされているようであまり気は進まない。しかし、この機会を逃したらきっともう一生この人と会うことはないだろうと思い直し、仕方なくその提案に乗る。

「――では、遠慮なく。結局、あなたの目的は何だったんですか？　何故、あなたはここまで事態を悪化させたんですか？　いえ、事件のことは正直どうでもいいのですが、あなたとお嬢さんの関係を、何故ここまで拗れたものにさせたんですか？　せめて、お嬢さんにだけは、もっと昔に《真実》を話しておいても良さそうなものだったのに」

「鋭いですね。それに、度胸もあります」

そんな調子外れの感想を漏らしてからかぐやさんは答える。

「私たちの目的は『恩返し』です。すべてはそのためであり、事態を悪化させる意図はありませんでしたが……結果的に事態は悪化していき、あの子にも、そしてあなたたちにも多大な苦労をお掛けしてしまいました。本当に申し訳ありません。私は——悪い母親です」

その反応に少し面食らう。この人は、唯さんとの今の関係を、後悔している……？

何が何だかわからなくて混乱する僕に、かぐやさんは優しく語り掛ける。

「少しだけ、『内側』のお話をさせていただきましょうか。来栖志希さんが東雲大学クラブ棟《名探偵倶楽部》部室内で娘に語り聞かせた推理のとおり——私にはかつて、《神薙虚無》という名の別人格が存在しました」

いきなりの告白に思わず目を丸くする。

かぐやさんの今の言葉——それは事件の当事者から、来栖さんの推理を肯定されたということだ。おそらく、部室に盗聴器でも仕掛けて推理を聞いていたのだろうが……この人は、あっさりと来栖さんの推理を『事実である』と認めた。些か拍子抜けではあるが——唯さんのことを思うと素直に嬉しい。

「今はもう、影も形も私の中に存在していません。あの人がどうしていなくなったのか、本当のところは私にもよくわかりませんが、もしかしたら《怪盗王》に敬意を表して、彼と同じく永遠の眠りに就いたのかもしれません。あるいは、御剣唯として生まれ変わったのかも——。いずれにせよ、あの人の思考をトレースすることは、凡人の私にはとても叶わないことです。ゆえに何を思ったところでそれは仮説の域を出ないのですが……とにかくあのとき、《神薙虚無》は私の中から姿を消しました。それだけは、揺るぎない真実なのです」

懐かしむように、かぐやさんは目を細めた。

「あの事件のあと、《怪盗王》久遠寺写楽も、《名探偵》神薙虚無もいなくなり、自然と我々《名探偵たち》の活動も終わりを迎えました。そのときすでに私のお腹の中には、あの子がいましたから、潮時だったのかもしれません。もちろん、お腹の子は御剣大の子です。当時まだお互い高校生でしたが、それは子どもの頃からずっと望んでいたことだったので、本当に嬉しかったものです」

どこかうっとりとした様子でかぐやさんは語る。そういえば、二人は幼なじみだったか、と今さらながらに思い出す。

「事件から少し経ったあと、私と御剣は周囲の反対を押し切って結婚しました。それから、二人で安アパートを借りて、そこで新たな生活を始めました。周りからは奇異の目で見られましたが、私は本当に幸せでした。そして二人で暮らし始めてまもなく、あの子が生まれました。『唯』という名は御剣が考えたものです。子どもっぽい言葉遊びだとは思いましたが、そんなどこか子どものような御剣を私は愛していましたので、唯という名もとても気に入りました。唯は——私たちに似た、天使のように可愛らしい赤ちゃんでした」

「……ただの惚気話になっていません？」

どうにも話の方向性が怪しくなってきたので、一応突っ込む。かぐやさんもそのことに気づいたのか、恥じらうように口元を袖で隠した。

「ごめんなさいね。少し、無駄話がすぎました。何せ、こんなお話ができるのは初めてのことなので」

言われてはたと気づく。そうか……確かにこんな話、誰にもできるはずがない、か。

例の叙述トリックのことがあるため、そう言われて納得はできるが――しかし、愛娘である唯さんをあそこまで追い詰めたことは、やはり腑に落ちない。

無意識に眉でも顰めていたのか、かぐやさんは僕の思考を読んだように話を続ける。

「久遠寺写楽は、自身の最後の作品としてあの事件を計画しました。客観的に見ても、それはそれは謎に満ちた魅力的な事件です。ですから、《真相》に気づいていた私や御剣も、何も語らないことを決めました。彼のトリックには、御剣の叙述トリックが深く関係しています。逆に言えば、その要所にさえ気づかれてしまえば、いとも容易く解かれてしまうということ。御剣の叙述トリックは、要所にして、ウィークポイントだったのです。だから私たちは、この物語を《王の宝物庫》に封印し、永遠のものとすることに決めたのです」

御剣氏の仕掛けた叙述トリックを守ることと、久遠寺写楽最後の事件を永遠の謎とすることが、等価になったということか。

「そのために私たちは、ある仕掛けを打ちました。それが、あの炎上騒動です」

「は？　炎上騒動？」

何故、ここで炎上の話題が出てくるのか。僕は芸のないおうむ返しをしてしまう。するとかぐやさんは、イタズラの種明かしをする子どものように得意げに告げた。

「あの炎上騒動の仕掛け人は私たちですよ」

「……はぁ⁉」

いきなり何を言い出すのだこの人は！

あまりのことに目を白黒させる僕に、かぐやさんはとても楽しそうに告げる。

「御剣は、自らが泥を被ることで、この物語を永遠のものとすることに決めたのです。神薙虚無が実在するのか、しないのか。人がただそれだけのことを論じただけで、久遠寺写楽の最後の作品は、いつでも、何度でも蘇るのです。決して忘れられることなく。永遠に」

まさか……まさか！

「炎上マーケティングだったんですか⁉」

僕の言葉に、かぐやさんは天女のような笑みを浮かべて頷いた。

「今で言えば、そういうことになりますね。良きにつけ悪しきにつけ、人は話題性の高いテーマに意識を向けます。そしてそれは、醜聞であるほど効果が高い。なればこそ《観測者》御剣大は、自らを《道化師》に貶めてまで、話題性を作り上げた――。その甲斐もあって、毀誉褒貶は激しいものの、未だに『神薙虚無』の名が、そして『久遠寺写楽』の名が人々の口に上らない日はないでしょう？」

ら。

「…………」

僕は何も言えない。それはまさしく、この現実が辿ってきた道にほかならなかったか

──すべて御剣大の手のひらの上だった、ということか。

「少し話が逸れましたが、あの子──唯に《真相》を伝えられなかったのも同じ理由です。私と《神薙虚無》が同一人物であることを知ってしまえば、この事件は容易く解けてしまう──つまり《王の宝物庫》の絶対性が消失してしまうことになります。それは、あまりにも惜しい。こんなにも魅力的な事件に向き合えないなんて、それは人生最大の悲劇です。ですから私と、《観測者》御剣と、《名探偵》神薙虚無の娘であるあの子には、自力で《真実》に到達してほしかった。あの子は、ある意味この《物語》の主役なのですから」

そう、か。

彼女の存在が事件を引き起こし、また彼女の存在が事件を《伝説》にしたとも言える。

だから、唯さんにはこの事件に本気で取り組む義務があると、そう言っているのか。

しかし何故──。何故、そこまでして、自分の娘を欺いてまで《王の宝物庫》を死守しなければならなかったのか。その根本的な動機が、今一つ不明瞭だ。それに、先ほどかぐやさんがぽろりと零した『恩返し』という言葉の意味も──。

「ところが、予想外にいくつか誤算が生じてしまいました。一つめは、渡良瀬(わたらせ)の死です」

かぐやさんは悲しそうに目を伏せる。

《名探偵》渡良瀬鈴子。確か遠くアメリカの地で、志半ばにして命を落としたのだったか。

「渡良瀬はFBI捜査官になるという夢の実現の最中、無惨にも命を散らしました。私と御剣が、愛娘の成長を見守りながら、のんびりとした退屈ながらも平和な日常を過ごしている間に、です。……あまりにも酷いではありませんか。かつて慕い、ともに難事件に挑んだ仲間が、呆気なく命の花を散らせてしまったなんて。そんな徹底的なまでに冷徹な現実が、私は許せませんでした。《名探偵たち》の一員としての血でしょうか。あるいは、かつて私の中に存在した《神薙虚無》という一人の天才の残滓でしょうか。御剣のことも、唯のことも心の底から愛していましたが——私はいても立ってもいられず、御剣にあとのことを任せ、水守とともに渡米しました。渡良瀬の、仇を取るために」

そう、か——。そういう事情でこの人は姿を眩ませていたのか。そしてそれは、水守稜湖の失踪時期とも一致する。

「でも、ならどうして唯さんにそのことをちゃんと伝えてから出ていかなかったんですか。唯さんは聡明な人です。きちんと説明すれば絶対に理解してくれたはず。それなのに、あなたたち両親が曖昧な態度を取ったばかりに、彼女はあなたに棄てられたのだと思い込み、あなたへの憎悪を滾らせていった。さらにそれが引き金となって、御剣大が自分の実の父親ではないかもしれないという妄想に囚われて、怯える日々を送ることになってしまった」

無意識に、責めるような口調で問い質していた。かぐやさんは――切なげに俯く。

「……おっしゃるとおりです。でも、言いたくても言えなかったのです。あの渡良瀬すら歯が立たなかったほどの巨悪です。どれほどの規模で、どれほどのネットワークを持っているのかも想像できませんでした。私はあくまでも秘密裏に事件の捜査に当たっていましたし、周囲にも万全の警戒を払っていたので、身元が敵方に知られることはありませんでした。しかし……唯はどうでしょう。当時のあの子はまだ無警戒な子どもです。もしもあの子にすべてを語り、そして唯が持つ情報から私が事件の捜査に関わっていることが明るみに出たとしたら、今度はあの子や御剣の身に危険が及ぶ可能性がありました。ただでさえ、御剣の仕掛けた醜聞によって注目を集めていたのです。それゆえに……曖昧に説明して姿を消すしかなかったのです。ほかならぬ、唯を守るためにも」

きっと御剣氏も一緒に渡米したかったはずだ。しかし、犯罪の恐ろしさを知っていた彼はそれを堪えた。御剣氏はただの《観測者》である自分や幼い愛娘が、ともにアメリカへ渡ったとしても、かぐやさんの弱点にしかなりえないと悟ったのだろう。

だから、かぐやさんの渡米をただ見送ることしかできなかった。その代わり、御剣氏は愛娘を、命に代えてでも守ろうと誓った――。

ところが、そんな事情があるとは知らず、ある日突然母親がいなくなってしまった唯さんは、父親の説明も信じずにそれを『蒸発』と認識してしまった。

些細な心のすれ違いが、次第に大きな歪みを生み出す結果に繋がった――。それもある意味、かぐやさんにとって計算外のことだったのだろう。

「渡良瀬の仇は、想像以上に強大でした。しかし長い年月を掛け、途方もない犠牲を払い、ようやくすべてを終えて日本に舞い戻ってきたところで――二つめの誤算が生じました。それが、唯の誤解です」

「唯さんが、自分の父親が御剣大氏ではないと、思い込んでしまっていたことですか？」

「――まさしく」かぐやさんは苦々しげに呟く。「すべては、私と御剣があの子に曖昧な態度を取ったことが原因です。あの子に不自由を強いてしまったこと、とても後悔しています。でもまさか……私が離れている間にそんなことを考えていたなんて、夢にも思いませんでした」

それは……まあ、確かに。かぐやさんへの不信感があったとしても、唯さんがあそこまで壊滅的に自分を追い込む仮説を抱えていたなんて予想できるはずもない。

「しかも、この十三年であの子はすっかり……私に似て気が強く、強情な娘に成長していました。これはゆゆしき事態です。私自身が『そう』なので、手に取るようにわかるのですが、この手の人間は一度思い込んだら、おいそれと自分の考えを曲げないという歪んだ信念を持っているものです。そのために……あの子が、自分で生み出した妄想に囚われ、苦しんでいる現状を知っても、こちらからは軽々に《真相》を伝えられなくなってしまったのです」

「《真相》が……伝えられない？」

どういう意味だろうか。

「少しあの子の立場になって考えてみてください。母に見捨てられ、唯一の肉親である最愛の父が、実は本当の父ではない可能性に怯えているとき、その父や、かつて自分を見捨てた母にこう告げられたとします。『神薙虚無と星河かぐやが実は同一人物であり、御剣大はあなたの本当の父親なんだよ』。――こんな突拍子もない話、素直に信じられると思いますか？」

「………………」

唯さんのことをそれほど詳しく知っているわけでもないので一概には言い切れないが、彼女の性格的に、きっと自分を安心させるために言っている嘘に違いない、と考えたとしても決して不思議ではない。何より、来栖さんからの推理を聞いたときですら、懐疑心を剝き出しにしていたくらいなのだから、その予想はほとんど現実に近いものなのだろう。

「徹底的にこじれたあの子の妄執は、すでに《真相》すらも受けつけなくなっていました。こんなことならもっと早くに《真相》を伝えておけば良かったと後悔しましたが……後の祭りです。だから私たちは、この伝家の宝刀を抜けなかったのです。下手に《真相》を告げてしまっては、永遠にあの子を不幸にしてしまうことにもなりかねません。そのために御剣は、事故に遭ったことを利用して、記憶を失ったふりをしているのです」

それは――意外な言葉だった。

「ではまさか、御剣氏は本当に記憶を失っているわけではないのですか……？」

「はい。記憶障害を偽装して、あの子を救おうとしたのです。御剣は、早々に唯の誤解に気づいていながら、先ほど私が述べた理由により《真相》を告げられずにいました。そこで、神薙虚無関係のすべての記憶を失ったふりをして、十八歳までに『最後の事件』を推理するという約束そのものを反故にすることに決めたのです。苦しんでいたあの子を、解放するために」

ああもう。本当になんて回りくどく、わかりにくい愛情に満ちた家庭なのだ……！

「帰国してすぐ、御剣に連絡をして私は現状を知りました。私もあの子が苦しむくらいなら、事件の推理なんてしなくていいと本気で思っています。しかし……それにしても事態は深刻です。いったいどうすれば、囚われている妄想からあの子を救い出してあげることができるのでしょうか。私が愛情を向けようとすればするほど、その感情は、あの子の中で反転して憎悪に変わってしまいます。私があの子の力になってあげることは……事実上不可能です。この妄執の霧を抜ける唯一の方法――それは、あの子自身で自らの誤解に気づき《真相》に至ること、それ以外にはもう残されていませんでした」

外部からの《真相》を受けつけないのであれば、もはやそれ以外に道はない、か。

「だから私は、あの子の私に対する敵愾心を利用して、発破を掛けることにしました。それが、私があの子に突然連絡を取った理由です。幸か不幸か、あの子の誕生日まで間もありませんでしたから。そしてこれが――あの子を救う最後の機会だと思いました」

「そこもよくわかりません。そもそも十九歳の誕生日までに、という期限には何の意味があるんですか?」

確か、御剣大との最初の約束で、十八歳になったら《真相》を教える、という内容だったはず。十九歳の誕生日が期限ということは、十八歳である間に事件を解かせようとしたともとれる。いったい何故そこまで十八歳という歳にこだわったのか。

その問いに。

かぐやさんは悲しげな笑みを浮かべて答えた。

「——期待を、してしまったのです」

「期待?」

「神薙虚無は、私が十八歳のときに私の中から姿を消しました。そして、同じく唯を授かったのも十八歳のときです。だから私は——神薙虚無が唯の中に移った可能性を捨てきれなかった。もしかしたら、唯が十八歳になったとき、あの子の中で再び神薙虚無が目覚めるかもしれないと……期待してしまったのです」

言っていることが飛躍しすぎていて理解できず、僕は惚けた顔をしてしまう。

「初め、御剣が十八歳までに、とあの子と約束をしたのは、そのような事情——いえ、妄想があったからです。そうして今回……私はその妄想に縋るしかありませんでした。もしも、あの子の中に神薙虚無が眠っているのであれば、唯が困り、途方に暮れるような状況を決して放っておかないはず。必ずや唯を救ってくれると——期待したのです」

そういう、ことか――。ようやく、かぐやさんの真意を理解する。

唯さん自身が《真相》に気づく以外、彼女が救われる道がないほど複雑化してしまった状況を、唯一変えることができる切り札。彼女の中に眠っているかもしれない神薙虚無が、正しい《真相》へ至れるよう唯さんに手を貸してくれるという可能性に賭けるしかなかったのか。

彼女が十八歳でいる間だけ通用する、刹那の期待だったとしても。

「……自分でも無茶だとは思いました。でも、あの子が本気で事件に向き合えば、虚無が必ず手を貸してくれて、《真相》に辿り着くと信じたのです。自らの手で、ずっと恐れていた恐怖に打ち克てると……信じるしかなかったのです。しかし、それでも虚無はあの子に手を貸さなかった。だからきっと、あの子の中に虚無が移った、というのはやはり私の妄想でしかなく、あのとき、あの紅蓮の炎に包まれたとき、神薙虚無という存在は、この世から完全に姿を消していたのですね」

悲しげに目を伏せてから、かぐやさんはそれでも僕を見返してくる。

「結局、私の計画はすべて水泡に帰して、事態は悪化の一途を辿るばかりだったようですが……それでも救いはありました。それが――唯があなたたちと出会えたことです」

「――諸々の事情などすべて無視して、僕らが首を突っ込んでしまったわけですね」

思わず苦笑を浮かべた。かぐやさんも困ったように唇をへの字に曲げる。

「ええもう、これが三つめの誤算ですね。ただしこちらは、非常に嬉しい誤算だったのですが。まさか他人に興味のない若者が大勢いるこの時代に、偶然にもこんなに親切でお節介で、おまけに頭が抜群に切れる人たちと出会ってしまうなんて……。私と同じで、唯は悪運が強いとしか言いようがありませんね」

あるいは——来栖さんのほうから事件を呼び寄せたのか。

不穏な考えが脳裏を過り、僕は誤魔化すように話題を変える。

「そういえば、《久遠寺オルゴール》は、約束どおり唯さんに渡してあげたんですか?」

かぐやさんは、いえ——と目を伏せる。

「《王の宝物庫》を開いた今のあの子には、もう不要なものですから」

それもそうか。元々唯さんは、《久遠寺オルゴール》の中に、久遠寺写楽から神薙虚無へ宛(あ)てた脅迫状めいた指示書が入っている、と考えていたからそれが世に公表されることを恐れて、必死に回収しようとしていたのだ。

理想の真実へと到達できた今の唯さんには、ただの無意味な舞台装置(マクガフィン)でしかない。

「とにかく誤算が色々と続いたので、急いで関係者を水守に調べさせました。だって、あまりにも唯にとって都合が良すぎる展開ですもの。唯は私に似てとても可愛いですから、もしかしたら悪い男に騙されているのかもしれないと」

「……まさか、金曜日にここへ様子を見に来たのは」

「はい。この目で見極めようと思ったのです。これでも人を見る目は確かですからね。そして、少しでもふしだらな気配を感じたら即制裁を加えてやろうと意気込んでいました」

一瞬、剣呑な気配を発する。あれ？　もしかして僕、知らない間に九死に一生だった……？

こんなことなら僕も雲雀に倣って、もっと真面目そうな立ち居振る舞いを覚えておくべきだった。冷や汗が背筋を流れるが、かぐやさんはまたすぐに柔らかい雰囲気に戻る。

「しかし、それは——杞憂でした。何というか、あなたは本当にただの人畜無害のお人好しだったので……私は拍子抜けしてしまいました」

「……褒められてます？」

「もちろんです」澄まし顔でかぐやさんは言う。「とにかく関係者を調べていたら、月曜日に《名探偵倶楽部》の部室で推理発表会なる催しが開かれるという情報を仕入れたので、慌てて盗聴器を仕掛けさせていただいたというわけです」

「なるほど……残り時間も少なく、事態も混迷を極めていたのがわかったので、最後のチャンスとばかりに、僕らの推理に一縷の望みを託した——と」

僕のへっぽこ推理は何の役にも立たなかったわけだが、それはまあ仕方がない。

かぐやさんは嬉しそうに続ける。

「そして幸運にも、ようやく最後にあの子は《真相》へと辿り着きました。それは、私や御剣の望んだ形ではありませんでしたが、あの状況では最良のものだったと考えています。本当にありがとうございました」

「いえ、そんな……」

そんなに何度もお礼を言われるほどのことはしていない。というか、礼を言うべきなのは明らかに僕ではないのだが……。

かぐやさんは不意に窓の外へと視線を向ける。すでに夕方ということもあり、寂しげなオレンジ色の陽が街並みを朱く染めていた。

「――しかし、これで良かったのかもしれませんね。私と御剣の理想があの子にとって重荷になっていたことは、どうしようもない事実だったようですし……。なかなかままならないものですね」

「まあ、世の中なんてそんなものです」僕は訳知り顔で偉そうに言う。「確かにお嬢さんには、あなたや、あるいは神薙虚無氏のような探偵の才能は受け継がれなかったかもしれません。でもその代わり、御剣大氏のように真っ直ぐ、不器用なくらい頑固に育っているじゃないですか。だから、信念は確かに受け継がれたのだと、それで良しとしてください」

「――そうですね」かぐやさんはころころと笑った。「瀬々良木さん、あなたはやはり面白い方ですね」

「褒め言葉として受け取っておきます」

苦笑を浮かべて肩を竦める。せっかくなので、ついでに進言する。

「ところで、今日はどうして来栖さんではなく僕なんかのところへ？　今回の一件では、僕は本当に来栖さんのくっつき虫だっただけで、実質的には何の役にも立っていないんですけど……。あ、もしかしてすでにあちらへ寄った帰りですか？」

「いえ、来栖さんに会うつもりはありません。私は瀬々良木さんとお話がしたかったのですから」

「……何故、僕なんです？」

当然と言えば当然の疑問。何の取り柄もない平凡な大学生である僕なんかにどうして。

しかしその問いに、かぐやさんは至極真面目な顔で答える。

「──あなたには、御剣に近いものを感じたからです」

「……御剣大氏に？」

「正確には、来栖志希さんに、神薙虚無に近い超越した何かを感じたというほうが正しいのですが。彼女が神薙虚無ならば、彼女にとっての御剣大はあなたですよ、瀬々良木さん」

どこか試すような視線で、かぐやさんは僕を見やる。

「あの子の力は、とても危うい。名探偵は事件を呼び寄せます。今回、唯と来栖さんが出会ったのも、きっとその運命によるものです。だからきっとあの子には、名探偵としての天性の素質がある。でも、その才能を行使するには、あまりにも優しすぎる。お兄様と同じように」

お兄様──それは、行方を眩ませている来栖さんのお兄さんのことか。

名探偵と呼ばれ、みんなから慕われていたらしいが……そのことも調べたのか。

「ですから、あの子が才能に潰されないように、あなたは彼女の《観測者》として、サポートしてあげなければなりません。些か重荷かとは思いますが……でも、その淡い恋心があれば大丈夫そうですね」

かぐやさんは不意に茶目っ気たっぷりにそう言った。

どうやらすべてをお見通しらしい。今さら誤魔化したところで意味もないので開き直る。

「何だかよくわかりませんが、来栖さんに嫌われない限りは、側に居続けるつもりです。もし、来栖さんに恋人ができてしまったら……今度は唯さんに乗り換えても良いですか？」

「うふふ、面白い冗談ですわね」

口元に手を添えて上品に笑うが、目が暗殺者のそれだった。

いや……マジで冗談なんで、そんな今にも射殺しそうな目で僕を見ないでください……。

僕の表情からすべてを察したのか、かぐやさんは再び菩薩のように微笑む。

「わかっているのなら良いのですよ。とにかく、もし今後、来栖さんが苦しむような状況に遭遇しても、彼女が絶望しないように、現実に希望を持ち続けられるように——あのお嬢さんはあなたが守ってあげてください」

それは、久遠寺写楽最後の——。

その言葉に込められたあらゆる意味が理解できたから、「――はい」と僕は深々と頷いた。

余計な言葉は――要らないのである。

「あなたは、これからどうするのですか？」

「家に――帰ります。私は妻としても母としても失格ですが、できることならばこれから先、夫と娘と一緒に暮らしたいもので。ふふっ、今さら、わがままですよね」

「そんなことありませんよ。あなたのお嬢さんは、あなたに似て多少気は強いですが理知的な人です。ですからきっと、すべての事情を話してきちんと謝れば、和解できるはずです。時間は掛かるかもしれませんが、あれだけ父親を愛せる人です。その愛情を母親に向けられない道理はありません。家族は、仲良くしたほうが……平和で良いものです」

僕の言葉に気を良くした様子で、かぐやさんは話題を変えた。

「――そういえば。来栖さんが昨日お話しになった推理ですが、一つだけ事実と異なるところがありました」

「推理なんてそんなものでしょう」わざとらしく肩を竦める。「それ以外が軒並み事実に沿っていた、というのであれば、来栖さんも十分だと思います。ちなみにどのあたりです？」

「――《久遠寺オルゴール》ですよ」

かぐやさんは、まるで大人の失敗を指摘する子どものように無邪気な口調で言う。

「もしも、来栖さんの推理どおり、中に事件の計画書のようなものが入っていたのであれば……それはむしろ、最後の大火事でオルゴールもろとも焼失させてしまったほうが、この物語は完全な終わりを迎えるのではありませんか？　にもかかわらず、私は嘘の証言までして、後生大事に《久遠寺オルゴール》を抱えてシェルターに逃げ込みました。それは、何故です？」

「――――」

言われてみればそのとおりだ。

証拠がない、という事実だけが、この事件を無限の推理を生み出す装置にしているはず。にもかかわらず、何故あえて《久遠寺オルゴール》という決定的とも言える証拠を残したのか。あるいは、中の計画書だけあらかじめ燃やしておいて中身が空っぽのオルゴールをただの形見として残したのか。

そんなセンチメンタリズム――神薙虚無には似合わない気がする。決して、矛盾するわけではないが、小骨のように喉に引っ掛かり、溜飲を下げることができない。

ならば、《久遠寺オルゴール》とはいったい何なのか――。

「そう、彼女の解釈ではどうしてもその点を説明できない。つまり、です。実際には、《久遠寺オルゴール》の中には初めから事件の計画書など入っていなかったのです。入っていたのは、もっと別の、素敵なものでした」

計画書が、入っていなかった――？

ならば、いったいどうやって久遠寺の目論見を知ったのか。いくらなんでも、《久遠寺写楽最後の言葉》だけで真相に至れたとは考えにくい。だから神薙は確かに、オルゴールを開いて、中に収められていた『何か』を目にしたのだ。では、その『何か』とはいったい……？

混乱する僕をますます楽しげに眺めながら、かぐやさんは和服の袂から古ぼけた木箱を取り出した。無数の切れ込みが入った寄木細工——。まさか、これが——っ⁉

「ええ、そう。これが《久遠寺オルゴール》です」

とっておきのおもちゃを見せびらかすようにかぐやさんは告げる。

「これはもう私にも、そして唯にも必要のないものですから、あなたに差し上げます。この中に、最後の答えが隠されています。だから——久遠寺写楽最後の密室に挑戦なさい。それがあなたたちの義務です」

一方的にそう告げると、それではご機嫌よう、と言い残し、かぐやさんは水守さんとともに近くに停まっていたベンツに乗り込んで去って行ってしまった。

◆

アパートへ戻ると、僕の帰宅音を聞きつけたのか、早速来栖さんが飛んできた。

「先輩、お疲れ様です。ねえねえ、先輩。さっきスーパーに寄ったんですけど、そうしたら何と合い挽き肉三百グラムが二百九十八円だったんですよ。つい衝動買いしてしまったので、今日は特製ハンバーグ作ってください。先輩の特製ハンバーグ、あれ超美味しい」

ここ最近、ずっと来栖さんにごはんを作ってもらっていたから少し気が引けていたのだ。この程度のお願いごとならお安いご用だ。

了承してから、僕は来栖さんに事情を話して《久遠寺オルゴール》を渡す。

最初は目を丸くしていた来栖さんだったが、すぐに理解を示して、ではごはんを食べたら一緒に解きましょう、と笑った。

来栖さんを居間に待たせて（間取りは来栖さんの部屋と同じだ）、僕は手早く調理をする。

どんぶりにご飯を盛り、その上に特製ハンバーグと半熟の目玉焼きを載せ、最後に来栖さんが冷凍して取っておいてくれた先日のビーフシチューの残りを掛けて、なんちゃってロコモコ丼の完成である。

熱いうちに、二人で食べる。当然のようにそれはとても美味しかった。

食事の途中で、不意に来栖さんが思い出したように言う。

「そういえば……昨日の推理発表会のことなんですけど」

「うん」

「私、頭に血が上っちゃってあまり深く考えずに突っ込んでいってしまったんですが、冷静に考えたら、完全に私、煌さんに嵌められてましたね」

「嵌められてた？」

どういうことだろう？

「これは私の勝手な予想ですけど……煌さんはたぶん、全部気づいていたんだと思います。御剣さんが苦しんでいることも、彼女の悩みがただの杞憂であることも。でも、それには気づかないふりをして、わざとヒールになって、御剣さんを追い詰めていたんです」

そう言えば、来栖さんが推理を語っているときの煌さんは妙に嬉しそうだった気がする。

「……でも、何のためにそんなことを？」

煌さんは些か自分本位ではあるが、基本的には善人なので、人を苦しめて喜ぶような趣味はないはずだ。来栖さんは言いにくそうに答えた。

「それはきっと……私をその気にさせるためだと思います。御剣さんを苦しめて、私を推理の舞台へ無理矢理引き上げるための……演出だったんです」

「つまり煌さんは、来栖さんが御剣さんを救うために、必死で推理を組み上げるであろうことを予想していた、と？」

「……はい」

来栖さんは曖昧に頷く。でも、ならばどうしてそんな回りくどいことを……？

「——先輩には、一昨日お話ししましたよね。私の兄が名探偵だったと」

「うん」

忘れるはずがない。数時間まえだって、かぐやさんにそのことを念押しされたくらいだ。

「煌さんは、私の兄が名探偵・来栖恭平（きょうへい）であることを知っているんです」

どこか苦しそうに、来栖さんは言った。

来栖恭平――それが、現在行方を眩ませている、来栖さんのお兄さんの名前なのか。

「おそらくですが、煌さんは私にも兄と同じように名探偵としての才能があると考えているのだと思います。だから、それを確認するために、わざわざ昨日はあんなに悪ぶった演出をしたのだと、そう気づいたんです」

なるほど、あの金剛寺（こんごうじ）煌であれば、それくらいのことは平気でやりそうではある。

「でも、何のために来栖さんを試すようなことを？」

「さあ……そこまでは何とも……」

そう答えた来栖さんの表情があまりにも切なげで、僕は思わず抱き締めたくなる衝動に駆られる。しかし、当然そんな勇気など一ミリも持ち合わせていなかったので、彼女の飲み掛けのコップに水を注いであげるだけに止（とど）める。

「もしも、煌さんに何か嫌なことを強要されたり、つらいことを言われたりしたらいつでも僕に言ってね。何の役にも立たないだろうけど、身を挺してきみを守るくらいならできるから」

「あはは、先輩だと煌さんに返り討ちにされそうですけどね」

来栖さんは楽しそうに笑う。調子が戻ったようなので良かった。まあ、男としては少し複雑な気持ちなのだけど……。

いずれにせよ、煌さんの狙いが何にしろ、来栖さんが悲しまないよう、僕は全力で彼女をサポートしていきたい。

惚れた弱みとまでは言わないけれども。

好きな女の子には、できれば笑っていてほしいから。


さて、食後。

来栖さんは僕の部屋に残って例の《久遠寺オルゴール》を解くらしいので、彼女の邪魔にならないよう、コーヒーを淹れて黙って見守る。

久遠寺写楽最後にして最大の密室──《久遠寺オルゴール》。

僕には手も足も出ないだろうが、来栖さんの頭脳ならばあるいは──。

来栖さんは、眉を顰め、じっくりと時間を掛け、冷静に構造を解析しながら、一手ずつ着実に進んでいく。

固唾を呑んで僕はその様子を見守る。

そして、秘密箱に挑戦し始めて二時間ばかりが経過したとき、不意に、何の前触れもなく蓋が開いた。

──紡がれる旋律は『エーデルワイス』。

二十年まえに巻かれたであろうゼンマイは、今もなお正常に動作し、その高貴なメロディを僕らの耳朶に響かせた。

僕も来栖さんも、突然のことに一瞬驚き、直後喜び、それから慌てて中を覗き込んだ。

中には――たった一枚の紙片だけが無造作に入れられていた。来栖さんは、震える手でそれを取り出す。

そこには、ただ一言、こう書いてあった。


『私は、今もそこにいるかな』


それを一目見た瞬間、僕も来栖さんも思わず天を仰いだ。

何てことだ――。

それが、それだけがあなたの望みだったのか、久遠寺写楽――っ！

保留にしてきた謎が、一瞬にして繋がった。

そうだ――。これこそが御剣氏や神薙虚無がこの事件を《王の宝物庫》に封印した最大の理由だったのだ。

神薙は《久遠寺オルゴール》を開き、そして中に封じられたこのメッセージを見た。

最初は意味がわからなかっただろうが、御剣氏のヒントを得て――すべてを察した。

彼が命を懸けて、神薙たちのためにやろうとしていたこと。

そして——事件が終わったあとのことも、すべて。

計画書なんて、そんな野暮なものは必要なかった。ライバルとして、常に知力の限界で鎬を削ってきた二人だからこそ、そのたった一言ですべてを伝えることができたのだ。

だから、神薙は決意したのだ。


死してなお、人々を楽しませることを願った孤高の存在を、永遠のものとすることを。


かぐやさんが『恩返し』と言っていたのは、このことだったのだ。《神薙虚無》という幻想の《名探偵》を永遠のものとすることで、《名探偵たち》を解放しようとした、久遠寺写楽にできる唯一の恩返し——。

それゆえに、神薙は久遠寺にとって都合の良い証言をした。

不可能犯罪であるが、それは決して解けないものではないことを強調した。

何故ならば、この不可能犯罪が不可能性を保持し続ける限り、久遠寺写楽の名は永遠に語り継がれることになるのだから。

ゆえに、神薙も御剣氏もかぐやさんも、皆《真相》を知っていながら口を噤んだ。

この物語を——《封印》したのだ。


それこそが、《王の宝物庫》の正体。

それこそが、《天蓋症候群》の本懐。

僕は、ふと見知らぬ誰かの心象風景を幻視する。

暗い部屋の中でただ一人。心許(こころもと)ない洋燈(ランプ)の明かりだけを頼りに、オルゴール作りに勤しむ老人。自らの過去を振り返り、死期を悟りながら、それでも素晴らしい人生であったと思惟(しい)する気高い精神。

孤高の老人――《怪盗王》久遠寺写楽。

その意志は後世へと伝えられ、無言の遺言は伝説となり、かの者は神へと昇華する。

遺体を識別できなくすることによりその死すらも疑わせる、永遠の存在へ。

それがみんなの望みだったから。それが彼の夢だったから。

至高のトリックスター。《怪盗王》久遠寺写楽。

《天蓋症候群》として、常に高みを目指した孤高の天才。

久遠寺写楽は、今もなお、人々の心の中に生き続ける――。

本書は二〇二二年五月に小社より刊行された
『神薙虚無最後の事件』を改題、文庫化した
ものです。

〈著者紹介〉

紺野天龍（こんの・てんりゅう）

第23回電撃小説大賞に応募した「ウィアドの戦術師」を改題した『ゼロの戦術師』で2018年デビュー。他にも新機軸特殊設定ミステリとして話題となった『錬金術師の密室』『錬金術師の消失』、『シンデレラ城の殺人』のほか、「幽世の薬剤師」シリーズなど著作多数。

神薙虚無最後の事件

名探偵倶楽部の初陣

2025年1月15日　第1刷発行　　定価はカバーに表示してあります

著者…………………………紺野天龍

発行者………………………篠木和久

発行所………………………株式会社 講談社

〒112-8001 東京都文京区音羽2-12-21

編集03-5395-3510

販売03-5395-5817

業務03-5395-3615

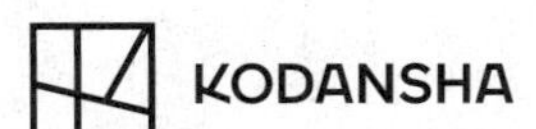

本文データ制作……………講談社デジタル製作

印刷…………………………株式会社ＫＰＳプロダクツ

製本…………………………株式会社国宝社

カバー印刷…………………株式会社新藤慶昌堂

装丁フォーマット…………ムシカゴグラフィクス

本文フォーマット…………next door design

ISBN978-4-06-535344-8　N.D.C.913　384p　15cm

特別試し読み『魔法使いが多すぎる』

1

誰でも一度は考えたことがあるのではないだろうか。

魔法が使えたらいいのに、と。

――魔法。

それは、奇跡を再現する神秘の法則。

遍く世界を支配する物理法則を無視して、望みの結果をもたらす夢の原理。

無から有を生み出し、空を自由に飛び回り、時には因果律に干渉して現実すら書き換える、そんな万能の異能。

有史以来、良きにつけ悪しきにつけ人々の関心を集めてきたそれは、近年では主に創作物を中心に語られる夢物語になっている。

特に創作大国日本においては、数多の創作物によって魔法が描かれている。

それゆえに、大抵の人は幼少期に一度くらいは、それらに触れる。

そして、人々を救い、幸せにする夢の力にささやかな憧れを抱く――。

かくいう僕も子どもの頃は、『ハリー・ポッター』シリーズに夢中になったものだ。

だが、そんな淡い期待も、小学校高学年になる頃には、軽い諦観に変わる。

魔法などというものは存在しないと、どうしようもなくつまらない現実を知るためだ。

夢はいつか必ず覚めるもの。こうして人は少しずつ現実に折り合いを付け、大人になっていく。

理系を志し、大学も二年生になった今の僕は、そんなどこにでもいる当たり前のつまらない大人になっていたはずなのだけれども……。

半ば現実逃避気味に幼少期の憧憬に思いを馳せていた僕は、目の前に繰り広げられている光景へ改めて意識を向ける。

深夜の公園だった。昼間は元気な小学生や、赤ちゃん連れのママさんの一団、あるいは老後の余暇を楽しむ高齢者で賑わっている街のオアシスも、今は闇の支配する不気味な領域になっている。異形の象を模した滑り台。地面から生えた巨大なバネによって支えられているパンダや熊。あるいは、ありきたりのブランコやシーソーでさえも、遊ぶ人を失った今となっては、無機質な現代アートでしかなく、どこか不安をかき立てる。

中央部には、コンクリートの円で囲まれた砂場。相撲の土俵くらいの大きさだろうか。日中ならば、主に幼年期の子どもたちが仲よく砂遊びに興じるその結界内で、二人の女性が対峙していた。

付近に立った一本の電灯が、無数の羽虫に集られながらも、心許ない光量で周囲を照らしている。ぼんやりと闇の中に浮かび上がるシルエットから、二人が本来そこを遊び場としている子どもではないことが窺えた。少なくとも十代後半以降、つまり大人の体格をしている。

大人が二人、深夜の砂場で対峙しているだけでも十分剣呑だが、問題はそこではない。

二人とも真夏だというのに、黒っぽい長袖のコートのようなものを着ていた。丈も長く、真冬に着ていてもおかしくない代物だ。背中には大きめのフードが覗いているので、コートというよりはローブに近いか。

すわ、露出趣味の集会かと身構えるがどうにもそういう雰囲気でもない。

そのとき片方——長身の女性が、おもむろに右手を掲げて、パチンと指を弾く。

次の瞬間、彼女の指先から炎が立ち上がりふわりと消えた。

「——大人しく〈グリモワール〉を渡せ」

心地のいい低音が真夏の夜の夢に響く。頭上の光源から陰になって顔までは窺えないが、紅蓮のような赤い髪と口元に引かれた深紅のルージュが闇に映えて不気味だ。

相対するのは小柄な女性。ローブの薄桃色の裏地を翻しながら、右手に構えた三十センチほどの棒を震わせて答える。

「い、嫌です！　姉様が本当のことを言っている保証なんてどこにもないのですから！そんなことより、この機に師匠の仇を取らせてもらいます！」

声に聞き覚えがある気がしたが、この場所からでは逆光になって顔が見えなかった。

「仇討ちなど、無体なこと。痛い目に遭いたくなければ、大人しく従ったほうが賢明だぞ」

長身の女性は胸の前で両手を合わせ、それからゆっくりと広げていく。すると両手のひらの間には、オレンジに揺らめく火の玉が浮かんでいた。

ソフトボールほどの火球は、イミテーションや目の錯覚などとは明らかに異なる質感で燃え上がり、浮遊している。

まるで、魔法のように——。

自然と脳裏を過ぎったその発想に、思わず唾を飲み込む。

そう、二人の異質なファッションは、まさに魔法使いとしか表現できないものであった。

子どもの頃夢中になった、あの『ハリー・ポッター』のように——。

目の前の光景があまりにも現実離れしていて、気が遠くなってくる。

平静さを取り戻すために、僕は今日一日の出来事を頭の中で反復する。

2

「——魔法使い？」

エアコンのよく利いた大学図書館の一角で、僕は胡乱な声を上げた。

暦は八月に突入し、大学の講義も今は夏季休講期間。

本来であれば大学になどわざわざ顔を出さなくてもよいのだが、生憎と貧乏学生の身。このクソ暑い毎日、自由に自室のエアコンを起動させて涼を取れるほど裕福ではないため、こうして日中は大学設備を利用して快適に過ごしている次第だ。

　そんなこんなで、大学図書館の隅で最近入荷したばかりのミステリを読み耽っていたのだが……。その途中、暇を持て余して構内を徘徊していた同期の伊勢崎に見つかり、話し相手を強要されているのだった。

　許可もなく長テーブルの対面に腰を下ろした伊勢崎は、気怠げに頰杖を突いている。

「そう、魔法使いだ。最近、夜の街に出るらしい」

「そんな口裂け女みたいなノリで、魔法使いが話題になってるのか……」

　世も末だ、とため息を吐く。つい二ヵ月ほどまえ、名探偵だの怪盗王だのという訳のわからない騒動に巻き込まれて以来、少々神経が過敏になっているのかもしれない。

　幸い周囲に人はおらず、館内での私語を咎められることはないが、さして続けたい話題でもなかったので、早々に切り上げる方向へ舵を切る。

「魔法使いなんていないよ。ファンタジーやメルヘンじゃないんだから」

「悪魔の証明だな」ニィ、と伊勢崎は口の端を吊り上げた。「否定するならこの世に存在する魔法使い以外のすべての存在をまず俺の前に連れて来い」

　ワックスで整えた金色の髪を指先で摘みながら、そんなことを嘯く。

　この男は、髪を染め耳に複数のピアスも開けているタイプのチャラ男だが、困ったことに大学の成績は頗るよい。一見して僕とは正反対のタイプだったが、何故か妙に馬が合い、入学直後のガイダンスで偶然隣の席になって以来、悪友のような関係になっている。

言い負かされたのを認めるのも悔しかったので、何事もなかったように話を続ける。

「……それで、噂の魔法使いは夜の街で何をしてるんだ？」

「さあ。夜な夜な闇の組織とかから、世界の平和でも守ってるんじゃないか」

一番重要な部分は噂になっていないらしい。

そのとき貸し出しカウンターのほうから、咳払いが聞こえた。見ると係の女性がこちらへ顔を向けて不満げに唇を曲げていた。静かにしろ、という合図なのだろう。僕は声を一層小さくする。

「……で、その魔法使いがどうした。まさか捕まえようって魂胆でもあるまいし」

「おっ、さすがシロ。冴えてんな」

したり顔で指を鳴らす伊勢崎。ちなみに、シロというのは同期の間で流行っている僕のあだ名だ。瀬々良木白兎だから、シロ。正直、埼玉に居を構えるとある中流家庭の日常を描いた国民的アニメに登場する飼い犬のようであまり気に入ってはいないのだが、あだ名なんてそんなものだと諦めている。

「捕まえるって……魔法使いは、そんな夏休みの自由研究のカブトムシみたいなノリで捕まえるものじゃないだろ」

「どちらかと言えば、捜し出す感じだな。だって気になるだろ、魔法使いなんてそうそうお目に掛かれるものじゃない」

そうそうどころか普通、一生お目に掛かれるものではない。

「捜し出してどうするんだ？　一緒に世界平和でも実現するつもりか？」

「まさか。世界平和なんか興味ねえよ。俺はただ魔法使いと仲よくなりてえだけだ。聞くところによると、すげえ美少女らしい」

「……ふぅん」

興味がないと言ってしまえば嘘になるが、それほどそそられる話でもない。何しろ僕は現在、アパートの隣の部屋に住む超絶美少女にぞっこんなのだから。

「つーことで、手伝え、シロ」

「やだよ。こう見えて僕は忙しいんだ」

夏休みに入ってから、バイトを増やしたので、実は本当に忙しい。今のうちに稼いでおいて、後期は少しのんびりしたいという腹づもりだった。

「もっと協力的になれよ。力を合わせれば二百万だぞ」

「聞いたこともない慣用句で説得を試みるのはよせ」

何だよつれねえな、と伊勢崎は面白くなさそうに口を曲げる。

「——あの」

すぐ後ろから女性の控えめな声が聞こえた。振り返ると先ほどの貸し出し係の女性が立っていた。野暮ったい大きめのメタルフレーム眼鏡と、目元を覆う前髪のせいで表情は窺えなかったが、どうやら怒っているようであることはわかる。

「――ほかの利用者の方の迷惑です。私語をされるようであれば退館してください」

感情を排した冷たい声。重たい黒髪と地味な服装に反して、声色からは意外と若そうな印象を受ける。もしかしたらバイトの学生かもしれない。

伊勢崎は愛想笑いを浮かべて、わざとらしく後頭部を掻いた。

「いやあ、すみません。俺はもう帰りますんで勘弁してください」

係の女性は勢いに気圧されたふうにまたカウンターへ戻って行く。

「……とにかく俺は一人でも魔法使いを捜すよ。後から紹介してくれって言ったって遅いからな」

「絶対に言わないから安心してほしい」

軽口の応酬の後、伊勢崎は去って行った。

まったくもって無駄な時間を過ごしてしまった。スマホで時刻を確認すると、午後五時を回るところだった。そろそろバイトに向かわなければならない。せっかくの貴重な休息を妨げられたことに軽い憤りを覚えつつ、僕は読みかけていた本を貸し出しカウンターまで持って行く。

先ほど怒りを発していた女性は、何事もなかったかのように貸し出しに応じてくれる。

しかし、本を差し出しながら最後にぼそりと呟いた。

「……魔法使い」

「はい？」

「魔法使いに関わるのは……やめたほうがいいと思います」

「……はあ」

元より僕は関わるつもりなどないのだけど、と思いながらも曖昧な笑みを返して図書館を後にする。自動ドアの先、セミの大合唱によって迎えられた外界は、夕方だというのにまるで地獄の門を開いたように暑かった。一瞬で全身から汗が滲み出てくる。

僕は、セミたちの熱烈なラブソングに辟易しながら、サハラ砂漠もかくやという熱気の中、バイト先へ向かって歩き出す。

二十分ほどの地獄を乗り越え、意識が朦朧としてきたところで目的地に到着する。

ショットバー〈カタパルト・タートル〉。

普段ならば古物商〈樽渓庵〉で、のんびり店番業務に従事しているところだったが、夏休みに入ったところで、『三銃士』をこよなく愛する店主の雨宮さんから、知り合いの店のヘルプに行ってほしいと頼まれ、現在はこちらの店でバーテンダー見習いのような業務に従事している次第だ。

重たい樫の扉を押し開くと、心地好い冷気に迎え入れられる。床をモップで磨いていた店主の亀倉射鶴さんがすぐに顔を上げた。

「あ、白兎くんおはよう」

「おはようございます」

おはようというには、些か遅すぎるきらいはあったが、この業界ではそういう決まりらしい。勤め始めて二週間になるが、ようやく慣れてきたところだ。

亀倉さんは、口の端に咥えたハイライト・メンソールをぴょこりと揺らす。ちなみに火は点いていない。

「今日も暑いねえ。エルニーニョやばぁ、って感じ」

「やばいですね。でも、こういう暑い日は、お酒が売れるんじゃないですか？」

「売れるよ。ボロ儲けよ」

「言い方」

亀倉さんは、大人の女性としてはかなり小柄で、それほど背の高くない僕と比べても頭一つ分は小さい。そのため、バーテンダーユニフォームを着ていたとしても、その咥え煙草姿は大変違和感がある。夜に繁華街を歩いていると補導されそうになるのが日常らしい。アラサーなのに少々不憫だ。

僕は手早く制服であるバーテンダーユニフォームに着替えて、掃除の手伝いをする。午後六時になったら開店だ。

正直まだ見習いも見習いなので大した仕事はできないが、グラスを洗ったり氷を割ったり注文を取ったり、あるいはお客さんの雑談に付き合ったりと忙しく働く。

あっという間に午後十時になる。お店は始発までやっているが、僕の業務はここで終了だ。

帰宅するため外に出ると、日中ほどではないがやはりまだ蒸し暑い。むしろ湿度が高まってより不快感が増したようにも思える。

顔をしかめながら足早に帰路につき、そしてその途中で——魔法使いを目撃した。

3

真夏の深夜、厚手のローブを纏った二人の魔法使いが公園で対峙している——。

あまりにも非現実的な光景を前にして、僕は完全に思考停止をしていた。いつの間にかじっとりと背中に汗を掻いている。ただの蒸し暑さのための汗というわけではなさそうだ。

長身で赤髪の魔法使いの手元には、今も炎の球が浮かんでいる。めらめらと燃え上がるそれは、まるで地獄の業火のようでもあり、端で見ているだけでも恐ろしい。

いわんや、わずか数メートルの距離で対峙している小柄な魔法使いは、より一層の恐怖心を味わっているに違いない。それを示すように、彼女は半身を引いて身構えている。

「師匠の魔法を継いでいないおまえにできることなどない」

赤髪の魔法使いが、冷酷に言い放つ。

「さあ、早く〈グリモワール〉を」

グリモワール——先ほども会話に登場した単語だ。確か魔法関係の書物だったような気がするが……とにかく、その〈グリモワール〉を巡って、二人が争っているということは何となく察せられた。

状況が状況だけに、どう判断すればよいのか迷う。

明らかに剣呑な様子なので、警察を呼んだほうがよいのかもしれないが、さりとて「魔法使いが公園で喧嘩してます」などと通報したところで頭がおかしいと思われるのが関の山だろうし、何よりお巡りさんがやって来る数分間、二人がこのまま睨み合っている保証などどこにもない。

おそらくだが、このまま放っておいたらどちらかが怪我をする。そして見たところ明らかに小柄な魔法使いのほうが押されている。詳細がわからないため、先入観でどちらに肩入れするかを決めるのは難しいが、少なくとも現時点で暴力に訴えようとしている赤髪の魔法使いに味方する理由はなさそうだ。

正直このまま見て見ぬふりをしてしまいたいところではあったが、さすがにそれは寝覚めが悪すぎる。さて、どうしたものかと、ない知恵を絞ろうとしたところで——。

突然、スマートフォンが空気も読まずに着信音を奏でた。

慌ててマナーモードに切り替えるが、深夜の閑静な住宅街ということもあり、必要以上に着信音は周囲に響き渡り、そして見事に二人の魔法使いの視線を集めてしまった。

赤髪の魔法使いと目が合う。暗闇の中で、ギラリと双眸が光った。明らかに堅気の者ではない、射殺さんばかりの鋭い眼光。

まずい、と思った次の瞬間、小柄な魔法使いがこちらに駆け出してきた。面食らう僕を無視して問答無用で手首を掴み、そのまま公園を出て走り抜ける。さすがは魔法使い、身体能力を魔法で強化しているかのように足が速い。……いや、自分でも何を言っているのかよくわからないけど。

途中何度か振り返ってみるが、赤髪の魔法使いが追いかけてくる気配はなかった。どうやら無事に窮地を抜けられたらしい。

五分ほど走り続け、いよいよ心肺機能の限界に差し掛かろうとしていたところで、魔法使いはようやく足を止めた。僕はその場にしゃがみ込んで酸欠に喘ぐ。肺は貪欲に酸素を取り込もうと収縮を繰り返すが、肝心の酸素は上手く全身を巡らず苦しみはなかなか消えない。

必死に呼吸を整えながら様子を窺うと、さすがに魔法使いも限界だったらしく僕のすぐ隣で荒い呼吸を繰り返している。

しばし無言のままお互い呼吸を整え、ようやく多少苦しさが和らいできたところで、魔法使いは呟くように言った。

「だから――って、言ったのに」

「……え?」

小さすぎて肝心のところが聞こえない。しかし、言い直す気はないらしく、魔法使いは両手を腰に当てて僕を見下ろした。

「――一般人がこんな夜中に歩き回って……危ないじゃないですか」

「……僕が知る限りこのあたりはそれほど治安が悪くないはずだけど」

「最近事情が変わったのです。これに懲りたら、明日からは夜、無闇に出歩かないことです」

そんなことを言われても、こちらにも生活がある。僕は荒い呼吸を静めて立ち上がる。

そこでようやくちゃんと魔法使いの顔を確認するが、確かに伊勢崎の言っていたとおりアイドル顔負けの整った顔立ちをしていた。どうやら渦中の魔法使いで間違いないらしい。

二〇二五年二月発売予定
『魔法使いが多すぎる』へ続く